夜しか泳げなかった

古矢永塔子

Toko Koyanaga

幻冬舎

夜しか泳げなかった

ブックデザイン
albireo

カバーイラスト
Re°

プロローグ

おおよそ生徒に対し特別な感情を持ったことのない僕だが、転入生の妻鳥透羽《つまどりとうわ》だけは例外であることを、もはや認めないわけにはいかない。

西校舎一階の生徒指導室で、妻鳥は椅子の背もたれに体を預け、窓の外を眺めていた。日に焼けたレースカーテンの隙間を縫って差しこむ光が、白い頬に網目模様の影を落としている。

僕の気配に気づいてか、妻鳥はゆっくりと視線をこちらに向けた。

「ああ、やっぱり卯之原《うのはら》先生が来てくれた」

子供じみた声を出し、入り口にたたずむ僕に微笑《ほほえ》みかける。人懐こそうな表情を作ろうとしているのだろうが、顔立ちが整いすぎているせいで、人形の笑顔のように作り物めいて見える。ときどき、本当に作り物なのかもしれない、と思うことがある。現に今も、蒸し暑い指導室の中で、妻鳥は汗ひとつかいていない。

「他の先生の手を焼かせるのは、あまり感心しないな」

僕も柔和そうに見えるように笑顔を浮かべた。おそらく、平凡な顔立ちの僕のほうは成功しているはずだ。

指導室の窓を開けると、ろくに手入れされていない中庭から、生い茂った雑草の匂いがした。妻鳥の向かい側に腰を下ろし、テーブルに置かれた数学の答案用紙を手に取る。氏名の欄には妻鳥の名前が記入されているが、解答欄はすべて空白だ。

「いくらなんでも、ひとつも答えられないはずはないよな。何か他に、白紙で提出する理由があったのかな」

厳密にいえば白紙ではない。妻鳥はテスト中、解答欄を埋める代わりに別の作業に没頭していたようだ。担当教師が何度も咎《とが》めたものの無視を決めこんだため、教室から引っ張り出され指導室に連行された、というわけだ。

「さすが、綺麗だね」

「ただの落書きですよ」

妻鳥が照れくさそうに目を伏せる。答案用紙の裏面には、教室の窓の外に広がる夏の景色が写し取られていた。透き通るような空の青、細く長くのびる飛行機雲の白、外庭に植えられた常緑樹の茂みの緑――鮮やかな色彩が、眩《まぶ》しいほどだ。

「だが小テストの時間にすることじゃないな。塚本《つかもと》先生が気分を害するのも、もっともだよ」

実際は、気分を害するどころではない。数学担当の塚本は、白髪頭から透ける頭皮さえも赤らめ、『あいつを何とかしろ！』と激昂していた。僕は妻鳥の保護者でもクラス担任でもないのだが、こうした場面ではなぜか猛獣使いよろしく引っ張り出される。

「別に俺は、塚本先生を怒らせるつもりじゃなかったんです。眠気覚ましにちょっとだけ窓の外をスケッチしていただけなのに、いきなり胸ぐらをつかんで廊下に引っ張り出すって、やりすぎじゃないですか？」

妻鳥は不服そうに唇を尖《とが》らせ、サマーニットの襟《えり》ぐりに指をかけた。塚本に乱暴につかまれたせいか、少しよじれた襟もとから、鎖骨のくぼみが覗いている。右側の胸鎖関節の辺りに、縦に並んだほくろがふたつ。喉ぼとけに小さなものがひとつ。足が長く、立てば僕よりも四センチほど上背《うわぜい》があるが、妻鳥の首は少女のように細い。それほど手が大きくない僕でも、簡単に指をまわすことができるだろう。きめの細かい肌からは、青い静脈が透けている。

「卯之原先生？」

怪訝《けげん》そうな声に我に返る。うっかり凝視しすぎてしまったようだ。僕は不審に思われないように、苦笑いで頭を掻いた。

「悪いね、ちょっと意識が飛んでた。ここのところ残業続きでね」

嘘ではない。実際、職員室の僕のデスクには、あちこちから押しつけられた雑務書類が山積みになっている。

「忙しいのにすみません。俺が謝らないと、先生も仕事に戻れないいんですよね。俺だって自分が悪いと思ったら謝りますけど、なんだか納得いかないんですよね。塚本先生は俺のことなんかほっといて、ただ答案用紙にゼロをつければよかっただけなのに。大きな声でわめいて他の生徒の集中力を削がせたのは、俺じゃなく塚本先生のほうじゃないですか?」

妻鳥は椅子に寄りかかり、誘うように僕を見る。こんなふうに議論をふっかけられるのは、いつものことだ。

「そうだな……。じゃあ君がいた場所を、教室ではなくフレンチレストランだと考えてくれ。塚本先生はさしずめ、レストランのオーナーシェフというところかな」

「それじゃあ、俺たち生徒がお客様、ということですか?」

妻鳥は、獲物にじゃれようとする猫のように、上体をかがめ前のめりになる。

「そういうことになるね。高校は義務教育ではないし、知っての通り、うちは私立校だ。君たちは、君たち自身の選択によってここにいる。僕たち教師は、君たちの親御さんから支払われた対価に見合うサービスを提供する。教育者として適切な表現ではないかもしれないけど、実際は、大きく違わないと思う」

「とすると塚本先生の教室でテストも受けずに勝手なことをしていた俺は――フレンチレストランのテーブルで、持ちこみのハンバーガーを食べてる非常識な客、ということになっちゃいますかね?」

「シェフに対する冒瀆《ぼうとく》でもあるし、店のスタイルをぶち壊しにする行為だろう？　ハンバーガーのジャンクな香りは強烈で暴力的だから、フレンチを楽しんでいる他の客の迷惑にもなる。そもそもフレンチを食べる気がないのなら、初めから店に入らない選択だってできるはずだ」

「それって、授業を聞く気がないなら学校を出て行け、ってことですか？　卯之原先生って、優しそうに見えてときどき乱暴ですよね」

「問題発言だったかな」

「いいえ。そういうところが、面白くて好きです」

妻鳥はさらりと言うと、顎《あご》を上に向け天井を仰いだ。口もとがほころんでいる。

「つまり俺は、金さえ払えば何をしてもいいと思っている、馬鹿で生意気なクソガキってことかぁ。なんか、塚本先生に謝ってもいいかな、と思えてきました」

「それは助かるな」

「今回も反省文でいいですか？」

「君にとっては、原稿用紙三枚程度なんて物足りないだろうけどね」

僕はファイルから真新しい原稿用紙を引き抜き、テーブルの上に滑らせた。妻鳥は鉛筆立てからボールペンを一本取り、ほんの少しの迷いもなく、紙の上にペン先を走らせる。窓の向こうからは、女生徒たちがはしゃぐ声と、水飛沫《みずしぶき》の音が聞こえる。先週からプールの授業が始まったのだ。

伏し目がちに原稿用紙に向かう妻鳥の頬に、風で巻き上がったカーテンの裾が触れそうになる。ふと、このまま手を伸ばしてカーテンの生地をつかみ、妻鳥の綺麗な顔を、誰の目にも触れないように隠してしまったらどうだろう、と思う。いや、いっそ華奢《きゃしゃ》な体ごとカーテンでくるんでしまったら、妻鳥はきっと身動きが取れずに戸惑うはずだ。そしたら僕は、それから

―


「できました」

「さすが、早いね」

僕は何食わぬ顔で原稿用紙を受け取った。ものの数分で仕上げたとは思えないでき栄えだ。だが驚きはしない。妻鳥が転入してもうすぐ二ヵ月になるが、彼の心にもない反省文を受け取るのは、これで八度目だから。

「今日も卯之原先生とお話しできて楽しかったです。先生が一年生の担任だったらよかったのに。俺たち、天文気象部の部活の時間しか一緒にいられないじゃないですか」

「まさかそのために、わざと問題を起こしているわけじゃないよな?」

苦笑する僕に、妻鳥も無邪気な笑顔を返す。我ながら白々しいやりとりだ。僕たちは、ちゃんと仲の良い教師と生徒を演じられているだろうか。

四限目の終わりを告げるベルが鳴る。妻鳥が出て行ってほどなく、件《くだん》の数学教師・塚本が顔を出す。テーブルの上の原稿用紙に気づくと、忌々《いまいま》しそうに眉間《みけん》に皺《しわ》を寄せた。

「また反省文で済ませたのか？　こんなもんを書かせたって、あいつには屁でもねえだろう？」

「とはいえ今どき、ペナルティとしてバケツを持って廊下に立たせるわけにもいかないので」

塚本は大げさに肩をすくめ、「とくにあいつは、特別な生徒サマ、だからな」と吐き捨てる。

塚本が反省文に目を通しているあいだ、僕は、テーブルの隅に放られた白紙の答案用紙を手に取った。裏面を顔の前にかざし、妻鳥によって描き出された風景を、窓の外の景色に重ねる。

妻鳥の答案用紙の裏では、無数の色彩が活き活きと躍っていた。空の色も、常緑樹の茂みの色も、目がくらむような日差しの色も、実物のほうがくすんで見える。

「どうかしたか？」

塚本が怪訝そうな顔をする。

「いえ。綺麗だなと思って見ていただけです。色彩が迫ってくるようで、さすがだなと」

「どこがだよ。黒一色じゃねえか」

塚本は僕の手から答案用紙を取り上げ、首をひねった。

妻鳥がシャープペンシルの芯で描き出した夏の風景は、見る人間によっては、ただの鉛色の文字の羅列にしか見えないのだ。

「まぁ、大作家先生らしいからな。こんな落書きでも、あいつが書いたものだと知ったら欲しがるやつらが大勢いるんだろうけどよ」

妻鳥透羽は小説家だ。数年前にＷｅｂに投稿された作品が爆発的な人気を博し、二年前に書籍化されてからは、四十万部を超えるベストセラーとなった。現在では複数の会社が映像化の権利を巡って争っている、という噂だ。

「塚本先生は、妻鳥の作品をお読みになっていないんですか？」

「俺が読むと思うか？　おおかた、高校生のガキがくっついたり離れたりする、くだらんケータイ小説だろう。うちの中学生の娘は夢中になって読んでるけどな。作者が俺の教え子だと知ったら、大騒ぎするだろうよ」

ペンネームは、ローマ字表記でルリツグミ。性別・年齢・本名や出身地は、すべて非公表。表に出るときは青い羽をあしらった仮面で目もとを隠している、文字通り覆面作家だ。とはいえ、最近は似たようなスタイルで活動する動画配信者や歌い手が人気なので、さほど珍しくはない。

「この前も、ナントカいう歌手が顔を隠してテレビに出てたけどよ。そんなのに熱を上げる気持ちが、俺にはさっぱりわからんな。仮面の下が不細工だったら、金返せって気分にならないか？　まあ、妻鳥の場合は、くそ生意気だが顔は綺麗だからな。素顔を晒《さら》したほうが、ますます女に人気が出るんじゃねぇか？」

唇を歪《ゆが》めて笑う塚本に、内心呆れる。よくぞここまで無防備に、時代遅れな問題発言を詰めこめるものだ。

「僕としては、発信する側が自由に活動スタイルを選べるようになって、健全な時代になったと思いますよ。受け取る側も、容姿以外の場所に価値を見出せるようになった、ということじゃないですか？」

「ふん。さすが卯之原君は感覚が若いねぇ。だから妻鳥にも懐かれるのかな」

塚本は鼻白んだように言うと、さっさと指導室を出て行った。同調されなかったことで気分を害したらしい。

ともかく、これでようやく職員室のデスクに戻ることができる。昼休みのうちに、午後からの授業の準備を終わらせておかなければいけない。

窓を閉めようと手を伸ばしたとき、対面する東校舎の窓辺に人影が見えた。妻鳥だ。視力がたいしてよくない僕にも、妻鳥がこちらを見つめていることがわかる。中庭の木蓮に集まったアブラゼミが、何かを急《せ》きたてようとするかのように、一斉に鳴き始めた。

僕は妻鳥の視線に射抜かれるたびに、強い衝動に駆り立てられる。こんなにも凶暴な欲望が自分のなかに眠っていたことに、いつも驚かされる。

僕が妻鳥に懐かれている、と塚本は言った。おそらく多くの教師が、同じことを思っているだろう。だが違う。妻鳥は面白がっているだけだ。彼のために僕が呼び出されるような状況を仕組み、こちらの反応を窺っている。子猫が毛糸玉にじゃれつくように、爪の先で僕の欲望を引っ掻き、もてあそぶような真似をする。

指先がカーテンに触れた。一度頭から追い払った妄想が、再びうごめき出す。この柔らかなカーテンで、妻鳥の華奢な体を包みこむのはどうだろう。体の自由を奪われ戸惑う妻鳥に、そっと手を伸ばす。いや、手ではなく、棚に飾ってある、開校三十周年記念のオブジェのほうがいいかもしれない。初代理事長の立ち姿をかたどったブロンズ像を振りかざし、僕は、カーテンに巻かれて芋虫のようにもがく妻鳥の頭部を、何度も何度も殴りつける。きっと妻鳥の取り澄ました顔は腫れあがり、曲がった鼻からは血が滴《したた》っているだろう。それから僕は、プレゼントの包装紙を剝がすように、そっとカーテンをほどく——

廊下を走る生徒たちの笑い声に、現実に引き戻される。学食にでも向かっているのだろうか。弾むような足音を聞きながら、僕は窓を施錠し、妻鳥の視線ごと遮断するように、カーテンを閉めた。

第一話

僕がその小説に出会ったのは、今の高校に着任し、どうにか教師としての自分に馴染み始めた頃のことだった。二時限目の授業を終え、黒板に貼ったオオカナダモの細胞図を剝がしていると、紙の端を押さえていたマグネットがひとつ、生物室の床に滑り落ちた。小さなマグネットは僕の手から逃げるように転がり、数分前まで生徒のひとりが座っていた椅子の前で止まった。背もたれのない丸椅子の上には、青い表紙の書籍が置き去りにされていた。

生徒が授業中に内職にいそしむことは珍しくない。だがそれも、チャットアプリで友人とやりとりをしたり、スマートフォンでＳＮＳのＴＬ《タイムライン》を追ったりＷｅｂ掲載の漫画を読んだりすることが主流だ。教科書以外の書籍を――しかも文庫本ではなくハードカバーのものを持ちこむなど、めったにあることではない。

僕は吸い寄せられるように教壇を下り、書籍を手に取った。一見すると、青空を切り取っただけのシンプルな装丁だ。だがよく見れば全面に、水がゆらめくような加工が施されている。水に映った青空のようにも、水の中から見上げた青空のようにも見える。『君と、青宙遊泳《あおぞらゆうえい》』というタイトルが箔押しされ、いくつもの色をはね返すホログラム加工が、ひと文字ひと文字を飛び散る水滴のようにきらめかせていた。表紙に巻かれた黄色の帯には、『月間アクセス四百万PV超えの感動作、待望の書籍化』『私たちは、十四歳の慟哭《どうこく》に耳を傾けずにはいられない』などの煽《あお》り文句が、大げさなエクスクラメーションマークと共に躍っている。端のほうに小さく、『Ruritsugumi《ルリツグミ》』という文字が白抜きで配置されていた。

僕はとっさに、スズメ目ツグミ科に属する瑠璃《るり》色の小鳥を思い出した。風変わりなペンネームだ。作家ではなく、ミュージシャンかもしれない。小説ではなく自叙伝の類だろうか。

僕はその本を、教材と一緒に職員室に持ち帰った。どのクラスの生徒の忘れ物かはわかっていたので、担任教師に渡しておけば間違いない、と思ったのだ。

デスクの端に置いておいたその本に、真っ先に反応したのが阿久津治樹《あくつはるき》――当時、僕の隣の席に座っていた国語教師だった。

阿久津は小柄で痩せ型で、いつもサイズの合わないスラックスを穿《は》いていた。緩すぎるウエスト部分をベルトできつく締め上げているせいで、大きすぎる制服を着せつけられた新入生のように見えた。実際阿久津は、どんな場面においてもおどおどと物馴れない雰囲気を漂わせていた。僕よりもひとまわり年上で、とくに話が合うわけではなかったが、僕たちは他の教師からひとまとめに扱われることが多かった。当時の僕が職員室で一番若手で、大学を卒業したばかりだったこともあるだろう。つまり阿久津は、新人教師の僕と同じくらい周囲に軽んじられていた、というわけだ。

「卯之原君、そんなものを読んでるの？」

阿久津は大げさに顔をしかめ、嫌悪感をあらわにした。生徒の忘れ物です、と告げると、小鼻を膨らませ、ぞんざいな手つきで書籍のページをめくった。

「こんなもの、作家もどきが書いた、読む価値もない落書きだよ」

阿久津は日頃から、若者の活字離れを憂《うれ》えていた。廃部寸前の文芸部の顧問で、数名しかいない部員たちを熱心に指導――というよりは、猫可愛がりして特別扱いすることで有名だった。そんな阿久津なら、生徒が活字に興味を示すことを喜びそうなものなのに、よほどの問題作なのだろうか。

「アーティストの暴露本か何かですか？」

「いや、素人《しろうと》がＷｅｂに投稿した小説の書籍化だよ。逆に卯之原君、全然知らないの？　それなりに話題になってるのに」

十何年か前に流行《はや》った、女子高校生が主人公の過激な恋愛小説のことだろうか。当時僕は小学生だったが、少し上の世代に爆発的に広まり、社会現象といわれるまでになったことは記憶にある。だが阿久津は、僕の言葉を一笑に付した。

「そっちはケータイ小説だろう。ふたつ折りのガラケーと一緒に、とっくに廃《すた》れたジャンルだよ。俺が言っているのは、Ｗｅｂ小説投稿サイトのほう。一緒にしないでほしいんだよなあ」

阿久津はいそいそとタブレットを取り出す。四角い画面には、生徒が授業中につつくＳＮＳに似たものが表示されていた。少し違うのは、写真や動画ではなく、書籍の表紙のような画像が一面に並んでいる、ということだろうか。まるで、書店の平積み用の棚を真上から撮影したかのようだ。左上部には『Ｍｕｓｅｓ』というサイト名らしきものが表示されている。複数の女性の裸体のシルエットが組み合わされた、凝った飾り文字だ。

「ミューゼス、ていう創作者向けのＳＮＳだよ。サイト名とロゴは、ギリシャ神話の芸術の女神たちがモチーフになっているんだ。小説だけじゃなく、イラストや動画、音楽なんかも投稿できて、創作者同士のマッチングも活発なんだ」

「へえ、今は、こんなふうに趣味に特化した出会い方があるんですね」

そういえば最近のマッチングアプリは、読書感想を投稿するサイトや、料理のレシピを投稿するサイトと連携し、より趣味が一致する相手と出会えるように進化している、とネットのコラムで読んだことがある。

だが阿久津は、僕の言葉に不愉快そうに眉をひそめた。

「そういう出会い厨《ちゅう》の輩《やから》と一緒にしないでほしいな。俺たちは純粋に創作を楽しんでいるんだ。たとえば、小説は書けるけどイラストは描けないやつが絵師に表紙画像を依頼したり、絵は描けるけどストーリーを作れないやつが、漫画の原作担当を探したりね。歌い手とコンポーザーが繋がって、メジャーデビューした例だってある」

なるほど、すごいですね、と適当な相槌を返しながらも、たったいま阿久津が口にした『俺たちは』という言葉が引っかかった。だが詮索はしないでおく。職場の人間とは、あたりさわりなく一定の距離を置いて付き合うのが一番だ。

「世間じゃあ、Ｗｅｂ小説＝ライトノベルみたいな誤解があるけど、そんなことはないよ。とくにミューゼスには、本格ミステリも純文学も、歴史小説だって投稿されている。ここから書籍化してプロデビューする作家も多いし、投稿歴を積んで腕慣らしをしてから新人賞を受賞する作家だって、珍しくない」

阿久津は、普段とは別人のような熱量でまくしたてた。僕は、話に乗ったことを後悔し始めた。いつまでもお喋りに付き合っている暇はない。

「そうなんですね。だけど、どういうものにしろ生徒が活字に興味を示すのは喜ばしいことですね。授業をそっちのけで夢中になられるのは困ってしまいますが」

苦笑いと共に、さっさと話を切り上げようと試みた。だが不運なことに、僕の言葉はいっそう阿久津を刺激してしまったようだ。

「馬鹿言うなよ！　こんな本、靴の底にひっついた糞《くそ》を拭うくらいの価値しかないよ」

唐突な激昂に、僕のみならず周囲の教師まで、ぎょっとしたようにこちらを見た。阿久津は慌てたように顔を赤らめた。

「いや、その……この小説、他とはアクセス数が桁違いなんだけど、実は不正が――つまり、出来レースが疑われているんだよね。そういうものに生徒が夢中になるのは、教育上、どうなのかっていう、ね」

困惑する僕に、阿久津はじれったそうに、だからさ、と身を乗り出す。手垢のついた眼鏡のレンズの向こうの目が、ぎらぎらと輝いていた。阿久津は僕に書籍の背表紙を向けると、タイトルと作者名の下に記された版元名を指でつついた。春栄社《しゅんえいしゃ》という、老舗《しにせ》の大手出版社だ。

「つまり、初めから春栄社での書籍化が決まっていて、話題作りのためにミューゼスの運営側にランキングの数字を操作させてるんじゃないか、ということだよ。新人作家を売り出すための手口、っていうのかな。新人賞を獲らせるより、ずっとコストがかからないし話題にもなるだろう?」

コストがかからなくてもリスクが高いのではないだろうか、と思ったが、口をつぐんでおくことにした。阿久津は背中を反《そ》らし、子供じみた仕草で椅子の背もたれを揺らした。

「そうなると、作者が中学生っていうのも怪しいよなあ。中学生にしては、文章が熟《こな》れすぎている気がするし。卯之原君、前にアメリカの文芸界で大スキャンダルが暴露されたの、覚えてない？　セレブにも大人気だった天才美少年作家が実は偽者で、本当はマネージャーの女が書いていた、っていうさ」

「いえ、そういう方面にはあまり……」

頰を紅潮させて語る阿久津に、呆気《あっけ》に取られた。普段の気弱な彼とは別人のように活き活きとし、話す言葉も滑らかだった。

さすがに薄気味悪くなったとき、タブレット画面にポップアップメッセージが表示された。

阿久津は慌てたようにタブレットを引っこめたが、『あなたの作品に新しいコメントが届いています』というメッセージが、はっきりと見えた。

「阿久津先生も、作品を投稿しているんですか？」

「あぁ、まあ……どんなものかと思って、試しにね」

阿久津は目を泳がせながら言い、それから思い直したように、僕に耳打ちした。

「実は、三年くらい前から、小説を投稿しているんだ」

面倒なことになった、と思った。ペンネームや作品名を打ち明けられ、感想を求められたら厄介だ。つとめて薄っぺらい笑顔を貼り付け「へぇ、素敵ですね」と言い、デスクに積まれたプリントの束を取り上げた。生活指導担当の教師から、いじめに関する全校アンケートの集計を押しつけられているのだ。今週中にデータにまとめなくてはいけない。

「学校の人間には、まだ誰にも話してないんだ。もちろん、書籍化して商業出版ということになったら、どうするかは校長と相談しなくちゃいけないな、と思ってはいるんだけどさ」

「そういう打診があるんですか？」

「いや、今のところはないけどね。そういうのは大抵、ランキングが上位のものから順番に声がかかるシステムだから。俺の小説は読む人を選ぶし、書籍化目当てでネットの流行に迎合しようなんて気もないよ。だけど、本物がわかる、それなりの出版社からオファーがきたら考えてもいいかな。実はさ、学生時代から、ときどき小説を書いて新人賞に応募してたんだよね。春栄新人賞の二次選考まで残って、文芸誌に名前が載ったこともあるんだ」

阿久津の紅潮した頬を眺めながら僕は、もしかしたらネット上の世界のほうが、彼にとってはリアルなのだろうか、と思った。どうりで、こちら側の世界にいても上の空で居心地が悪そうなわけだ。

おざなりに頷《うなず》きながらキーボードを叩く僕に、阿久津は椅子を近づけ、なおも続ける。

「卯之原君も、ときどき小説を読んでるよね。確か大学時代は文芸部にいたって言ってなかった？　理数系の学部なのに文芸部だなんて、よほど小説が好きなんだね」

「読んでるといっても、海外の翻訳ミステリをたまに読むだけですよ。文芸部は、同級生に頼まれて名前を貸していただけです。部員が足りなくて廃部寸前だったので」

「またまた。実は自分でも、こっそり書いてたりするんじゃないの？」

「まさか」

仲間意識を持たれるのはごめんだ。苦笑いで否定する僕に、阿久津はなおも何か話しかけようとしたが、ちょうど運よく、僕が探していた女性教師がデスクの横を通った。例の書籍を置き忘れた生徒がいるクラスの担任だ。

僕は阿久津の手から本を引き取り、彼女のもとに駆け寄って、わざと長めの世間話をした。席に戻る頃には阿久津がいなくなっていたので、ほっとした。


それきり、あの小説のことは忘れてしまうはずだった。その夜、僕は自宅のアパートの浴槽にお湯が溜まるのを待ちながら、スマートフォンを眺めていた。気が滅入るようなニュースばかりが並ぶなか、『デビュー作が異例の大ヒット。Z世代の新たなカリスマ。十四歳の慟哭に、あなたもきっと涙する』という見出しが目にとまった。昼間の阿久津との会話を思い出し、自然に指が動いた。リンクをタップすると、あの本の書影と、作者らしき人物の写真が表示された。小説家の近影というよりも、アーティストの宣材写真のようだった。薄暗い部屋にたたずむ少年の姿が、窓からの光にわずかに照らされていた。上半身だけの写真だが、浮かび上がるシルエットだけで、骨格の美しさがわかった。目もとは青い鳥の羽をあしらったマスクで覆われていたが、鼻や唇、顎の形だけでも、水準以上に整った容貌をしていることが明らかだ。

気取りすぎている気はしたが、こういう売り出し方が若者の関心を惹《ひ》いているのかもしれない。記事自体は、作品の推定部数、映像化やコミカライズの企画が進行中であること、未だベールに包まれた作者の正体は？　といった、内容の薄いものだった。あらすじすら満足に書かれていない。鼻白みながら画面をスワイプすると、記事の一番下に、例のサイトへのリンクが貼られていた。九人の芸術の女神が絡み合うようにして描かれた、『Ｍｕｓｅｓ』のロゴマーク。クリックするつもりはなかったが指が触れてしまい、すぐに作品ページにジャンプした。

書籍版の凝った表紙とは違い、シンプルな藍色を背景に『青宙遊泳』の文字が白抜きされたサムネイルが表示された。概要欄には《『君と、青宙遊泳』に改題し、春栄社より書籍化されました》と注意書きがある。誘われるように、『本文を読む』のボタンをタップした。

あのとき、そこで引き返しておけばよかったのだと、僕は今でも後悔する。

創作サイト『Ｍｕｓｅｓ』で月間アクセス四百万ＰＶを叩き出し、書籍化後は発売から一週間を待たずに大重版、無名の新人のデビュー作としては異例の大ヒットとなった小説『君と、青宙遊泳』。出版不況が叫ばれる時代にはモンスター級の人気作だが、物語の骨格は、古典的な恋愛小説の筋書きをなぞったものだ。

主人公の少年、朔《さく》は、育ての親だった祖父を亡くし、折り合いの悪い叔父夫婦の家で、息をひそめるようにして暮らしている。放課後はすぐに家に帰る気になれず、高校の図書室でカウンター係を引き受けることで時間を潰している。そんな彼の前に現われるのが、型破りな少女・日高奏《ひだかかなで》だ。日高は、一学期の合唱コンクールでとあるパフォーマンスを披露したことから、全校生徒に『体育館のラフマニノフ』と呼ばれていた。彼女は朔に、自分が不治の病に冒されていることを打ち明ける。

「私、もうすぐ死ぬんだよね」

その言い方は、『明日、雨なんだよね』というのと同じくらい、何気ないものだった。実際、死ぬという言葉は、十七歳のぼくたちにとっては愛とか夢とか幸せとかいう言葉よりも、ずっと日常だった。来年の受験を憂えて「死にたい」とか、クラスメイトの冗談に笑い転げながら「やばい、死ぬ」とか、気に入らない教師への陰口として「死んでほしい」とか。擦り切れるほど使いまわされているのに、ぼくたちのなかのほとんどが、その言葉の本当の意味を、重みを知らない。

愛とか夢とか幸せとかいう言葉と、同じように。

「そういう冗談は好きじゃないな」

眉をひそめるぼくを見て、日高は薄笑いを浮かべた。そのときになってぼくは初めて、日高のスニーカーの足もとに、蝶の死骸が落ちていることに気づいた。自転車にでも轢《ひ》かれたのか、体の部分は摺《す》りつぶされ、アスファルトに黒いタイヤの模様を描いていた。白い二枚の羽根が、根本から糊づけされたように揺れていた。

「さっきさ、ここを通ったバレー部の女子が『うわっ、気持ちワルッ』って騒いでた。ひらひら飛んでるときは、綺麗だねって言われるのにね」

日高はその場にしゃがみこみ、細い指で羽根を摘まみ上げた。二枚の羽根は、グラウンドからの乾いた風にさらわれ、青い空にばらばらに飛んでいった。行方を見送るぼくの足もとで、日高が「三パーセント」と呟く。

「私たちの世代で、私みたいに余命宣告される確率。世の中には、自分から死にたいやつがたくさんいるのにね。死刑になりたいから通り魔事件を起こしたり、自殺するために警官の拳銃を盗むやつまでいる。なのに、そういうやつらじゃなくて、私なんだよね。そりゃあ、冗談かと思うよ。ふざけんな、って」

抑揚のない、乾いた声だった。日高は立ち上がると、正面からぼくを見た。

「ねえ、バイトしない？　あんたの時間を私に売ってよ。私さ、相棒――ていうか、見張り役をずっと探してたんだよね。あんまり難しく考えないで、ちょっと付き合ってくれるだけでいいんだ」

「付き合うって、何に」

「八つ当たり。余命一年の私が、くそみたいなこの世界に八つ当たりするのに、付き合ってほしい」

日高の顔が、くしゃっと歪んだ。一瞬ぼくは、日高が泣き出すんじゃないかと思った。

だが、違った。日高は綺麗に揃った白い歯を見せ、笑っていた。色とりどりの原色のガラス片をちりばめたように鮮やかなのに、ほんの少しの力加減で散り散りに消えてしまう、万華鏡のような笑顔だった。

その夏は記録的な猛暑になった。だが多くの生徒の記憶に焼きついているのは、どうかしているんじゃないかと思うくらいの暑さ以上に、一学期の終わりから夏休みにかけて立て続けに起きた不可解な事件について、だったと思う。

まず初めに、終業式までに用意されるはずだった全校生徒の成績通知表のデータが、忽然と消えた。そして、学校のプールに蛙《かえる》が異常発生し、体育の授業が数日間中止になった。さらには、かねてから女子生徒にセクハラめいた言動を繰り返していた教師が淫行条例違反により停職処分となり、学校を去った。

誰かにとっては最悪の夏で、誰かにとっては最高の——少なくとも、そう悪くはない夏だった。

すべての事件が『体育館のラフマニノフ』の仕業だということは、きっと、ぼくしか知らない。

Ｗｅｂに掲載されていたのはプロローグと一話の冒頭だけだった。考える間もなく僕は、電子書店に誘導するボタンをタップしていた。

日高は持ち前の奔放さで朔の日常を掻き乱し、いつしか朔は彼女に惹かれてゆく。だが、やがて避けようのない運命がふたりを引き裂く。

震える指で電子書籍のページをめくり続け、最後の一行を読み終えたとき、頬から雫《しずく》が滑り落ちた。青白い光を放つスマートフォンの画面の上で、いくつもの水滴が震えていた。

涙なんかじゃない。まばたきすら忘れて読み耽《ふけ》っていたせいで、眼球はからからに乾いている。反対に、全身の毛穴から脂汗が噴き出していた。

ありきたりな恋愛小説だ。読み進めながら、僕には先の展開が予想できた。正確にいえば、次に主人公の少年が何を言うか、少女がそれに対してどう返すかまで、おおよそ予測できた。

——何だ、この小説は。

冷えた汗が背筋をつたい、体が震えた。そのときになって僕はようやく、風呂場の蛇口を開けたままだったことを思い出した。

椅子から立ち上がり浴室に向かうと、浴槽からとめどなくお湯が溢れていた。手の中には、まだスマートフォンがある。浴室に籠《こも》った蒸気が、冷えた全身にゆっくりと血を巡らせる。スマートフォンには、あの小説の最後のページが表示されていた。

衝動的に手を振り上げ、だが、床に叩きつけることはしなかった。こんなときまで僕の頭のなかには損得勘定が働くらしい。のろのろと腕を下ろしながら、笑ってしまった。止まらない笑いが喉に詰まり、タイル敷きの床に這いつくばって何度もえずいた。浴槽から溢れ続けるお湯と胃液が混ざりあい、排水口の上で勢いよく渦を巻いた。

『月間アクセス四百万PV超えの感動作』『私たちは、十四歳の慟哭に耳をかさずにはいられない』『映像化企画進行中』――

ふざけるな。あの物語は、僕のものだ。一生誰の目にも触れさせるつもりがなかった、僕だけのものだったはずだ。

ベッドに横になったあとも、寝つくことなどできなかった。胃の中は空っぽのはずなのに、気を抜くとまたえずいてしまいそうだった。

僕はスマートフォンに手を伸ばし、もう一度、あの小説のページをめくった。

一睡もできないのに、悪い夢を見ている気分だった。

『君と、青宙遊泳』の作者・Ruritsugumi《ルリツグミ》について、公表されている情報は多くない。帯にある『十四歳の慟哭』とは、執筆時の年齢だろうか。あるいは、書籍化された時点での？　どちらにしろ、現在の年齢は十六歳から十八歳。出身地は非公表。雑誌や新聞、ネットに掲載されている写真はすべて仮面で目もとを隠している。服装やポーズ、光が当たる角度までが計算された、プロの手によるアーティスティックなものだ。他の作家のように、インタビュー中のスナップショットのような、自然な表情が切り取られたものは一枚もない。

公表された写真をどんなに見つめても、彼の正体にはまったく心当たりがなかった。ルリツグミと名乗る少年は、一体いつ、どんなふうにして、僕の物語を盗み取ったのか。確かなことは何ひとつわからない。そのあいだにも、彼の手により改変され装飾された僕の物語はまたたくまに版を重ね、新たな読者を増やし続けた。

おおよそ人生に意義など見出していなかった僕だが、このままにしてはおけない、それもなるべく速やかに彼を——もしくは、あの小説を、この世界から葬り去らなければならない、と考えた。

僕はまず、阿久津に接近することにした。ルリツグミについて調べる過程で、僕は意図せず阿久津の秘密を知ってしまった。どうりで、あれから何度も僕に、自分がWebに投稿している作品の内容やらアクセス数、他のユーザーから届いた感想などを自慢するくせに、ペンネームや作品名については口に出さないわけだ。

僕が初めてあの本を手に取った日から、ふた月ばかりが経ったころだろうか。二学期も終わりにさしかかり、忘年会の会場を早めに予約しておくようにと、学年主任から言いつけられた日だった。生物準備室で翌日の授業の準備を終え、職員室に戻ると、すでに阿久津のデスクは片づけられていた。窓の外に目をやると、茜色に染まった正門までの道を、阿久津が背中を丸めて歩いていくのが見えた。

僕は他の教師への挨拶もそこそこに、通勤用のバックパックをつかんで職員室を出た。駐輪場に停めたロードバイクに乗って追いかけると、二分と経たずに阿久津の姿を見つけた。阿久津は僕に気づくと、意外そうな顔をした。

「今日は早いね」

「たまには自主的に定時で帰ろうかと思いまして」

実際、こうでもしなければ阿久津とふたりで話す機会などなかった。新参者の僕には、ありとあらゆる雑用が押しつけられる。

「卯之原君は、毎日自転車通勤？　電車のほうが楽じゃない？」

「代々木上原なので、たいしたことはないですよ。実は、あまり電車が得意じゃないんです」

当たり障りのない世間話をしながら、恵比寿駅に向かって歩く。僕たちの職場は文教地区に指定されているだけあって、渋谷区にいるとは思えないほど緑が深い。明治通りの横断歩道を並んで歩きながら、阿久津はちらちらと僕の顔色を窺っていた。おそらく、学校の人間にはまだ話していないあちらの世界の話を、また僕に持ちかけてもいいものか、迷っているのだろう。

だから僕のほうから口を開いた。

「あの本、売れているみたいですね。僕も読んでみたんですよ」

ちょうど小さな書店の前を通りがかったところで、例の小説が、店頭の目立つ場所に山積みになっていた。青を基調にした装画と、箔押しされた表題のホログラム加工が、夕暮れの街で目を惹いた。

「へぇ。どうだった？」

阿久津の目は期待にきらめいていた。どうだつまらないだろう、さあ貶《けな》せ、という言葉が、細面《ほそおもて》の顔からこぼれ落ちそうになっていた。その気になればいくらでもこき下ろせるが、僕は困ったように微笑み、「そうですね、読む価値がないとまでは言いませんが……僕にはあまり、刺さらなかったかな」と言うにとどめた。実際は、「あまり刺さらない」どころの話ではない。初めて読んだ夜に深々と突き刺さった鋭い棘《とげ》が、僕という人間を丸ごと変えてしまったような気さえした。

「でも、中学生にしてはよく書けていると思いましたよ。情景描写も繊細で鮮やかで、十代ならではの感性だな、と」

「確かに、ところどころ光るものはあるのかもしれない。だが、実力以上に祀《まつ》り上げられていると思わないか？　Z世代のカリスマだなんていわれてるけどさ、内容だって、昔からあるお涙頂戴の恋愛小説の焼き直しだ。学校で孤立している内向的な少年の前に、天真爛漫な美少女が現われて、だけど彼女は不治の病に冒されて――って、ありきたりすぎて、泣かせにかかってくるシーンじゃあ、逆に笑っちゃったよ」

阿久津は底意地の悪い口調で言い、すぐに怪訝そうに首を傾《かし》げた。

「卯之原君、どうかした？」

「何がですか？」

「いや、一瞬すごい目でこっちを見てたから」

「ああ、最近、度が合わなくなってきたみたいで、作り直さなきゃとは思っているんです」

僕は眼鏡を外し、あたかも目がかすんで困る、というようにまばたきをしてみせた。どうやら思いがけずに目つきが尖っていたらしい。自分でもどうかしていると思うが、あの小説が悪しざまに言われているのを聞くと、自分自身が嘲笑されているような気分になった。だが反対に、手放しで称賛されることにも虫唾《むしず》が走った。そもそも僕は、あの物語を不特定多数の人間に評価される俎上《そじょう》になど載せるつもりがなかったのだ。ひっそりと隠していたものがいつのまにか引っ張り出され、小綺麗に装われて多くの人間の目に晒されている現実が、すでに耐えがたかった。僕にこんな思いをさせるルリツグミという作家を思うたびに、腹の底が煮えくりかえった。

「一体、作者は何者なんでしょうね？　仮面で目もとを隠しているとはいえ、ここまで話題になってしまえば、正体を隠しきるのは難しそうですが」

「そうだよなぁ。ネットには、何件かタレコミ情報が上がってるし、自分がルリツグミだ、なんて匂わせて顔出ししているやつまでいるけど、いまいち信憑性《しんぴょうせい》に欠けるんだよな。そもそもあの年頃なら、周りの同級生たちが、もっと迂闊《うかつ》にＳＮＳに情報を流出させてもおかしくないんだよ。最近は芸能人の卒業アルバムの画像なんかも、しょっちゅう出まわってるだろう？

本当はルリツグミなんか存在しないんじゃないか、とも言われてるよね。あの写真は、モデルか何かを雇って適当に撮影したものなんじゃないか、って」

確かな情報が何も出てこないせいか、ルリツグミは本物の青い鳥なのではないか、とすら噂されている。つまり実体がなく、誰にもつかまえることができない幻の鳥、というわけだ。

阿久津は得意げに鼻を膨らませ、「でも、ひとつだけ確かなのはさ」と言う。

「作者は、北海道出身ではない、ということだよ。少なくとも、札幌では絶対にないね。作者の地元が舞台なら、もう少しまともな作品になったはずだから」

どうやら誘導するまでもなく、話がスムーズに進みそうだ。僕は、思いがけないことを言われた、というように、目をしばたたかせてみせた。

「札幌？『君と、青宙遊泳』の舞台が、ですか？　作中に、地名が出るシーンなんかありましたっけ。僕が読み飛ばしたのかな」

「直接的な記述はないが、重要なシーンに時計台が出てくるだろう？　がっかり名所、時計、といえば、まず札幌市の時計台で間違いない」

確かに作中で、そうした会話が交わされる場面はある。


日高はすでに、病室を離れることを禁じられている。それなのに、言葉に詰まるぼくにはおかまいなしに、約束を取り付けようとする。

「待ち合わせは、大時計の前。朔が来るまで、何時間でも待つ」

「日本三大がっかり名所の目の前で？」

「そ。余命いくばくもない病人を待たせるようなこと、するなよな」

日高は笑いながら、痩せた腕を伸ばして、ぼくの鼻を摘まんだ。きっともう、笑顔を作るために頬を動かすことすら辛いはずなのに、日高は最後まで、そういう自分を手放さなかった。

型破りな発想力と奔放さで、学校中の人間の夏をめちゃくちゃに掻き乱した『体育館のラフマニノフ』のままだった。

「相変わらず、趣味が悪いな」

だからぼくも、いつものように素っ気ない憎まれ口を叩いた。本当は、声を上げて泣いてしまいたかった。


クライマックスの導入部分となる、重要なシーンだ。他にも、街を路面電車が走ること、電車通学の学生が『汽車通《つう》』という言葉を使うことが道民の方言と一致することから、ファンのあいだでは舞台が札幌であるとされている。聖地巡礼なども盛んにおこなわれているようだ。

「だけど作者のルリツグミは、札幌のことなんか、ちっともわかってやしない。まったく、きちんと校正が入ったとは思えないお粗末さだよ。卒業式で桜吹雪が舞っているのもありえないし、春の海に足をひたすシーンも、水温を考えたらありえない。主人公が真冬に自転車で全力疾走する場面なんかもある」

「だけど本当に、札幌が舞台なんでしょうか？　作者や版元が、公式に認めているわけじゃないんですよね？」

「そうだけど、今更言うに言えない、というのが本当のところじゃないか？　何しろ、あちこちで矛盾点をネタにされているからな。口をつぐんでさえいれば、架空の街が舞台だと言い訳ができるじゃないか。それともどこか他の場所に、がっかり名所の時計台があるとでも？」

冗談めかして肩をすくめる阿久津に、僕は笑い返さなかった。少々大げさに首をひねり、どうも腑に落ちない、という顔を作ってみる。阿久津の笑顔が、徐々に不快そうなものに変わる。

「阿久津先生、僕は最初、自分の地元によく似ていると思ったんです。街の描写に既視感があったので」

「へぇ。卯之原君は、どこの出身だったかな」

「四国の高知です。JRを汽車と呼ぶのは、高知も一緒なんですよ。四国は電車ではなくディーゼル気動車が走っているので、そのせいですかね。だから僕としては、さきほど阿久津先生がおっしゃった矛盾点について、疑問は感じませんでした。高知は南国土佐と呼ばれるだけあって、桜の開花時期も海の水温も、札幌とは違いますからね。もちろん、真冬でも自転車を使うことが当たり前です」

阿久津は、いよいよ不機嫌そうに眉をひそめた。僕がルリツグミを擁護しているように感じているのだろう。僕は気づかないふりで続けた。

「それに、クライマックスの路面電車のシーンですが」

「ああ、あのシーンもかなり叩かれたよな。札幌市の路面電車の窓から、時計台なんて見えやしないってさ。せっかくのクライマックスが興ざめだよな」

阿久津は我が意を得たりとばかりに声を弾ませる。作品の終盤、病院を抜け出した日高を主人公・朔が探すシーンだ。路面電車に乗った朔が、時計台の下にたたずむ日高を見つける。感情が乏しく冷静な朔が、窓から身を乗り出し日高の名を叫ぶ。読者の心を揺さぶる、と称えられる場面だ。

「でもあくまでも、札幌なら、の話ですよね。高知にも、観光客に人気のからくり時計があるんです。すぐ前を路面電車が通るので、下に立つ人間の顔がはっきり見えるはずです」

「仮にそうだとして、君の故郷のからくり時計は、札幌の時計台のように不名誉な称号はつけられていないだろう？　何だったかな、日本の三大がっかり名所は、札幌の時計台と長崎のオランダ坂と、あとは――」

「高知のはりまや橋です。からくり時計の真向かい。道路を挟んではいますが、目の前、といえないこともない。作中で主人公は、『がっかり名所で待ち合わせ』とは言っていなかったはずです。『日本三大がっかり名所の目の前で』と言っていたかと」

阿久津は足を止め、虚を衝《つ》かれたような顔をした。僕たちは込み入った路地を抜け、ガード下をくぐるところだった。轟音と共に列車が頭上を横切り、ロードバイクのハンドルを握った指先が、すっと冷たくなる。

僕たちの前には駒沢通りと、駅前の賑やかな街並みが広がっていた。僕を見つめる阿久津の顔は、片側だけ、コンビニエンスストアのネオンに照らされていた。

「……だから、あの小説の舞台が札幌ではなく、高知だって？　ずいぶん突飛な仮説だね」

「ですが、札幌だと出てくる様々な矛盾が、舞台を高知にすると綺麗に消え去るんです。単なる偶然でしょうか」

阿久津は、ひどく混乱しているようだった。彼のなかにある物語のイメージが、背景だけそっくり入れ替わってゆくような、奇妙な感覚を味わっているのだろう。涼やかで透き通るような北国の風景から、灼熱の太陽が肌を刺す南国の風景に。

「それが本当なら、なぜ作者は、舞台を札幌じゃないと公表しないんだろう……」

阿久津が眉を寄せてひとりごちる。『君と、青宙遊泳』は確かに多くの読者を獲得していたが、同時に批判的な感想や辛口の批評にも晒されていた。阿久津が指摘していた舞台設定の矛盾は、ネットを検索すれば大量にヒットする。作者の年齢が若く、また、出版社が主催する公募新人賞でのデビューではなくＷｅｂ投稿サイトからの書籍化、ということもあってか、ルリツグミの作品は、少なくない人間から軽んじられていた。もし舞台が札幌ではなく高知であると公表すれば、そういった声を一蹴することができる。だが、作者も版元も今のところ沈黙を貫いている。

「阿久津先生、こんなことを言ったら、おかしなやつだと思われるかもしれませんが……」

立ち尽くす阿久津の隣で、僕は、ためらいながらも、といった風情《ふぜい》で口を開いた。

「舞台を公表しない、のではなく、できないのではないでしょうか。つまり作者は、あの作品の舞台がどこであるかを知らないのでは？　もしかしたら読者と同じように、札幌市だと誤解しているのかもしれません」

阿久津は、今日一番の間抜けな顔をした。

「何を言ってるんだ？　作者が、自分の書いた作品の舞台を勘違いするなんてこと、ありえないだろう？」

「そうですよね、本物の作者なら」

僕は重々しく切り出す。ここまでは、悪くない滑り出しだ。

「実は、あの小説を初めて読んだ日から、ずっと考えていたことがあるんです。でも今日、阿久津先生からお話を伺って、やはり僕の気のせいではないんじゃないかと思いました。阿久津先生、あの小説を書いたのは、本当に、彼なんでしょうか？」

「……どういう意味だ？」

阿久津は大いに興味をそそられたようだった。

初めてあの小説を読んだ日から僕は、作者と作品についてできる限りの情報を得ようとした。版元のホームページやSNSアカウント、非公式に作られたファンサイト、果ては匿名の掲示板までを徘徊《はいかい》した。書店で紙の本を買い直し、少しでも違和感がある部分にはラインを引き、付箋を貼りつけた。そして、ルリツグミがおそらく、作品の舞台を勘違いしていることに気づいたのだ。それこそが、あの物語が、彼の純粋な創作物ではないことの証明だ。

僕たちは駅前のコーヒーショップに入った。ボサノヴァ調にアレンジされたクリスマス・ソングが流れる店内で、僕は阿久津に、いくつかの嘘を交えた事実を伝えた。大学時代、作家志望の友人がいたこと。高知を舞台にした作品の執筆のために、僕が少しだけ協力したこと。その小説が、ルリツグミの名前で刊行された作品に酷似していることなどを。

「友人の小説を読んだのは何年も前のことです。まさかそんなはずは、と思いました。でも、気のせいだと思えば思うほど当時の記憶が蘇《よみがえ》ってきて——このままにしておいていいのだろうか、と」

阿久津は、蟻塚を前にしたキタコアリクイのような顔で、色の悪い唇を舐めた。

「つまり、ルリツグミのデビュー作は、盗作だと？」

「文体は友人のものとまるで違いますが、物語の展開や台詞《せりふ》まわしが同じなので、初めは友人が作家としてデビューしたのかと驚いたくらいです。でも年齢も外見も別人ですし、学生時代の彼の潔癖な性格から考えると、話題作りのために中学生になりすましてデビューするとは、到底思えないんですよね」

「すぐには信じがたい話だな……。その友人とは、今は連絡が取れているのか？」

阿久津がカウンターの下で貧乏ゆすりをするせいで、ソーサーに載ったカフェラテのカップが、小刻みに揺れた。肉を削いだような頬が、隠しようもなくほころんでいた。

「卒業してからは疎遠になっていますが、海外で仕事をしていると聞いています」

「とすると、日本でこの作品がヒットしていることを知らないのか。彼の小説は、どうすれば読むことができる？」

「初めは、自作のホームページに掲載していたはずです。ただ、ほとんど読者がつかなかったので、サイトから取り下げて小説の新人賞に送ることにした、と言っていました。受賞報告がなかったので、おそらく落選したかと」

「じゃあ、ネットで公開している時期にルリツグミが彼の小説を読んだ、ということになるな」

「友人が作品を公開していたのは、今から五年前のことです。ルリツグミがＷｅｂに作品を投稿し始めたのは、いつですか？」

「『Ｍｕｓｅｓ』への初投稿は四年前だな。時期としては辻褄《つじつま》が合うわけだ」

阿久津は満面の笑みを見せた。こんなにも快活な阿久津を見るのは初めてだった。

「卯之原君、その友人の原稿のデータ、どうにかして手に入らないかな」

「一応連絡を取ってみますが、彼の作品は出版されたわけではないので、どちらが先に書かれたか、という証明はできませんよね」

「いいんだ、それでも俺は、その原稿が読んでみたいんだ」

「わかりました。ただ、くれぐれも内密にお願いしますね。作者のルリツグミは、まだ思春期の少年です。現実と空想の境目が曖昧《あいまい》で、思いこみが激しい時期だ。Ｗｅｂ上で読んだ物語の記憶を自分のアイディアだと信じ、罪の意識もなく自作として発表してしまった、ということもありえます。彼の将来のためにも、なるべく大事にしたくありません」

「もちろんだよ、そりゃそうだ」

阿久津は小刻みに頷いてから、一気にカフェラテを飲み干した。用事を思い出したと言い、小走りに店を出て行った。サンタクロースの訪れを待つ子供のように頰を紅潮させていた。一刻も早く僕と別れ、ひとりになりたいのだろう。いや、ひとりではなく、仲間たちに会いに行きたい、と言うべきか。

阿久津の姿が雑踏に消えてから、僕はスマートフォンを開いた。目論見《もくろみ》通りに事が進み始めたことを確認してから、冷めたブレンドコーヒーに口をつけた。窓の向こうには、年の瀬の慌ただしい夜景が見えた。クリスマスのイルミネーションに彩られた街は、どこもかしこも鬱陶《うっとう》しくきらめいていた。

創作物投稿プラットフォーム『Ｍｕｓｅｓ』での阿久津のアカウント名は、廃汁《はいじる》という。おそらく、阿久津の「あく」から灰汁《あく》、そこから漢字をひと文字変えて名づけたものだろう。

僕は、ルリツグミについて調べる過程で偶然、阿久津――もとい廃汁を見つけた。『Ｍｕｓｅｓ』のルリツグミの個人ページには、本人の書きこみはほとんどなく、代わりにアンチと呼ばれるユーザーに荒らされていた。作品に対する批判が主だったが、そのほとんどが中傷や難癖だった。そんななか、ある人物のコメントに、見すごせない既視感を覚えた。

――「作家もどきが書いた、読む価値もない落書き」

――「靴の底にひっついた糞を拭うくらいの価値しかない」

アカウント名、廃汁。個人ページに飛ぶと、日常の呟きが頻繁に投稿されていた。遡《さかのぼ》ってチェックすると、『うざったい飲み会』について書かれている日は学期末の飲み会と一致しており、また、僕と阿久津が初めて『君と、青宙遊泳』について話した日は、『隣の席の八方美人の後輩』の無知さに呆れ、Ｗｅｂ小説とケータイ小説の違いについて解説してやった、と書かれていた。

プロフィール欄には、『身バレをすると自由に呟けなくなる』ので素性は明かせないが、『若いやつらに小説の書き方を教えながら飯を食ってる』とあった。そして盛んに、自分が著名な文筆家で、多くの作家志望者の尊敬を集めていることを匂わせていた。

確かに阿久津は文芸部の顧問をしている。そして、教育者である僕たちがＳＮＳで同僚や上司をこき下ろしていることが明るみに出れば、問題になるだろう。僕は阿久津の意外な文才に驚いた。阿久津は、嘘をつかずに巧妙に自分を大きく見せることに成功していた。

とはいえ、廃汁としての阿久津が、『Ｍｕｓｅｓ』の住人たちの尊敬を集めているかというと疑問だ。阿久津はたびたび、他者の作品への批判的考察、という体《てい》でナルシシズムに溢れた創作論を振りかざし、逆に自分が書いたものに少しでも批判的な感想がつけば激昂し、執拗《しつよう》に反論を捏《こ》ねまわしていた。そして、ルリツグミに限らず書籍化が決まった作品については、とにかくこき下ろさないと気が済まないようだった。似たような性質の人間が多くいるらしく、同調者が現われるたびに批判はエスカレートし、ときとして誹謗中傷や作者の人格攻撃にまで至っていた。どうやら彼らにとって、自分と同じ境遇にいた素人が作家としてデビューすることは、一種の裏切り、抜け駆け行為のようにとらえられているらしい。書籍化が決まった作品のページにはそういった書きこみが目立ち、少なくない作者がコメント欄を閉鎖していた。

九人の芸術の女神たちを戴く『Ｍｕｓｅｓ』は、少なくとも小説というジャンルにおいては、嫉妬のるつぼだった。とりわけ、阿久津の周辺の治安は最悪だった。創作というものは、ここまで人の心を捻じ曲げるものかと、薄ら寒くなった。職員室で隣の席に座る阿久津が、平凡な男の皮を被ったモンスターに思えた。

だが僕も、人のことばかり言えない。そんな阿久津を知って、使えるかもしれない、と思ったのだから。


僕は、あの作品と阿久津について調べると同時に、過去に出版物が第三者の訴えにより差し止めになった事例を探した。盗作疑惑、あるいは、作者に勝手にモデルにされた等の訴えから裁判になったケースは知っていたが、調べてみると、出版差し止めまで進むのは稀《まれ》だった。だがここ数年、主にライトノベル、ライト文芸といったジャンルの作品を出版するレーベルで、作品が絶版・回収されるケースが増えていることに気づいた。ルリツグミと同じように、新人賞を通らずにWｅｂから書籍化した作品に多い。プロとしてではなく趣味感覚で投稿した作品だったため、権利侵害への意識が低いまま商業出版されてしまったのか。あるいは、阿久津たちのような人間からねたみを買ったためか。ともかく、インターネットの匿名掲示板や『Ｍｕｓｅｓ』などの創作サイト内では、常に何かしらの作品が盗作・パクりの疑いをかけられ、類似点について考察が行われていた。

だから僕は、阿久津の力を借りて青い鳥に火を点けることにした。

カフェで阿久津と別れて数分後、『Ｍｕｓｅｓ』のルリツグミのページには、廃汁による盗作疑惑のコメントが投下された。それはまたたくまに燃え広がり、匿名掲示板にまでスレッドが立った。多くの人間が、真偽もわからないままZ世代の新たなカリスマを叩き潰し、自分たちと同じ場所に引きずり下ろす興奮に酔いしれていた。おおむね、僕の目論見通りだ。

インターネットから噂が広がったところで、販元が動き出すことはないだろう。証拠を揃えて訴えたところで、メガヒットコンテンツを簡単に手放すとは思えない。だが僕は、作者の耳に噂が入りさえすればいいのだ。あの物語がルリツグミのオリジナルでないことを、僕と、書いた本人だけは知っている。盗作の噂が広がれば、きっと彼は慌てるだろう。上手《うま》くすれば版元に自首してくれるかもしれない。

阿久津が書きこんだ『ルリツグミ、終わりの始まり』というキャッチフレーズは、その後何度も、インターネットのあちこちを駆け巡った。だが実際に終わったのは、阿久津のほうだった。

あの夜からしばらく、阿久津は僕と顔を合わせるたびに、例の原稿データについて訊ねた。僕は毎回、「メールは送ってみたのですが」と返すにとどめた。焦りを隠さない様子に、「どうかしましたか?」と返すも、逆に阿久津はへどもどと要領を得ず、「いや、その、まあ、連絡がきたら教えてくれ」と、引き下がった。

阿久津は次第に学校を休みがちになり、ついには退職した。表向きは一身上の都合とされていたが、ＳＮＳでの誹謗中傷による名誉毀損罪、脅迫罪に問われたという噂は、すぐに職員室中に広まった。

出版社の対応の速さに驚いたし、多少の罪悪感はあった。だが、自業自得の範疇《はんちゅう》だろう。僕は阿久津に、いいいい、くれぐれも内密に、と釘を刺したのだから。


職員室の阿久津のデスクがまっさらに片づけられた日の昼休み、僕は東校舎の屋上にいた。スマートフォンのホーム画面に貼りつけた『Ｍｕｓｅｓ』のアイコンをタップし、ルリツグミの個人ページを表示させる。トップ画面に、出版社からの公式文書の画像が大きく貼りつけられていた。誹謗中傷には法的手段を以《もっ》て対応する、というお決まりの文言が並ぶだけだったが、それ以降、おかしなコメントを投稿する人間は消え去ったようだ。廃汁――もとい阿久津のアカウントは削除されていた。

阿久津から僕への連絡はない。そもそも僕たちは連絡先すら交換していない仲なのだ。私物を片づけにきた阿久津が、君のせいで、などと詰《なじ》ってくるところを想像しないでもなかったが、ただ用務員の女性が、段ボール箱に機械的にデスクの中のものを放りこんだだけだった。どうやら阿久津は、もう学校の人間に会うつもりはないらしい。

僕は阿久津に、いくつかの嘘をついた。小説家志望で現在は海外で働いている友人などいない。盗作されたとする原稿も存在しない。もちろん、僕は自作のホームページに小説を載せたこともない。あの物語は、僕だけのものだ。僕の頭のなかにしか、存在しないものだ。

僕は手摺にもたれ、荒れ果てた裏庭を眺めた。結局のところ、すべては僕の妄想なのだろうか。僕はルリツグミが書いたありふれたストーリーを、自分の物語だと思いこんでいるだけなのだろうか。

思春期の鬱屈したやるせなさを抱える少年の前に、余命わずかな少女が現われ、彼に生命の尊さや初めての恋を教え、儚《はかな》く消えてゆく。キャラクターの名前も、性格も違う。エピソードの細部までもが完全に一致しているとはいえない。

すべては偶然なのだろうか。それとも、自分でも気づかないあいだに僕の正気が、ゆっくりと溶け崩れているのだろうか。

背後でドアが開く音がし、振り返ると、制服姿の少年が立っていた。ワイシャツに半袖ベスト、チャコールグレイのスラックスは、この辺りでは見慣れないものだ。転校生だろうか。

「屋上は教師以外、立ち入り禁止だよ」

僕の言葉に、彼は色の薄い瞳を眩しそうに細めた。恐ろしく容姿が整った少年だ。髪の色も肌の色も、何もかもの色素が薄く、初夏の蒸し暑い空気に溶けてしまいそうに儚げだった。

「君は転校生？　迷子になったんなら、教室まで送っていこうか」

「平気です。探しものは、いま見つかりましたから」

彼はスラックスのポケットから、綺麗に折り畳まれた紙を取り出した。僕が顧問を務める天文気象部の入部届けだった。

「卯之原先生、ですよね。転校生の妻鳥透羽です」

微笑んだ彼の顔に、僕は目を凝らした。どこかで会ったことがあるような気がしたのだ。僕の指先が入部届けに触れたとき、強い風が吹いた。ふたつ折りにされた小さな紙切れは空を舞い、まるで白い蝶が逃げるかのようだった。繰り返し読んだ文章が、閃光のように脳裏にちらつく。


——日高はその場にしゃがみこみ、細い指で羽根を摘まみ上げた。二枚の羽根は、グラウンドからの乾いた風にさらわれ、青い空にばらばらに飛んでいった。


「あーあ、書き直しだ」

少年は残念そうに呟きながら、風に乱された髪に手櫛を入れた。長い前髪が目もとを覆い、形の良い鼻と唇、すっきりとした顎のラインが強調される。ワイシャツの襟もとからは鎖骨のくぼみが覗いていた。右側の胸鎖関節の辺りに、縦に並んだほくろがふたつ。喉ぼとけにも、小さなものがひとつ。

僕はそれまで、作者のルリツグミの写真を繰り返し眺めてきた。作り物めいた写真に手がかりなどないとわかっていながら、そうすることをやめられなかった。

だから間違えるわけがない。目の前に立つ少年は、彼だ。

やはり僕の頭がおかしいわけじゃない。こんなにできすぎた偶然があるものか。ルリツグミは――いや、妻鳥透羽は、僕を探してこの学校にやってきたのだ。

初めてあの小説を読んだ日の感情が、まざまざと蘇る。一睡もできずにスマートフォンを睨《にら》みながら、気取った仮面をつけて写真におさまる彼の首をつかみ、へし折ってやりたいと思った夜のことを。

「悪かったね。職員室で、代わりの紙をもらってくるよ」

僕は強張《こわば》った頬を持ち上げ、かろうじて微笑んだ。それがつい、二ヵ月前のことだ。


「卯之原先生は、高知市出身のわりには色が白いですね」

妻鳥が、腕に日焼け止めクリームを塗りながら僕を見る。日光に当たるとすぐに皮膚が赤くなる体質らしく、長い指先で丹念に肌になじませている。

「君に、僕が高知出身だと話したことがあったかな」

「覚えてないんですか？　故郷の高知とは違って、東京には空がない、と言っていたじゃあり

いる。

僕たちが白々しい会話を交わしているのは、あの日と同じ、東校舎の屋上だ。生徒は立ち入り禁止だが、天文気象部の活動ということで、顧問である僕が付き添う場合に限り許可されている。

「そうでしたっけ？」

「それは僕じゃなく、『智恵子抄』の高村智恵子だろう」

ませんか」

妻鳥は天体望遠鏡の下にしゃがみこみ、投影板にスケッチ用紙を固定している。僕は接眼レンズの調節ねじを回し、投影板に映った太陽の像がぼやけないようにピントを合わせた。天文気象部に妻鳥が入部してから、僕の昼休みは太陽の黒点観察のために潰されている。それまでは幽霊部員ばかりで活動実態がないも同然だったのに、迷惑な話だ。

妻鳥の白いうなじを見下ろしながら考える。妻鳥が、阿久津から何らかの手がかりを得て僕に接触してきたのは間違いない。おそらく、僕があの物語の本物の持ち主ではないかと疑っての行動だ。阿久津は、何をどこまで気取《けど》られたのだろう。余計なことを話していないだろうか。自分の罪を軽くするために、僕にそそのかされて盗作の噂を流したと、責任転嫁している可能性もある。まったく、今になって阿久津を捨て駒にしたツケがまわってきた。退職前に親身なふりで相談に乗っておけば、おおよその事態は把握できただろうに。

今から阿久津に連絡を取る手段がなくもないが、不自然な行動を取れば、僕が本当に阿久津をそそのかしたことに勘づかれるかもしれない。無駄に敵を増やすのは危険だ。

妻鳥がわざわざ僕の勤務先の高校に転校してきた目的は何だ？　口止めか、牽制か、監視か、あるいは、脅迫か。そんなことばかり考えてしまう僕は、やはり正気を失っているのだろうか。

「卯之原先生、ファインダーを直接覗きこんだら失明するって、本当ですか？」

「虫眼鏡の実験のように煙が出たりはしないが、確実に悪影響はあるだろうね」

僕を見上げる妻鳥の瞳が、太陽の光を吸いこみ、煙をくすぶらせながら燃え上がる様を思い浮かべる。たいして溜飲は下がらない。なぜなら、炎に巻かれて炙《あぶ》り出されたのは、妻鳥ではなく、他ならぬ僕自身だからだ。

第二話

日高と出会う前からぼくは、彼女の音を知っていた。

ぼくたちの学校では毎年、文化祭の前日に合唱コンクールが開かれる。だから一学期も終わりにさしかかると、放課後はあちこちの教室から、金づちを使って模擬店の準備をする音と、不揃いな合唱練習の歌声が同時に聞こえてきたりする。教師たちの目論見としては、まだ生徒が浮ついている一学期のうちに重要なイベントを済ませ、あとは勉強に集中させよう、というところだろう。毎年クラス替えがある普通科のやつらには、慌ただしいぶんクラスの親睦と団結が深まるとして好評らしい。だが学年に一クラスしかない理数科のぼくたちにとっては、面倒なだけの繁忙期だ。だからまともに合唱の練習時間を取ることなどなく、定番の合唱曲をぶっつけ本番で歌ってやりすごす。そのあとはステージの下で適当な拍手をしたりうたた寝をするなりして、他のクラスの発表が終わるのを待つ。それすらも面倒なやつはトイレの個室に籠って携帯をつついたり、教師の目を盗んで体育館を抜け出したりした。

その年のぼくは、体育館裏のプールに隣接した男子更衣室にいた。この時期のサボり場所としては穴場だが、去年からろくに換気をされていないので、床にしみついた塩素とカルキの臭いが鼻につく。持ってきた英単語帳をめくる気にもならず、ぼくは体育館に面した窓を開けた。更衣室の籠った空気を風が洗い、埃が舞う。次の瞬間、干からびた桜の花びらと一緒に、音の渦が飛びこんできた。

合唱コンクールの最中なのだから、ピアノの伴奏や合唱が聞こえるのは当然だ。だが、そのときの音は、それまでぼくが耳にした音楽とは、まるで違っていた。

両手を――いや、全身をピアノの鍵盤に叩きつけているような、やぶれかぶれで乱暴な音だった。次々に鍵盤からはじき出された音が取っ組みあいをするかのように絡まりあって、激しい洪水を作っていた。伴奏なんていうなまやさしいものじゃない。何もかもを置き去りに、ひとりきりで全力疾走をしているような、すさまじい演奏だった。

ぼくは、音に速さがあることを知識として知っていた。だが、重さがあることは知らなかった。そんなものはないことを頭では理解していても、その瞬間、自分の胸をめちゃくちゃに叩いた音の重さを、質量を、認めずにはいられなかった。

音楽は唐突にやみ、張り詰めた静寂が漂った。やがて戸惑ったような拍手のあと、再び、合唱のクラス発表が始まったようだった。

その年、どのクラスが優勝したかを覚えている人間は少ないだろう。だが、クラスメイトの合唱を遮り即興のピアノを披露した彼女のことなら記憶にあるはずだ。

誰が呼び始めたかは知らないが、彼女には『体育館のラフマニノフ』という渾名《あだな》がついた。ベートーベンと呼ぶやつもいた。

ほとんどの人間が、彼女の本当の名前を知らなかった。ただ、あの乱暴なピアノの音だけが、ぼくを含めた多くの人間の耳に焼きついていた。


目が覚めてもまだ、耳の奥にピアノの音がこびりついていた。ベッドに体を横たえたまま天井を眺めていると、スマートフォンのアラームが鳴った。この音に起こされなくなって、どのくらい経つだろう。深夜まで眠りにつくことができず、観念して睡眠改善薬を服用し、浅い眠りから最悪の夢で起こされる。もうずっとこんな調子だ。今日はいつもより二時間以上長くベッドにいたのに、頭の重さは相変わらずだ。

鼓膜に貼りついたピアノの音は、僕の記憶から生み出されたものなのだろうか。それとも、妻鳥が書いた小説の描写から呼び覚まされたものなのか。もはや切り分けが不可能なほど、僕の記憶は妻鳥の小説に侵食され、融合しつつある。それが何よりおぞましい。

朝食代わりのコーヒーを淹《い》れ、テレビをつける。新人女性リポーターが、人気の日除けグッズのランキングを発表していた。舌ったらずな話し方は耳障りだが、頭のなかのピアノの音を追い払えるなら、何だっていい。

画面が切り替わり、メンタルクリニックと過払い金請求のＣＭが続けて流れる。業種は違うが、流れるテロップはほとんど同じだ。ひとりで悩まずに、まずは相談を。

相談、したら解決するだろうか。頭のなかの物語を見ず知らずの人間に盗まれ、最近は夜もろくに眠れず街を歩けば誰かに監視されているような気分になる、と打ち明ければ、親身になって話を聞いてもらえるだろうか。だが僕が求めているのはカウンセリングや抗不安剤の類ではない。医者の出る幕じゃない、はずだ。――いや、本当にそうか？　おかしいのは僕が置かれている状況ではなく、僕自身なのか？

洗面所の鏡に映る土気色の顔に剃刀《かみそり》を当てながら、昨日の朝と同じ自問を繰り返す。日に日に自分の判断力への信頼が揺らぐ。丁寧に髭《ひげ》を剃り顔を洗っても、目の下の隈《くま》がひどく肌もくすんでいる。清潔感があるとは言いがたい。あまりに顔色が悪いせいか、昨日、学年主任に休みを取ってはどうかと勧められた。とりあえず今日は午前休を取ることにしたが、どうせなら、近所のメンタルクリニックでも予約しておくべきだった。抗不安剤はともかく、睡眠薬くらいはすぐに処方してくれるはずだ。いくつかのクリニックのＷｅｂページを開いてみたが、あいにく、どこも予約でいっぱいだった。

身支度を済ませて部屋を出ると、眩しすぎる朝陽にめまいがした。ドアを施錠しながら、横目で隣の様子を窺う。古びたアルミのドアの向こうは、物音ひとつなく静まりかえっている。

築四十年の古いアパートは、代々木上原という立地のわりには家賃が安い。二階建てで貸し部屋は三つだけ、一階は昔ながらの理髪店だ。といってもシャッターが閉まり切りで、今は営業していない。噂では事故物件らしく、長いこと僕以外の住人はいなかった。隣の部屋に借り手がついたのは、つい二月《ふたつき》前のことだ。

「あっ、卯之原先生、おはようございます！　今日はゆっくりですね」

駐輪場でロードバイクの鍵を外していると、犬飼蕾子《いぬかいしょうこ》に声をかけられた。駅から走ってきたのだろうか、眉の上で切り揃えられた前髪が、汗ばんだ額にへばりついている。

「お疲れ様です。また徹夜明けですか」

「やだ、わかりますか？」

彼女とは、週に二度ほど顔を合わせる。といっても生活パターンは正反対だ。彼女が部屋にいるときは僕が学校に、僕が部屋にいるときは、彼女は大抵職場にいるようだ。今日も犬飼は皺の寄ったブラウスに薄っぺらい生地のパンツスーツ姿だ。肩までの長さの髪の毛を、飾りけのない黒いゴムでひとつにまとめている。僕よりもいくつか年上のはずだが、化粧気がないせいか、就職活動中の学生のように見える。寝不足はお互い様なはずなのに、犬飼はいつも、暑苦しいほどエネルギーに満ちている。

「卯之原先生、毎日自転車通勤なんてすごいですね。体を動かすの、お好きなんですか？」

「いえ、駅や電車の混雑が苦手なんです」

「だけど、この街はやたらに坂が多いし、大変ですよねぇ」

さっさと部屋に向かえばよいものを、犬飼は笑顔でその場にとどまっている。僕はうんざりしながら、スラックスの足首に革のバンドを留めた。見栄えはよくないが、タイヤチェーンに裾を巻きこませないようにするためだ。

「あっ、そうだ！　ええと……おしりとか、大丈夫ですか？」

「はい？」

「薄い生地のスラックスで自転車を漕いでいると、おしりのところ、裂けたりしませんか？」

「サドルに専用のカバーを被せているので、今のところ平気ですが」

「そんなものもあるんですね！　私も自転車通勤、始めてみようかなぁ。お薦めのメーカーとかありますか？」

「すみません、あまり詳しくないので」

おざなりに会釈をし、サドルにまたがる。数メートル走ったところで振り返ると、犬飼はまだ道路にたたずみ、こちらを見つめていた。

メンタルクリニックのＷｅｂサイトにあったセルフ診断、『他人に監視されているような気分になる』の項目に、頭のなかでチェックを入れる。犬飼のあの目つきも、不自然に会話を引き伸ばし僕の人となりを窺おうとするような様子も、すべては気のせいなのだろうか。

住宅街を抜け井ノ頭通りに入り、代々木公園沿いにロードバイクを走らせる。鬱蒼と生い茂った雑木林からは、むせるような夏の匂いがする。だが渋谷のセンター街に近づくにつれ風景は人工的なものに変わり、人混みの密度も増す。僕はいつものようにロードバイクを下り、ハンドルを押して歩いた。石畳の道には空き缶やコンビニのホットスナックの残骸が散らばっている。昨夜の誰かの吐瀉物《としゃぶつ》に、カラスが数羽集まっていた。

スクランブル交差点の前で信号が赤に変わる。僕の隣に立つ若い女が、あ、と声を弾ませ、連れの男の肩を叩いた。

「ね、あれ、鶴重星青《つるしげせいあ》じゃない？　新しい映画かな」

彼女が指さす先には、駅前のビルの屋上に設置された大型ビジョンがある。桜吹雪のなかにたたずむ、制服姿の少年が映し出されていた。野暮ったいデザインの眼鏡をかけ地味な髪型にさせられているが、端整な顔立ちは隠しきれていない。カメラが少年の視線の先をたどり、セーラー服の少女の後ろ姿を追う。『このラブストーリーに、あなたもきっと涙する』というテロップに、男が鼻を鳴らした。

「どうせまた、余命もののアイドル映画だろ？　いい加減飽きるよなぁ」

「とかいって、観に行ったら絶対泣くくせにー」

じゃれあうふたりのやりとりを聞きながら、僕は、通勤時に携帯している水筒のキャップをひねった。

名も知らぬ彼の言う通り、内気な少年の前に余命わずかな少女が現われ、頑なだった少年の心が少しずつ解かれてゆく――そういったストーリーは、映画でもドラマでも小説でも、繰り返し描かれている。もしかしたら、間違っているのは僕なのか？　自分の頭のなかの物語を妻鳥に盗まれたというのは被害妄想で、妻鳥が僕の前に現われたのも、単なる偶然なのかもしれない。もう、そういうことでいいんじゃないだろうか。

僕はかつて、あの小説を絶版・回収に追いこめないかと考えた。だが実現の可能性が低いうえに、たいして意味がない。インターネットに流出した画像が二度と消えないのと同じように、人々の記憶からあの作品を消し去ることは不可能だ。もし妻鳥を告発すれば、僕は世間の好奇の目を浴び、あの作品と紐付けられる。それだけはごめんだ。差し当たって僕にできるのは、新たなヒットコンテンツが世間を賑わせ、人々の記憶が上書きされるのを願うことくらいだ。自分が傷を負わない選択をする以上、そうするしかない。ならばいっそ、すべては僕の気のせい、被害妄想だということにしたほうが、今よりも平穏な日々を送ることができる。

水筒から冷えた麦茶を飲もうと喉を反らしたとき、大型ビジョンに映し出された少女と目が合った。

『――ねぇ、朔。私に付き合ってよ』

新しいテロップが流れ、くっきりとした二重瞼《まぶた》の瞳が、真っ直ぐに僕をとらえた。人混みのざわめきが遠くなり、動悸が乱れる。

『余命一年の私が、クソみたいなこの世界に八つ当たりするのに、付き合ってほしいんだよね』

カメラが上へと移り、抜けるような青空が映し出される。少女の白い腕が、水を掻くようにしなやかに空《くう》を動く。『君と、青宙遊泳』のタイトルと、水飛沫がきらめくエフェクト。最後に、映画配給会社のロゴマークと、『来春公開決定』の文字が表示される。

「えっ、うそうそ、アオチュー、映画化⁉ 聞いてない！」

「うわー、マジか。でもさ、前に、原作者は映像化に消極的で……てニュースが流れてなかったっけか？」

「だけど、星青だったらイメージ通りだよね。星青、歌だけじゃなく演技も上手いもん！ でも日高役はちょっと、おとなしすぎる気がするけど」

「そっか？ モデルの小南遥《こみなみはるか》だろ？ 普通に可愛いじゃん」

「可愛いだけじゃだめなんだってば、日高奏は！」

目の前の光景が、溶けた飴細工のように捻じ曲がる。毛穴から噴き出した汗が、じっとりと肌を伝う。皮膚の上を虫に這われているような感触だ。

後ろから強く体を押され、ロードバイクごとよろけそうになる。いつのまにか信号が青に変わっていた。もう人混みには慣れているはずなのに、目の焦点をどこに合わせればいいのかわからなくなる。動き出そうと思うのに、一歩も前に進めない。耳もとで、大丈夫ですか？　と訊ねる声がした。気がつけば、いくつもの視線が僕に注がれていた。胃から吐き気が込み上げる。

このなかの何人が、あの小説を読んだ？　何人が、今の映像を目にした？　僕は一体これから、どれほどの人間に自分の物語を晒されなければいけないのだろう。

「すみません、大丈夫です」

誰にともなく呟き、ロードバイクのハンドルを握り直す。半袖のワイシャツから伸びる腕には、鳥肌が立っていた。照りつける夏の日差しの下で、きっと僕だけが、凍えたように震えていた。

ぼくが体育館のラフマニノフに出会ったのは、文化祭の二日目が終わり、後片づけに追われていたときのことだった。ぼくは図書委員の後輩の早川《はやかわ》未森《みもり》と一緒に、その年の委員会の出し物『BookCafe』の外装や看板を撤去していた。あらかた作業が終わり、図書室の外の掲示板に、もともと貼られていたポスター——確か、ビブリオバトルの出場者を募集するものだった——を貼り直していたときだった。ぼくの後ろで画鋲ケースを持っていた早川が、きゃ、と短い悲鳴を上げた。次いで、廊下に画鋲が飛び散る音。ぼくは貼りかけのポスターを押さえたまま、肩越しに後ろを振り返った。背の高い女子生徒と早川が、抱きあうようにして立っていた。廊下の曲がり角から飛び出してきた彼女が、早川にぶつかったらしい。

「ごめん。前、見てなかった」

女子にしては低い、ざらっとした声だった。後ろ姿なので顔は見えないが、セーラー襟から覗くスカーフの角が緑色だったので、ぼくと同じ二年だろう。廊下に膝をつき、まるで砂遊びでもするように、無造作に画鋲を掻き集めている。針が手に刺さらないように指先だけで慎重に画鋲を集めている早川とは、対照的だ。

「はい。これで全部かな」

「あ、ありがとうございます……」

早川が萎縮したように呟く。彼女は早川が拾ったケースにばらばらと画鋲を落とすと、勢いよくこちらを振り返った。そのとき初めて、顔が見えた。長い前髪の下の大きな瞳が、真っ直ぐにぼくを見つめていた。見つめている、というよりは、睨んでいる、といったほうが正しいかもしれない。

彼女はずかずかとぼくに近づくと、突然右手を振りかぶった。殴られる覚えもないのにぼくは、とっさに目をつぶった。風が耳をかすめ、薄く目を開けると、顔の横に青白い二の腕が見えた。ポスターの端に、深々と画鋲が突き刺さっていた。

「ちょっと曲がったかな？　ま、いっか」

彼女は真っ白な歯を見せて笑うと、そのままスカートの裾をひるがえし、廊下を走っていった。ぼくの鼻先にはまだ、彼女の制汗スプレーの香りが残っていた。

「びっくりしたぁ。先輩が殴られるんじゃないかと思っちゃいました」

早川が大げさに胸を撫でおろす。

「だけど私、久しぶりに日高さんと話したかも。私のことなんか、全然覚えてない感じでしたよね」

「知り合いなのか？」

「小学校の頃、同じピアノ教室に通ってたんです。すごくピアノが上手で——っていうか、先輩、知らないんですか？　一昨日《おととい》の合唱コンクールの、体育館のラフマニノフ。あれ、日高さんですよ」

「へぇ」

ぼくは、更衣室で聞いたピアノの音を思い出した。弾き出された一音一音が、今にも爆発しそうな熱をはらんでいた。

「日高さん、すごかったですよね。超絶技巧でピアノを弾き始めたと思ったら、突然椅子を蹴っ飛ばしてステージを下りちゃって……」

曖昧に頷くぼくを見て、早川は「もしかして先輩、見てませんでした？　またサボりですか?」と眉をひそめた。また、だなんて人聞きが悪い。ぼくは教師のあいだでは、真面目な優等生で通っている。学生生活で手を抜くべきところは抜き、直接内申点にかかわりそうな部分には真剣に取り組むというのが、当時のぼくの処世術だった。

ともかく早川が語るところによると、二年の普通科のクラスの合唱発表でトラブルがあったらしい。伴奏担当の日高がピアノの前に座り、司会者が曲名を発表した。その瞬間、日高が驚いたように腰を浮かせたらしい。

「それから突然、全員がアカペラで歌い出したんです。一応、ちゃんと揃ってたから、ぶっつけ本番じゃないと思います。へたくそだけど、アカペラ用にアレンジされてる部分もあったし。だけど指揮の先生はぽかんとして棒立ちだし、日高さんもピアノの前に座ったまま動かないし、私たちも、どう反応していいかわからなくて」

「それって、伴奏者と指揮者だけが知らされないまま、勝手に曲が変えられたってことか?」

「噂では、伴奏者を決めるときにいざこざがあったみたいです。本当は他にやりたい女子がいたのに、担任が無理矢理日高さんを指名した、って。日高さんも全然乗り気じゃなくて、練習にも出ないし学校も休みがちだったから、余計に反感を買われちゃったのかな」

合唱コンクールのステージで日高は、青ざめた顔でクラスメイトのアカペラ合唱を聞いていた。だが一番が終わり、二番に入ろうとしたところで、突然両手をピアノに叩きつけたのだという。まるで、無理にピアノのレッスンを受けさせられ癇癪《かんしゃく》を起こす子供のように、二度三度鍵盤を叩いてでたらめな音を鳴らしてから、急に流れるような演奏を始めたらしい。

「ステージの上の生徒も、先生も、みんなぽかんとしてましたね。あれって多分、日高さんのオリジナルだと思うんですよね。昔から日高さんはピアノが上手だったけど、私、ちょっと感動したなぁ。みんなはラフマニノフとかベートーベンとか、適当に呼んでますけど、ピアノだけでもロックってできるんだなぁ、って」

早川は感心したように呟くと、図書室に戻っていった。ぼくは掲示板から手を離し、改めてポスターを眺めた。紙の表面を抉《えぐ》るように突き刺さった画鋲は、彼女の乱暴なピアノの音を思い出させた。それから、廊下にぽつんと置かれた紙くずに気づいた。日高が現われるまで、そんなものは落ちていなかった。

くしゃくしゃにまるまった紙を拾い上げて広げると、そこには日高の名前が書かれていた。先週ぼくのクラスで配られた進路希望調査票と、同じものだ。

次に日高を見かけたのは、翌日の放課後だ。図書室に向かおうとしていたぼくは、廊下の窓から、日高の姿を見つけた。背中にバックパックを背負った日高は、ぶらぶらと正門に向かって歩きながら、ときどき足を止めてしゃがみこんだり、雑草を蹴飛ばしたりしていた。ぼくは行き先を下足箱に変え、日高のあとを追いかけた。

「もしかして、何か探してる？」

日高は、正門を出てすぐのところに立っていた。ぼくが声をかけると、ぎょっとしたように目を剝いた。皺を伸ばして二つ折りにしたプリントを差し出すと、日高は敵意の籠った目でぼくを睨み、ひったくった。

「……見た？」

「一応。ごみかどうか判別できなかったから。捨てなくてよかった」

実はぼくは、朝のうちに日高のクラスを訪ねていた。教室に姿が見当たらなかったので近くにいた女子に聞いてみたが、「知らない。どうせまた遅刻か、欠席じゃない？」と感じの悪い態度で一蹴されたのだ。

日高の名前が書かれた進路希望調査票には、第一希望の欄に『天国』、第二希望の欄には『地じごく』と書かれ、地、の部分に大きくバツがつけられていた。地獄、と漢字で書けなかったのだろう。

「あんまりふざけたことを書くと、呼び出しをくらって面倒なことになるんじゃないか」

「別に、嘘は書いてないよ。文句を言われる筋合なんかない」

日高は進路希望調査票をわざわざ一度広げ、それからまた、これみよがしに握り潰した。

「私、もうすぐ死ぬんだよね」

その言い方は、『明日、雨なんだよね』というのと同じくらい、何気ないものだった。

実際、死ぬという言葉は、十七歳のぼくたちにとっては愛とか夢とか幸せとかいう言葉よりも、ずっと日常だった。来年の受験を憂えて「死にたい」とか、クラスメイトの冗談に笑い転げながら「やばい、死ぬ」とか、気に入らない教師への陰口として「死んでほしい」とか。擦り切れるほど使いまわされているのに、ぼくたちのなかのほとんどが、その言葉の本当の意味を、重みを知らない。

愛とか夢とか幸せとかいう言葉と、同じように。


学校からほど近い古い神社には、まだ昼前だというのに、一日の終わりのように凪《な》いだ時間が漂っている。境内《けいだい》でくつろぐ高齢者たちは、欠伸《あくび》をしながら新聞を広げたり、玉砂利を歩く鳩に餌を投げたりしている。時間を持て余している様子は、かつて故郷の海辺の町で一緒に暮らした祖父を思い出させた。夜は九時前に就寝し夜明けと共に起きる祖父は、休日の昼前にはいつも、あんな顔で座椅子にもたれかかっていた。

石造りのベンチに座り、水筒に口をつける。中身はほとんど空だ。溶け残った氷が水筒の中で転がり、かすかに麦茶の味がする滴が数滴、舌に落ちる。まだ吐き気がおさまらない。視界の隅で木漏れ日が揺れるだけでめまいがした。

スマートフォンの画面では、容姿端麗な少年と少女が寄り添っている。人気アイドルグループのリーダー・鶴重星青と、ファッションモデルとして活躍する小南遥だ。ベストセラー小説『君と、青宙遊泳』映画化の情報は、すでにいたるところでニュースになっていた。メインターゲットである学生たちの通学時間を狙い、今日の朝、一斉に情報が解禁されたらしい。SNS上では、配役が原作のイメージに合わない、事務所のごり押しだという非難や、公開が待ちきれない、という期待の声など、賛否が渦巻いている。

公開は来年の春。大手映画会社や芸能事務所、版元の春栄社ほか、様々な人間を巻きこんだプロジェクトが動き始めている。一介の高校教師である僕に、流れを止める力などない。あの物語は、他でもない、僕のものなのに。

……いっそのこと、すべてを吐き出してしまおうか。SNSに、あるいは週刊誌に、ルリツグミのしたことをぶちまけてしまおうか。世間の疑惑の目が作品に向けられ、ネットは炎上し、匿名の正義漢気取りの人間が、こぞってルリツグミの青い羽を毟《むし》ろうとするだろう。そうだ、そしたらきっと——

スマートフォンから光が消え、暗い画面に虚《うつ》ろな面影が浮かび上がる。頬のこけた亡霊のような顔に、ぎょっとした。他でもない自分の顔のはずなのに、僕のスケープゴートとして学校を退職した阿久津の顔が重なった。

だめだ、僕はすでに一度失態を犯している。阿久津を通して妻鳥に素性を知られてしまったのも、自分では冷静なつもりで頭に血が上っていたからだ。もう同じ轍《てつ》は踏まない。

あの小説を僕の物語として世間に告発し、妻鳥を批判する人間が増殖し、ネットが炎上して、何が変わる？　映画の公開が中止されることは、万にひとつもないだろう。むしろ配給会社も出版社も、話題になったことを歓迎するかもしれない。それまで読書に興味がなかった層も、騒動をきっかけに作品を手に取るだろう。告発者の僕に好奇の目が向けられ、遅かれ早かれ素性を割り出される。ただでさえ僕は職場で、好奇心旺盛なＳＮＳ世代の若者に囲まれているのだ。

教壇に立つ僕に、四十人余りの生徒が一斉にスマートフォンを向ける様を想像する。血の気が引いた。僕が声を上げたところで、事態は悪い方向に転がるだけだ。それならば、ただ顔を俯《うつむ》け息を殺し、人々の興味がうつろうのを待てばいい。どんなにヒットしたコンテンツも、いつかは忘れ去られ風化する。

もう何回も、何万回も自分に言い聞かせた言葉を反芻《はんすう》する。玉砂利を踏む音がし、鳩の群れが一斉に飛び立った。顔を上げると、木漏れ日の中に妻鳥が立っていた。もはや驚く気力もない。

「君は僕にＧＰＳでも付けているのか？」

「ひどいな。ストーカーみたいに言わないでくださいよ。もともと、ここは俺の特等席です。学校から近いわりに同年代のやつらは寄り付かないので、穴場なんです。卯之原先生もサボりですか？」

「まさか。今日は担当の授業もないし、午前休を取っただけだよ」

「ふうん。俺は、四時間目の体育がプールの授業なので、終わった頃に行こうと思って」

妻鳥透羽について、僕たち教師のあいだで共有されている注意事項。作家活動については口外厳禁、体育の授業は基本的に見学、校外学習等の課外活動では、くれぐれも体に負担をかけさせないように。妻鳥いわく、「箱入り息子で、虚弱体質なんですよね」とのことだが、学校側が様々な意味で彼を優遇していることは、末端の教師である僕の目にも明らかだ。

「授業に参加しないまでも、見学くらいはしておいたほうがいいんじゃないか？　ただでさえ君は忙しくて欠席しがちだし、年度末に単位が足りなくて困ることになるよ」

「確かに、三回目の高校一年生は、さすがにいただけないよなぁ」

妻鳥は僕の隣に座ると、憂鬱そうに息を吐いた。妻鳥は神奈川の私立校からの編入生だが、前の学校を一年留年している。加えて何らかの事情で高校への入学が一年遅れたため、現在は十八歳の高校一年生だ。

「正直、クラスに馴染めていない自覚はあるんですよね。まともに学校に通うのも初めてだし、集団行動にも息が詰まるっていうか」

詳しい事情は探れていないが、妻鳥は、小中学とほとんど不登校だったらしい。かつて阿久津が、ルリツグミに関する情報が同級生からまったく洩れてこないとぼやいていたのも、そのせいだろう。

「これは教師としてじゃなく、僕の個人的なアドバイスだけど、芸能コースがある学校に編入するのも手じゃないかな。学外での活動を評価して進級させてくれるようなところのほうが、作家活動と両立させやすいと思うんだ。きっと君はこれから、ますます忙しくなるだろうしね」

本当は僕の前から消えてほしいだけだが、もっともらしいことを言ってみる。妻鳥は不思議そうに首を傾げた。わざととぼけているのだろうか。苛立ちを抑え、「デビュー作の映像化が決まったんだろう。さっき駅前で、特報映像が流れていたよ」と、自ら話を向けた。

「ああ、今日が情報解禁日だったっけ。そういえば、そんなメールが来てたかも」

妻鳥は「じゃあ、もう言ってもいいのか」とひとりごち、体ごと僕に向き直った。ガラス玉のように美しい瞳が僕を見つめている。

「先生、特報映像を見たんですよね。どう思いました？」

――どう思いました？

目の前が赤くくらんだ。手の中のステンレスのボトルを握る指に力が籠る。

今の僕は、きっと妻鳥に対する衝動を隠せていない。だが妻鳥の表情に変化がないので、後ろから僕の背中を炙る太陽が逆光となり、僕のただならぬ顔つきを隠してくれているのだろう。

「……どうかな。一瞬のことで、よく見えなかった」

「俺としては、思ってた感じと違うっていうか……。主役のふたりを綺麗に見せるためだけのプロモーションビデオみたいで、不満なんですよね。もともと映像化には乗り気じゃなかったんですけど、版元は絶対に受けるべきだって言うし、プロデューサーも監督も、ただのアイドル映画にはしないって約束してくれたから、じゃあ大人を信じて任せてみようかなって、思ったんですけど」

妻鳥は長い脚の上に肘をつき、頬杖をついた。まるで本当に悩んでいて、真摯《しんし》に僕のアドバイスを求めているかのようだった。

「なのに先週送られてきた脚本には、やたらとふたりのラブコメみたいな掛け合いがつけ足されてて、原作の大事なシーンがバサバサ切られてました。プロデューサーが言うには、主演ふたりのファンは、そういうシーンを期待して劇場に足を運んでくるわけだから、ってことなんですけど……だったら最初から俺の作品じゃなく、少女漫画のヒット作でも選べばいいじゃないですか。なんか俺、頭にきちゃって……いや、違うな。がっかり、かな。がっかりしました。俺は、朔と日高のあいだにあるものを、恋愛感情なんていう、わかりやすい型に押しこみたくないんです。あの作品全部を使って、友情でも恋愛でもない、もっと切実な繋がりを表現したかった。そういう俺の気持ち、全部ないがしろにされてる」

妻鳥は眉を寄せ、じっと僕を見つめた。

「俺の書き方が悪いのかな。先生は、朔と日高の関係について、どう思いますか？　卯之原先生の率直な感想を聞きたいです」

妻鳥は、僕を挑発する天才かもしれない。目の前にある綺麗な顔を、原形をとどめないほどに殴りつけてやりたい。

「……よく、わからないな。僕は現国の教師じゃないからね。意に沿わないメディア化なんか、やめてしまったらいいんじゃないか」

「卯之原先生、今日はなんだか、冷たいですね」

「相談相手になれなくて悪いね。そういうことは、君の担当編集者にでも話したらいいんじゃないか？」

これ以上一緒にいたら頭がおかしくなりそうだ。立ち上がろうとしたとき、僕のスマートフォンが鳴った。学校からの着信で、相手は教頭だった。おざなりにならないように相槌を打ちながら、ロードバイクの鍵を外す。とにかく、すぐに学校に来てほしいらしい。終話ボタンをタップし妻鳥を見ると、わざとらしく小首を傾げている。

「何かトラブルですか？」

「君のお得意先の春栄社から、学校宛てに抗議の電話が入ったそうだ。何か知っているか？」

「昨日の夜、ＳＮＳに俺の盗撮画像が投稿された件かな。背景が学校の教室だったので、多分同じクラスの誰かだと思うんですけど。春栄社さん、さすが仕事が早いな」

「売れっ子作家の君を守るためなら必死だね。本当に、芸能コースがある学校に転校したほうがいいんじゃないか。セキュリティもうちよりしっかりしているだろう」

「いやですよ。そしたら、卯之原先生に会えなくなっちゃうじゃないですか」

妻鳥は悪びれもせずに言い、ロードバイクを引き摺りながら歩く僕の後ろからついてくる。視界を滲《にじ》ませる汗と地面から立ちのぼる陽炎《かげろう》が、渋谷の街並みをゆらゆらと揺らしている。


問題の盗撮画像は、SNSの鍵つきアカウントに投稿されていたらしい。だが、誰かがスクリーンショットを撮って誰でも閲覧できる場所に貼りつけ、多くの人間の目に触れる事態となった。

写真は、俯きがちの妻鳥の横顔をとらえたものだった。顔立ちがはっきりと写っているわけではなかったが、整った横顔の輪郭が、作家ルリツグミの著者近影に酷似していた。ただ、そういった写真――ルリツグミの正体を見つけた、あるいは自分がルリツグミだと匂わせるような投稿は数多くあり、今回も、かなり似ている写真の一枚として扱われていた。

出版社がSNSの運営側に連絡し画像は削除されたものの、二度と同じ事態が起きないようにするため、学校側としては対策を講じなくてはならない。その作業を丸投げされたのが僕だ。卯之原先生なら妻鳥君にも信頼されているし、若いからSNSに強いでしょうと、教頭はもっともらしく言っていた。

結局僕は、午前中に休んだ時間以上の残業をする羽目になった。夜の渋谷の人混みを縫うようにしてロードバイクを押しながら、溜息が洩れた。再発を防止する確実な案などない。一時的に生徒のスマートフォンの所持に規制をかけ、連帯責任でペナルティを科すにしても、こちらの負担が増えるだけだ。登校時に生徒のスマートフォンを回収し、下校時に返す、というシステムにしている学校もあるらしいが、取り違えや紛失、または故意に他の生徒のものを持ち帰り悪用するなど、トラブルがあとを絶たないらしい。

重い体を引き摺りながら帰宅すると、ちょうど部屋から出てきた犬飼薔子と遭遇した。朝と同じスーツ姿だが、タオル地のヘアバンドを着けて額を剥き出しにしている。まるで洗顔の直後に飛び出してきたような様子だが、肩には愛用の鞄をかけている。

「卯之原先生！　今日も、ずいぶん遅いですね」

「……おかげさまで。犬飼さんは、今から帰られるんですか。お疲れ様です」

何とか微笑んだつもりだが、わざとらしかっただろうか。犬飼はばつが悪そうに、上目遣いで僕の顔色を窺う。

「もしかして、怒ってますか？」

「とんでもない、ご迷惑をおかけしているのは、こちらなので」

「本当は朝、先生にお会いしたときに相談しようかと思ったんですけど……こういうのは、きちんと学校を通したほうがいいのかなって。その、お互いのために……」

今は愛想笑いをすることとすら苦痛だった。一秒でも早く切り上げるために、僕はことさらに仰々しく頭を下げた。犬飼がぎょっとしたようにあとずさる。あまり手入れされていないパンプスの爪先は傷だらけで、合皮がめくれていた。

「まずは僕のほうからお詫びさせてください。学校からも改めて正式に謝罪に伺う予定ですが、今回のことは本当に……」

「そんな、頭を上げてください！　卯之原先生に謝っていただきたいわけじゃなくて、私たちとしては、その……」

慌てる犬飼の後ろで、僕の隣の部屋のドアが勢いよく開く。立っているのは、サンダルをつっかけた妻鳥だ。

「やっぱり卯之原先生だ！　お帰りなさい」

屈託のない笑顔に、擦り減った精神を逆撫でされる。妻鳥はクリップで留められた紙の束を差し出し、「犬飼さん、シナリオ置きっ放し」と肩をすくめた。

「わっ、ほんとだ、忘れるところだった！」

「あぶなっかしいなあ。そんなんで明日の打ち合わせ、大丈夫なの？」

「任せて！　透羽君の要望をできるだけ反映してもらえるように、私も戦ってくるからね！」

「できるだけ、ね。俺って、そんなに我儘《わがまま》言ってる？　俺の小説を気に入ってオファーしてくれたはずなのに、どうしてあちこちいじくりたがるのかな。どうせ文庫化の表紙だって、俳優の写真に変わるんでしょう。今の装丁も含めてラストシーンが完成するように書いたのに、なんだかな」

「だけどね、映画が公開されれば、今よりもっと多くの人に透羽君の作品を手に取ってもらうことができるの。デビュー作が売れれば売れるだけ、二作目の注目度も上がるし、この時代に透羽君が専業作家として生きていくためにはどうしても――」

「それはもう、百回以上聞いた。あと、そのヘアバンド、俺のなんだけど」

「わっ、やだ、このまま電車に乗るところだった！　掃除のとき、髪が邪魔だったから……」

「掃除と洗濯くらい、俺が自分でやるから、わざわざ通ってこなくていいよ。編集者の仕事じゃないでしょ」

「そうはいかないよ。透羽君のお母さんは、私が保護者代理を引き受けることを条件に、東京でのひとり暮らしを許してくれたんだから」

犬飼が童顔なせいか、ふたりはまるで、仲のよい姉弟のように見える。だが僕はそんなやりとりよりも、犬飼が受け取った紙束から目が離せなかった。

「……それが、実写化のシナリオですか？」

「あ、ええ。まだ決定稿ではないんですけどね。もしかして、卯之原先生も特報映像をご覧になりました？　告知のタイミングとしては早めですが、キャンペーンにじっくり力を入れて絶対にヒットさせようって、プロデューサーさんがありがたいくらいに前のめりで……」

犬飼はシナリオを鞄に押しこみながら言う。腕を引き抜いた拍子に何かが飛び出し、コンクリートの床に落ちた。「あーあ、何やってんの」と妻鳥が顔をしかめる。僕の革靴の爪先に、小さな長方形のアクリルキーホルダーが落ちていた。

「これ、映画のノベルティのサンプルなんです。可愛いと思いません？」

「俺はどうかと思うけどね」

「もう、またそんなこと言って」

犬飼の指先で摘まれたキーホルダーは、作中に出てくる進路希望調査票をかたどったものだ。ヒロインの名前と、第一希望『天国』の文字が、手書き風にデザインされている。

「映画の公開に合わせて、文庫化も決まったんですよ。せっかくだから、作品の後日談というか、大人になった朔のショートストーリーをつけるのもいいかなって、透羽君と相談してるんです」

「そうですか。じゃあ、僕はこれで」

かろうじて呟くと、ふたりが笑顔で、おやすみなさいと言う。おかしいのは僕なのか？　いや、違う。異常なのは、あいつらだ。

市販の睡眠改善薬を服用しても、その夜もろくに眠れなかった。眠りに落ちそうになると、耳もとでキーボードを叩く音が聞こえた。薄い壁の向こうで、妻鳥が前のめりにＰＣに向かう姿が目に浮かぶ。

作品の後日談？　大人になった主人公・朔のショートストーリー？

妻鳥の長い指が、ピアノの鍵盤を滑るようにキーボードを叩き、僕の物語を暴力的に捻じ曲げる。

タイピングの音は明け方まで続き、僕は今日も寝不足のまま、くすんだ顔で通勤用のワイシャツのボタンを留める。

第三話

青い鳥は幸福の象徴だ。そういえば昔、幼い兄妹が青い鳥を探して旅をする童話を読んだことがある。結末は覚えていない。結局ふたりは、最後に幸せを見つけることができたのだろうか――

「妻鳥君は悪くないわよ、先生だけは、あなたの味方だからね！」

窓の外を眺めて現実逃避を決めこむ僕の隣で、同僚の音楽教師・田波和葉《たなみかずは》が甲高《かんだか》い声を上げる。彼女の前には、俯きがちに唇を嚙む妻鳥が座っている。オーバーサイズのTシャツの襟ぐりから覗く首筋が、心なしか青白い。

「すみません、俺、あんなことをする気はなかったんですけど、最近いろいろ重なって、気持ちに余裕がなくて……」

「やだ、そんな顔しないで。妻鳥君は被害者みたいなものなんだから！」

田波は僕より五つほど年上の先輩教師だが、その発言はどうかと思う。

「田波先生、事情はどうあれ、妻鳥が他の生徒の私物を破損したのは事実ですから」

諌《いさ》める僕に、田波は不服そうに唇を尖らせた。

妻鳥が同じクラスの女子生徒のスマートフォンを奪い取り、机の角に叩きつけて液晶を破壊したのは今日の二時間目、音楽の授業中のことだ。写真を隠し撮りされて腹が立った、というのが本人の言い分だが、相手の女子生徒は無罪を主張している。

「俺、勝手に写真を撮られるのが、すごく苦手なんです。だからつい、反射的に……」

妻鳥は珍しく萎《しお》れている。反省した様子を見せれば、僕たち教師が態度を軟化させるとでも思っているのだろうか。

件の女子生徒には教頭と担任教師が付き添い、別室で事情を聞いている。妻鳥には僕と、目撃者の音楽教師・田波が割り振られたわけだが、人選に問題があると言わざるを得ない。

「だって卯之原先生、私はこの目で、ちゃんと見たんですよ！　合唱の最中に、妻鳥君の後ろに並んだ浜田《はまだ》さんが、スマートフォンを出してカメラを向けるのを！　シャッター音が聞こえづらいように、わざとピアノ伴奏中に盗撮したんです。計画的な犯行です！」

ブラウスの胸もとのリボンタイを揺らし、田波は鼻息を荒らげている。服装や化粧が派手なわりに、会議などではめったに意見を出さない消極的なタイプだと思っていたが、別人のような熱っぽさだ。東校舎四階にある狭い教育相談室に、田波の濃厚な香水の匂いが充満している。

「私たちがツグ君を守らなくて、誰が守るっていうんですか⁉」

「ツグ君……？」

眉をひそめる僕に、田波はハッとしたように顔を赤らめる。

「えっと私、書籍化される前のネット小説時代から、ルリツグミ君の作品を追いかけていたので、つい……」

そういうわけか。だが、職場では教師としての公平さを保ってほしい。妻鳥はさして嬉しくもなさそうに「ありがとうございます」とだけ言う。自分の信者に遭遇するなど、日常茶飯事ということか。頬を紅潮させる田波には目もくれず、上目遣いに僕の顔色を窺っている。飼い主に叱られた猫のような顔つきだ。

「卯之原先生、もしかして、犬飼さんに連絡しました？」

「彼女が君の保護者代理、ということだからね。今は他の作家との書店まわりで大阪にいるらしいが、至急こちらに向かうそうだ」

「やだなぁ、最近はただでさえいろいろあって、おとなしくするように言われてたのに。絶対叱られる」

「じゃあ、君の親御さんに来てもらうのはどうだ？　確か、神奈川にお住まいだったよな」

「それはもっといやです。ああもう、最悪だ……」

珍しく同感だ。僕は、机の上に置いた犬飼薔子の名刺に目をやった。先日、妻鳥の盗撮写真がＳＮＳに投稿された件で春栄社から猛抗議を受けた。今回は何を言われるだろう。だが妻鳥が一方的な被害者ではないことを考えると、こちらの立ちまわり方によっては、痛み分けで解決するかもしれない。気が重いことには変わりないが。

眉間の皺を指で揉んでいると、田波が「卯之原先生、最近、雰囲気変わりましたよね」と囁《ささや》いてくる。

「そうでしょうか」

「もしかして、彼女と別れたとか」

返事をするのが面倒で、聞こえないふりをした。ここ数日のうちに、他の教師からも同じ質問をされた。

僕の目の下に浮いた隈は、日に日に青黒さを増している。毎朝髭だけは剃っているが、髪の毛は寝癖を直す程度でろくにセットしていない。ここ数日はワイシャツにアイロンをあてるのが億劫で、学生時代に買ったポロシャツで通勤している。職員室のデスクでは雑務書類がなだれを起こし、もはや、どこから手をつけていいのかわからない。今日も一日、この問題への対処で時間が潰れるだろう。同僚に愛想笑いをする余裕さえない。

『身なりに構わなくなる』

『物事に集中できない』

『些細なことに苛立つ』

メンタルクリニックのホームページで見かけたセルフ診断のチェックボックスに、日に日に印が増えてゆく。ちなみに未だに予約が取れたことがなく、寝不足も継続中だ。

「とにかく、先生はツグ君と一緒に戦うからね！」

重い空気が停滞する相談室で、田波がひとり、場違いに声を張り上げる。小説家に、というよりは、アイドル歌手にでも熱を上げているような様子だ。おざなりに会釈だけを返す妻鳥は、やはりちっとも嬉しくなさそうだった。


ベストセラー作家・ルリツグミに対する世間からの風当たりが強くなったのは、先月のことだ。きっかけは、数百万人ものチャンネル登録者を抱えるインフルエンサーが配信したライブ動画だ。有名人のスキャンダルを暴露することで人気を得ている彼に、ある女子中学生からメッセージが送られた。内容は、人気小説家のルリツグミを名乗る人物からSNSを通して接触され、密かにやりとりをするうちに裸の画像を送るようにねだられた、というものだ。被害者の中学生が動画に電話で生出演し、作家のルリツグミ本人だと信じていたから要求に応じたのに、会ってみたら別人だった、送った写真を拡散すると脅され肉体関係を強要された、と訴えたことで大きな話題になった。警察が動く事態となり、ほどなく、加害者の男が逮捕された。

男がSNSに投稿していた自撮り写真は、確かに妻鳥に似ていた。だが逮捕時に報道された姿はまったくの別人で、それもまた、インターネットで嘲笑と共に拡散された。

被害に遭った少女は推定数十人。誰が言い出したかは知らないが、『ルリツグミが仮面を外し素顔を明かさなければ、これからも模倣犯が少女を食い物にし続けるだろう』という意見が広がり始めた。正義ぶった言い草だが、実際は皆、ルリツグミの仮面の下に隠されたものを見たいだけなのだろう。

ネットの世界では、本物のルリツグミ探しが過熱している。呆れたことにSNSには、自分が作家のルリツグミであると匂わせるアカウントが、いくつも存在した。彼らが投稿した自撮り写真や、似ているとされるモデルや俳優の写真が集められ、ルリツグミの宣材写真と比較検証するまとめ記事が、あちこちに投稿された。そのなかには妻鳥本人の盗撮画像もあった。もとの画像は削除されたものの、一度ネットに載った画像を完全に消し去ることは不可能だ。唯一の救いは、妻鳥の写真の映りが良すぎたために、ＡＩによって生成された画像に違いない、といわれていることくらいだろうか。

最近は学内でも、妻鳥透羽がルリツグミではないかという噂が囁かれている。それでなくても妻鳥の整った容姿は、転入時から話題をさらっていた。

「卯之原先生、ちょっと……」

相談室のドアが開き、教頭が僕を手招きする。いつもと同じローズレッドの口紅が不自然に鮮やかに見えるのは、疲労で顔色がくすんでいるためだろうか。僕は妻鳥と田波を置いて席を立った。後ろ手にドアを閉める僕に、教頭が声をひそめて囁く。

「さきほど生徒の保護者の同意を得て、スマートフォンのデータをあらためました。やはり妻鳥君の写真が、何枚も保存されていました。日付が今日のものだけではなかったので、常習的に撮影していたようです」

「ということは、先日の一件も彼女が？」

「いいえ。仲間内で何人も同じことをしているらしく、SNSに投稿したのは別の生徒だと主張しています。みんなやっているのにどうして私だけ、なんて子供じみたことまで言い出して、頭が痛いです。それに生徒のお父様も、冷静に話しあいをできるような状態ではなくて……」

スマートフォンを破損された女子生徒の父親は、娘の泣きじゃくる姿を見て怒り心頭だという。年頃の少女が意中の相手の写真を隠し持つことなど珍しくない、スマホだけではなく娘の気持ちまで傷つけて、どう責任を取るつもりだと、怒鳴り散らしているらしい。学校側としては、一番厄介なタイプの保護者だ。

「生徒の親御さんは、妻鳥が作家として活動していることは、ご存知ないんですよね？」

「ええ。いっそ、打ち明けてしまったほうがよいでしょうか」

教頭の目に打算の色が滲む。確かに、妻鳥の後ろに春栄社という大手出版社がついていることがわかれば、保護者は怯《ひる》むだろう。話がこじれれば、肖像権の侵害等で訴えられる可能性もある。保護者がそれを恐れて怒りを引っこめてくれれば、学校側としては楽にことが済む。

「そうですね、まずは妻鳥の担当編集者に了解を取るべきかと。僕たちの判断で妻鳥の個人情報を洩らすのは、のちのち問題になりそうなので」

「ええ、ええ、それはもちろん！」

教頭が頷いた瞬間、甲高い悲鳴が耳をつんざく。田波のものだ。ドアを開けると、相談室の窓辺に立つ妻鳥と田波の姿が見えた。妻鳥が呑気に、「卯之原先生、バレちゃいました」などと言う。青ざめ唇を震わせている田波とは対照的だ。

「きょ、教頭先生、砂森《すなもり》君が……二年A組の砂森君が……！」

田波に促され窓辺に駆け寄った教頭もまた、悲鳴を上げた。すぐ下の教室の窓枠に、男子生徒がまたがっていた。僕が去年担任したクラスの、砂森樹《いつき》だ。自撮り棒の先にスマートフォンを取り付け、必死に僕らのほうへと差し伸べている。高い場所が得意ではないのか、砂森もまた、紙のように白い顔をしていた。

スマートフォンには、ボイスメモを録音する画面が表示されている。僕たち教師と妻鳥の会話を盗聴すれば、妻鳥がルリツグミである証拠を握ることができると考えたのだろうか。砂森は成績優秀だがおとなしい生徒で、ここまで思い切ったことをするタイプではない。

「砂森君、馬鹿なことはやめなさい！　そんなところから落っこちたら、骨折じゃ済まないのよ！」

「でも教頭先生、ぼくには、妻鳥と同じ学校の人間として、世の中に真実を知らせる義務があるんです！」

　そんなことをして、砂森に一体何の得があるというのだろう。困惑する僕の隣で、妻鳥が「バズり目的じゃないですか？」と気だるそうに言う。

「コンビニのレジ横のおでんをつまみ食いしたり、ファミレスのタバスコの瓶を舐めまわす動画を投稿してみたり、インプレッションを増やすためなら手段を択《えら》ばない承認欲求モンスターですよ。今のタイミングで俺の正体を晒したら、一定数の人間からはちやほやされますからね」

「み、見くびるな!!　ぼくは、そんなことはどうだっていいんだ！」

　砂森は眉を逆立て、妻鳥を睨みつけた。

「お前が、逃げ隠れせずにさっさと顔を晒していれば、被害者の女の子たちは可哀想な目に遭わずに済んだんだ！　うちの妹だって、まだ中学生なのに、お前の偽者にそそのかされて写真を送らされて……。妹は毎日、もし画像が流出したらどうしようって怯えて、部屋から一歩も出られなくなったんだぞ！」

　田波と教頭が息を呑む。なりすましがあとを絶たず、未だ被害者が増え続けていることは知っていたが、まさか生徒の身内にいるとは思わなかった。だが妻鳥は怯むことなく、不愉快そうに眉を寄せた。

「それって、俺のせいなの？　知らない人間に自分の写真を送っちゃ駄目だなんて、今どき小学生だって知ってるよ。こういう事態になったのは気の毒だけど、俺が悪いっていうのは、単なる責任転嫁だよ」

「よくもそんなことが言えるな！　妹は、本当にお前が好きだったんだ。なのに、純粋な気持ちをもてあそばれて……」

「だから、騙したのは俺じゃないでしょ。ちょっと冷静になって考えなよ。それとも、もともと頭が悪いの？」

教頭が青い顔で、「つ、妻鳥君、あまり刺激しないで」と囁く。だがすでに遅かったようだ。

「ふざけるな！　ぼくは今から、この音声を公開する！　出版社だの編集者だのと話してた内容が、しっかり録れてるんだからなっ」

砂森がスマートフォンを見せつけるように腕を突き出した。その拍子に自撮り棒のバランスが崩れ、大きく傾く。砂森の体も一緒に、振り子のように揺れた。

田波と教頭、そして砂森の絶叫がこだまする。僕は相談室を飛び出した。階段を駆け下り真下に位置する教室のドアを開け、ぞっとする。窓辺には誰の姿もなかった。だがかろうじて、外から窓枠にしがみつく手だけが見えた。指先が赤紫にうっ血し、小刻みに震えている。

「助けてください！　卯之原先生、助けて！」

両手で窓枠にしがみついた砂森が、必死に僕に助けを請う。泣きじゃくりながら叫ぶ顔は赤ん坊のように真っ赤だったが、瞳はぎらぎらと底知れない光を放ち、黄色く濁って血走っていた。

　とっさに足がすくんだ。この顔を、僕は知っている。涙と鼻水で濡れた砂森の顔に、別の人間の面影が重なる。

「大丈夫だ砂森、そのまま、絶対に手を離すな」

　どうにか教師としての顔を引っ張り出し、窓から身を乗り出す。砂森の両手首をつかんで引き上げようとしたが、手のひらが汗で滑り、僕の右手から砂森の左手がすり抜けた。砂森の体が重力に引っ張られ、がくんと斜めに下がる。何人もの悲鳴が聞こえた。校舎の窓のあちこちから、生徒がこちらを覗いている。スマートフォンを構えている者さえいた。

「いやだ、先生、助けて、助けて、助けて!!」

　砂森は両手で僕の左腕を抱えこみ、全力でむしゃぶりついてくる。死にたくないという生への執着が、真っ直ぐに僕を射抜く。鳥肌が立ち、視界が白く霞《かす》む。自分の体が、しがみついてくる肉体もろとも落下するイメージが浮かんだ。

　――なあ、見てるだけで、何もできないって言うならさ。あたしと一緒に死んでよ、卯之原。

　助けて、助けて、と繰り返す砂森の叫び声に、遠い過去からの囁きが、ピアノの連弾のように重なる。

　そうだ、僕はもうずっと前に、そうするべきだった。助けられないのなら、一緒に落ちたほうがずっとましだった。それでも僕は、しがみついてくる手を振りほどき、自分だけ逃げ出した――

朦朧《もうろう》とする意識のなかで、自分の腰や肩に何かが巻きつくのを感じた。そのまま強い力で後ろに引っ張られる。僕は無様に床に尻もちをつき、同時に、わっと歓声が上がった。僕の体ごと砂森を救出したのは、体育教師の梶原《かじはら》だろうか。いつのまにか眼鏡がどこかに飛んだらしく、視界がぼやけている。砂森は床にへたりこんで泣きじゃくっているようだが、教師たちに囲まれ、姿が見えない。とりあえず、命に別状はなさそうだ。

「担架！　担架を持ってきて！」

誰かが声を張り上げている。僕も立ち上がろうと床に手を突いた瞬間、平衡感覚が天秤のように振れた。

「卯之原先生？　やだ、大丈夫ですか⁉」

耳もとで田波が叫ぶ。側頭部に鈍い痛み、続いて、頬に床の冷たさを感じる。どうやら、立ち上がろうとして横向きに転がったらしい。自分の手足が思うように動かない。

「おい卯之原君、大丈夫か⁉　ちょっと田波先生、頭を揺らさないで！」

「救急車！　救急車呼んで！」

もはや、誰が何を叫んでいるのかさえ判別できない。僕はいいから砂森を、と伝えたかったが、舌が上手くまわらない。意識を手放す寸前、床に落ちた僕の眼鏡が誰かの革靴に踏みつけられる光景が、やけにはっきりと見えた。

病院の屋上に、日高は仰向けに寝そべっていた。何枚もの洗い立てのシーツがヨットの帆のようにはためく下で、日高が着ている水色の入院着は、まるで物干し竿から滑り落ちた洗濯物のように見えた。それくらい日高の体からは厚みが削げ、手も足も、枯れ枝のように細かった。目を閉じて横たわる顔は、美術室にあった石膏像のように白い。空っぽの作り物みたいだ。だから、薄く開かれた唇の隙間から掠《かす》れた歌声が聞こえたときは、膝から力が抜けそうなほどほっとした。

「死んでると思っただろ？」

ぼくの気配に気づいた日高が、さかさまの顔で笑う。瞼も薄く痩せ、睫毛《まつげ》もほとんど抜け落ちていた。ぼくは神様なんて信じていない。日高と過ごすようになってからは尚更だ。それでも最近は、声を出さずに何度も、神様、と呟かずにはいられない。神様、お願いだから日高から、もう睫毛の一本だって奪わないでください、と。

「こんな場所で何してるんだよ。病室を抜け出して看護師さんを困らせるのも、大概にしとけよ」

ぼくはいつものように迷惑そうな顔を作り、日高の隣に座った。そうすることが日高の望みだと知っていたから。

「虫干し？　じゃないや、日向ぼっこか」

日高は耳につけていたイヤフォンを外した。何を聞いていたのか訊ねたが、教えてくれなかった。代わりに、「この場所さ、あそこに似てない？」と言う。

「砂浜に白いTシャツが何百枚も並んでる海。前に、一緒に行こうって話したじゃん。こうやって寝転がってると空とシーツしか見えないから、あとは波の音があれば完璧だな」

ぼくは、自分の手のひらを日高の耳に近づけた。指先を揃えて丸め、手のひらで耳全体を覆うようにする。日高が怪訝そうにぼくを見た。

「貝殻には波の音が閉じこめられてるって言うだろ。あれは、巻貝を耳に当ててると、貝殻と耳のあいだにできた隙間からノイズが入りこんで、そんなふうに聞こえるだけなんだ」

「こんなときでも雰囲気をぶっ壊してくるところが、あんたらしいよ」

日高は喉を揺らして笑い、「まあ、聞こえないこともないかな」と呟いた。ぼくたちはしばらくそうしていた。

「私たちが初めて一緒に行ったのも、海だったよな」

「一緒に行った、わけじゃなく、そっちが勝手についてきただけだろ」

あの頃はまだ、やたらとぼくにつきまとう日高を、鬱陶しく思っていた。日高は、高校からかなり離れた海辺の町まで下校するぼくを追い、わざわざ電車に乗ってくっついてきた。

「あのときは最高だったなー」

「あんなゴミだらけの汚い砂浜が？」

「あの頃の私は、まだ全速力で走れた。消波堤によじのぼったり飛び降りたり、転がってる流木を蹴っ飛ばしたりさ。私の体は、今よりもっと自由に動いたよ」

日高は、降り注ぐ太陽に自分の腕をかざした。あのとき浜辺に打ち寄せられていた流木と同じように、乾いて干からびて、今にも折れてしまいそうだった。口の中に、日高が齧《かじ》っていたアイスキャンディの味が蘇る。食べかけを、もう飽きたからと押しつけられた。

ぼくも同じように腕を持ち上げる。あの夏の日焼けのあとは、とっくに消えている。日焼け止めも塗らずに走りまわったので、ずいぶん長いことひりひりと疼《うず》いたのに。日焼けが痛むたびにぼくは、あの日の日高の笑顔を思い出させられた。そんなふうにして、いつのまにか日高はぼくのなかに入りこんできた。

「職員室のパソコンをハッキングしたときも、夜にプールで大騒ぎするやつらを蛙作戦で追い払ったときも、楽しかったよなあ」

「本当に、病人とは思えない暴れっぷりだったよ」

「人を狂犬みたいに言うなよ」

「似たようなものだろ。ハッキングと蛙はともかく、いけ好かない教師に本当に嚙みつくやつなんて、日高くらいだよ」

「あれだけは反省してる。腕に嚙みついた瞬間、吐きそうになったもんな」

全校生徒の退屈だったはずの夏を眩しくきらめかせた『体育館のラフマニノフ』は、いつものように、白い歯を見せて笑った。

「朔、私さ、先に行くよ」

どこに、と訊かなくても、日高が見つめている場所が、ぼくにはわかってしまう。わかりたくなんかないのに。

初めて日高に会った日に廊下で拾った、進路希望調査票のことを思い出した。

「あっちで待ってるから、なるべくゆっくり来いよ。そのほうが、面白いから」

「何だ、それ」

いつも通りに返そうとしたのに、声が掠れた。日高が、溜息をつくように笑う。

「うちの中学さ、去年同窓会があったらしいんだけど、私は行かなかったんだわ。だって、二年や三年じゃあたいして誰でも変わってないじゃん。せっかくなら、思いっきりジジイになってたりババアになってたりして、誰だかわかんないくらいになってたほうが、面白くない？」

もう何も言えなかった。ほんの少しでも唇を動かしたら、ぼくは日高の望まないものを吐き出してしまう。だからまばたきもせず、抜けるような秋の空を見上げた。

頰を撫でる風は、洗い立てのシーツの湿気を含み、やわらかな甘い香りがした。眩しい光が、日高の髪や、肌に生えた産毛を金茶色に透けさせる。

もし天国があるなら、こんな場所だといい。日高がぼくより先に行き着く場所は、あたたかく清潔で、横たわるだけでまどろみたくなるような、こんな場所であってほしい。

「あっちで待ちくたびれてやってるからさ、お詫びに、面白い話をたくさん聞かせろよ

——

——なーんて、言うかよバーカ」

冗談めかした口ぶりとは裏腹などす黒さが、日高の声に滲む。透き通るような空の青が陰り、景色が暗闇に呑まれる。いつのまにか日高が、僕の体に馬乗りになっていた。重さを感じない代わりに、僕の腹を押さえこむ太腿《ふともも》の骨の感触が、不吉なほど生々しかった。暗がりのなか、大きく見開かれた日高の瞳は、ぬめるような光を帯びている。

「本当は、あたしが死んだら清々《せいせい》するんだろ？　予定では、とっくに死んでるはずだもんな。なかなか死なないから、持て余してるんだろ？　なあ、何とか言えよ！」

骨ばった指が、僕の首に絡みつく。執拗に答えを求めながら日高は、僕から言葉どころか呼吸さえも奪おうとする。

「みんなもう、うんざりだよな。家族も医者も看護師も、あんたも。さっさと死ねよ、いつま

で生きるんだよって、顔に書いてあるよ。わかるんだよ、それくらい」

日高の乾いた髪の先が頬をかすめる。僕の手が無様に宙を掻く。だが、日高の体を撥《は》ねのけることなどできない。そんなことをすれば日高は、手足の留め具が外れた操り人形のように、バラバラに壊れてしまいそうだから。

「だったらさ、一緒に死んでくれよ。あたしと一緒に死ねよ、卯之原！」

僕の首を絞めながら日高が叫ぶ。剝き出しになった歯と歯のあいだには唾液が糸を引き、その奥に、さらに暗い穴が広がっている。

悪い夢を見ている気分だ。いや、違う。今までのものが、作り物の綺麗な夢なのだ。こっちが本物だ。

これが本当の、僕の物語だ。


目を開けた瞬間、間近に見知らぬ女性の顔があった。夢の続きのような光景にぞっとした。

「ごめんなさい、びっくりさせちゃいましたね。点滴が外れていないか、確認したくて」

白いジャージー素材のユニフォームを着ているので、看護師だろうか。だとするとここは、病院なのか。カーテンで囲まれた薄暗い空間は、学校の保健室よりも消毒薬の臭いが濃い。僕の左手の甲には針が刺さり、細い管で頭上の点滴パックと繋がっている。

「学校で倒れて、生徒さんと一緒に救急搬送されたんです。今、付き添いの方を呼んできますね」

看護師らしき女性がカーテンの隙間から出て行くと、入れ替わりで田波が顔を覗かせる。

「卯之原先生、よかったぁ。大丈夫ですか？　どこか気分が悪いところとか」

「すみません、ちょっと状況が呑みこめなくて――」

どうにか起き上がると、左側頭部が鈍く痛んだ。学校での出来事を思い出す。砂森が救出されたあと、僕は多くの同僚教師の前で、みっともなく昏倒したのだ。ベッドの横の床頭台には、フレームが歪んだ眼鏡が置かれている。

田波の言うことには、僕と砂森は近くの総合病院に救急搬送されたらしい。砂森はかすり傷と肩の脱臼だけで済み、保護者に付き添われて帰宅したという。盗撮事件については、後日仕切り直すことになったようだ。

「妻鳥君が心配して、ずっとロビーで待ってますよ」

「――そうですか。もう大丈夫なので、帰るように言ってください。田波先生にも、ご迷惑をおかけしました」

「そんなそんな、あのとき卯之原先生が率先して砂森君を助けてくれなかったら、大変なことになっていましたから」

田波は大げさに顔の前で手を振り、「じゃ、私はこれで」と、そそくさとカーテンの外に出て行った。

時計の針は午後八時をまわっていた。医師の診断は、過労と栄養不足、ストレスが原因ではないか、とのことだった。

一般の受付が閉まっていたので、時間外の自動精算機を使う。財布から紙幣を出したとき、左の手首に赤黒い指の痕が浮き上がっていることに気づいた。砂森にしがみつかれたときのものだ。わかっていながら、目覚める間際まで見ていた夢の余韻が鮮明さを増す。まだあの声が、耳にこびりついている。

「卯之原先生！」

声をかけられる予感はしていた。節電対策のためか、ロビーの照明は最小限に落とされている。ひとりがけのソファの影が均等に並ぶなか、ひとつだけ残る人影が、僕に向かって近づいて来る。

「大丈夫ですか？　頭を打ったって聞いたから……」

妻鳥の声は、まるで本当に僕を心配しているかのようだった。

「……大丈夫だと思うか？」

もう限界だった。頬が引き攣《つ》り、上手く動かすことができない。もしかしたら今の僕は、笑っているようにさえ見えるかもしれない。

「妻鳥、もう茶番はやめよう。あの物語の主人公は、僕なんだろう？」

いつかこんな瞬間が来たら、僕は怒りを抑えられないと思っていた。だが実際は、懇願するような声が出ただけだった。

あれは、僕の物語だ。七年前の夏、当時高校生だった僕――卯之原朔也《さくや》と、同級生の日邑千《ひむらち》陽《あき》のあいだに起こった物語だ。

「読んだときは驚かされたよ。君にあの物語を教えたのは、日邑なのか」

日邑の名前を出した瞬間、妻鳥の頬がほころぶ。薄暗い照明を弾き返すように、大きな瞳がきらめきを増した。

「そうなんです！　俺たち、『Ｍｕｓｅｓ』っていう創作サイトで仲良くなったんですけど、日邑さんが、ヒロインの名前は日高にしようって。いま思えば、本名から一文字取ったものだったんですね。先生の朔、と同じだ」

妻鳥は、どこまでも無邪気に声を弾ませる。

「じゃあ、あの作品は、君と日邑がサイト上で共作したものなのか」

「共作、っていうのは、ちょっと違うかな。俺が日邑さんの話を聞いて小説に書き起こして、彼女の感想をもとに細かい部分を直す、っていう感じで――あ、でも投稿歴は日邑さんのほうが長いんですよ。サイトが始まった頃から、ピアノの演奏動画を投稿してたんです。それを聞いたら俺も何かしてみたくなって、初めは彼女の曲に詩をあてるところから始めたんです。詩、っていっても歌詞みたいに音にあてるわけじゃなくて、曲全体のイメージを言葉で表現したものなんですけど、日邑さんもすごく気に入ってくれて、一緒に動画を編集したりして……」

勢い余ってか、妻鳥は小さく咳きこんだ。「すみません、俺、話しすぎですよね」と照れくさそうに笑う。

「本当はずっと卯之原先生と、こういう話をしたかったんです。でも犬飼さんが、まだ卯之原先生がどんな人かわからないから、慎重になるべきだ、って。先生のほうから切り出してくれるまで待ったほうがいい、って。だから俺、ずっと我慢してたんですよ」

なるほど、賢明な判断だ。甘い蜜には悪い虫が群がる。担当編集者の犬飼としては、大ヒットコンテンツの作者ルリツグミに、「あなたが私の作品のモデルです」などと迂闊なことを言わせるわけにはいかないのだろう。もしも僕が対価として金銭を要求するような人間だったら、厄介なことになる。

「犬飼さん、おっちょこちょいなわりに慎重なんですよね。卯之原先生がそんな人じゃないことなんて、わかりきってるのに」

「君はずいぶん、僕のことをわかってくれているみたいだね」

「だって俺、日邑さんと連絡が取れなくなってからは、ずっとひとりで書いてたから。卯之原先生のことを知ったときは、本当に嬉しかったんです。日邑さんがいなくなった世界で、ようやく、もうひとりのわかりあえる人に出会えたって思って、それで俺――」

「わかりあえる……？　僕には、わからないことばかりだ。どうして君が僕の前で、そんなふうに屈託なく笑えるのか」

妻鳥が不思議そうに目をしばたたかせる。まるで、僕が突然違う国の言葉で話し始めたかのような反応だった。僕の頭のなかに、かつて書評サイトで目にした一般読者からのレビューがちらつく。

『最高に泣けるピュアなラブストーリー。私もこんなふうに、真っ直ぐに誰かを愛したい』

『最後まで日高に寄り添おうとする朔に、涙が止まりませんでした』

『人を愛することの尊さを教えてくれる、今世紀最大の傑作』

『何度も読み返したのに、昨夜また手に取りました。温かな涙が心を潤す、生きる勇気をくれる物語』

そんな言葉に、僕が今までどれほど苛《さいな》まれてきたか。

「あんな嘘っぱちの物語の主人公に据《す》えられて、僕は自分の尊厳を、めちゃくちゃに踏みつけられた気分だよ」

僕の敵意にようやく気づいたのか、妻鳥の顔が青ざめる。初めて見る表情だ。だが、思ったよりも気が晴れない。

「嘘っぱち……？　確かに、フィクションも混ざっているとは思います。とくに最終話は、俺がひとりで書いたから。だけど、日邑さんが完成させられなかった物語に、俺の手でピリオドを打って世界に送り出すんだ、って、俺はずっと、そういう気持ちで……。もしかして、気に入らなかったですか？」

「……本気で言っているのか？」

妻鳥の瞳には、戸惑いだけが滲んでいる。思わず笑いがこぼれた。僕は妻鳥が何もかも知った上で、あえて僕を苦しめるために、あの小説を発表したのだと思いこんでいた。それ以外の可能性を少しも考えなかった。

ひどい被害妄想、視野狭窄《きようさく》だ。僕はきっと、もうとっくにまともじゃない。

「なるほどね。君はまだ、本当のことを知らないわけだ」

「本当のこと、って……」

妻鳥の呟きに、「卯之原先生！」と僕を呼ぶ声が重なる。薄暗いロビーの向こうに、犬飼薔子が立っていた。妻鳥のために買ってきたのか、ペットボトルやゼリー飲料を抱えている。強い眼差しとは裏腹に、「やめてください」と呟く声は、弱々しく震えていた。

「透羽君にはまだ、伝えていないんです。話すなら、私から……」

少なくとも彼女は、妻鳥よりも多くのことを知っているようだ。だが、何をどこまで？　頭がちっとも働かない。かろうじて、乾いた唇を動かす。

「日邑千陽は、持病で死んだんじゃない。僕が殺したんだ」

今まで何度となく頭に思い浮かべては、打ち消してきた言葉だった。口に出して認めてしまえば、奇妙な解放感があった。妻鳥と犬飼は、凍りついたように立ちすくんでいる。ふたりの表情の意味を、真意を探ることすら億劫だ。ただ一秒でも早く、すべてを終わりにしたかった。

「妻鳥、少しでも僕を慕う気持ちがあるなら、お願いだから、もう二度と顔を見せるな」

僕は今まで、何度も何度も、頭のなかで妻鳥を痛めつけた。そうすれば少しは気が晴れるかと思ったのだ。だが、僕の言葉で傷ついた妻鳥を目《ま》の当たりにしても、気持ちが沈むだけだった。

犬飼が僕の腕をつかむ。彼女が抱えていたペットボトルが大きな音をたてて落ち、薄暗い床を転がってゆく。

「待ってください！　透羽君は純粋にあなたを慕っていて、ただあなたに近づきたいだけなのに、そんな言い方――！」

「もう僕にかまわないでください」

僕は犬飼の手を払い、時間外出口の自動ドアを抜けた。タクシー乗り場に停まっていた黒いセダンに乗りこむ。薄暗い車内のシートに体を沈めると、運転手が僕を見ることもなく、どちらまで、と言う。眼球の奥が鈍く痛み、眉間を指で揉んだ。

行くべき場所など、どこにもない。どこに逃げればいいのか、僕にはもうわからない。

喉につかえた言葉を吐き出せない僕を、運転席の男が、面倒くさそうに振り返る。

第四話

日邑千陽が僕に正確な病名を告げたことは一度もない。出会って間もない頃に、「高校に入ってすぐ、このへんに悪いできものが見つかってさ」と、指先で自分のみぞおちの辺りに、くるりと円を描いてみせただけだ。

それでも、手術が難しい場所で特効薬がなく、体内で静かに病巣が広がり気づいたときには手遅れになっている、という特徴を聞けば、少し調べるだけですぐに予想できた。

僕が図書館の本で読んだ通り、病が進行しても、日邑の外見に劇的な変化はなかった。特効薬がないということは、強い副作用のある投薬治療は行われないということだ。だが見た目とは裏腹に、日邑の中身は変わっていった。カミキリムシの幼虫に内側から食いつくされる樹木のように、今にもこちらに向かって倒れてきそうな、危うい脆《もろ》さを漂わせていた。

「もっと早く来いよ」

僕と日邑が最後に待ち合わせをしたのは、妻鳥が書いた小説と同じ、あのからくり時計の真下だった。駆けつけた僕を見るなり日邑は文句を言った。暗がりに立っているので表情は見えなかったが、声の調子から、苛立ちが伝わってきた。日邑は浴衣《ゆかた》のような形の入院着姿で、裸足にゴムスリッパを履いていた。たび重なる脱走のせいで、とうとう両親に靴を隠されたらしい。その年の春に高校を中退してから、日邑は荒れてゆく一方だった。

「今日は枝川《えだがわ》で模試があったんだよ。前に話したよな」

事前に予定は伝えていた。日邑はちゃんと覚えている。覚えていてわざと、この日に呼び出したのだ。僕がどちらを優先するかを確かめるために。

「ふーん、卯之原君は、そんなに受験が大事ですか」

「大事だよ。他のやつらと違って、浪人できないんだ。知ってるだろ」

日邑が小馬鹿にしたように鼻を鳴らす。大通りを走る車のライトが日邑を照らし、大きすぎる入院着の中で泳ぐ体の線を浮かび上がらせた。その細さから僕は目を逸らした。見ていられなかった。

街はすでに群青に呑まれていた。日邑と一緒に過ごす二度目の夏が終わろうとしていた。頭上のからくり時計がライトアップされ、店のネオンや路面電車にも灯《あか》りがともる。大通りの向こうのはりまや橋で、観光客らしき男女が肩を寄せあい写真を撮っている。僕と日邑よりも、ひとつか、ふたつ上だろうか。大学生はまだ夏休みの中盤なのだろう。来年の今頃は僕も、彼らと同じ立場になれるのだろうか。見知らぬ男女の笑顔に、なぜか焦燥が募った。模試の自己採点の結果が良くなかったせいかもしれない。

そんな僕の隣で、日邑もまた、彼らの存在に気づいたようだ。舌打ちをし、「あいつら鬱陶しいな、どっか行けよ」と言う。この頃の日邑は、誰彼かまわず攻撃的だった。僕が黙っていると、取り繕《つくろ》うようにおどけた口調で言う。

「何だよ、悪態くらいついたっていいだろ。あたしはあいつらと違って、明日をも知れない儚き命なんだからさ。とか言って、なかなか死なないから、家族にも卯之原にも、いい加減持て余されてるわけだけど」

冗談めかして僕の反応を窺う様子は、卑屈ですらあった。持て余してなんかいない、と言えばいい。それか、呆れたように、馬鹿じゃないのか、と。わかっているのに僕の唇は動かなかった。高校三年の夏の終わり。この時期になって僕の成績は急落し、第一志望の模試の判定結果がAからCに変わっていた。

「……そんなにうんざりした顔、するなよ。あたしが一番、自分にうんざりしてるんだからさ。あーあ、いつになったら終わってくれるのかな。予定では、とっくに死んでるはずなのにね」

日邑はからくり時計の前のベンチに座り、両脚を伸ばしてふらふらと揺らした。入院着の裾から伸びる脚は肉が削げたように細く、ゴムスリッパを履いた裸足が、不吉なほど大きく見えた。日邑は医者に、今年の桜は見られないだろうと宣告されていた。だが桜は散り、それどころか、夏が終わろうとしている。

押し黙る僕に業を煮やしたのか、日邑は座ったまま「よし、わかった！」と右手を突き出した。

「卯之原、携帯、返せ」

当時の高校生としては珍しく、僕は自分用の携帯を持たされていなかった。だから日邑から連絡用として、玩具のようなピンク色の携帯を渡されていた。小学生の妹用に契約されたものだが、たいして使う機会がなく家の中で埃をかぶっていたらしい。

「……なんで」

「いやなんだよ。呼び出すたびに、うんざりした顔であんたが来るのもさ、そういう顔を見るってわかってて、呼び出す自分もさ」

僕たちの頭上で、金属の歯車が噛み合うような音が聞こえた。からくり時計から音楽が流れ、通行人が足を止める。一時間に一度だけの、からくり人形のパフォーマンスが始まる。そんななかで僕たちは、向かい合ったままただお互いを見つめていた。

暗がりにいてもわかる。日邑は、つついたら崩れ落ちそうなほど脆く、ひび割れだらけだ。

そんな日邑を、僕はもう見ていたくなかった。

体の横に垂らしていた腕を、ゆっくりと持ち上げる。日邑の痩せた肩が、引き攣るように震えた。僕のわずかな身動きをも見逃すまいとするかのように、日邑は息を殺していた。

僕は制服のスラックスから、ピンク色の携帯電話を取り出した。

「はい」

紙のように薄っぺらい声が出た。自分で返せと言ったくせに、日邑は打ちのめされていた。

こんなことは初めてじゃない。いつもの試し行動だ。だから、今ならまだ間に合う。携帯をポケットに戻し、「馬鹿なことばっかり言うなよ」と呆れたように言えばいい。

それなのに僕の手は、日邑に向かって突き出したまま動かなかった。

いつのまにか、からくり時計の音楽は止まっていた。手のひらに鋭い痛みが走る。携帯をひったくられた拍子に、日邑の爪の先が僕の皮膚を引っ搔いたのだ。

日邑は携帯を握りしめ、勢いよく腕を振り上げた。投げつけられた携帯は石畳に当たって跳ね返り、車道の隅に飛んでゆく。通行人の悲鳴が上がった。

「そんなに受験が大事かよ！」

日邑は立ち上がり、正面から僕を睨んだ。

「帰れよ、とっとと消えろ！　お前の顔なんか、もう見たくないんだよ！」

言っていることが滅茶苦茶だ。僕は無言のまま日邑に背を向けた。もう限界だった。日邑からも、こんな自分からも逃げ出したかった。

駅に向かって歩く僕と行き違いに、警官の制服を着た男が走ってゆく。誰かが「向こうで女の子が暴れてるって」と言う声がした。

「卯之原！　もしあたしが、あんたの受験の日まで生きてたらさ、あてつけで道路にでも飛び出して、死んでやるよっ」

ざまあみろ、という悲鳴のような声が最後だった。僕は歩調を緩めず歩き続け、日邑を振り返らなかった。連絡手段が断たれた僕たちは、二度と会うことはなかった。理数科の僕の耳に、普通科の、しかもすでに学校を中退した日邑の噂が流れてくることはなかった。

日邑が死んだことを僕が知ったのは、大学に入学し数ヵ月が経った頃だった。夏休みの帰省に合わせ同窓会をしないかと、かつての同級生から連絡がきたのだ。僕と同じ大学を受験して落ち、滑り止めに受けた地元の私大に通っていると話す彼は、雑談のついでのように、「そういえば、普通科だった日邑って知ってるか？」と言った。俺らの受験の当日に、駅のホームから飛び降りて死んだってよ、と。顔も覚えていない彼に、僕はどう返事をしただろう。

同窓会には行かなかった。あれから僕は一度も、故郷の高知の土を踏んでいない。

スマートフォンのスピーカーから流れる叔父の声は、相変わらずぼそぼそと抑揚がない。久しぶりに聞く故郷の方言は、外国の言葉のように耳慣れず、僕は何度も留守録を聞き直さなければならなかった。用件は、八月に祖父の十三回忌の法要があるので久しぶりに帰省しないか、というものだ。

「親父の家の取り壊しも決まったし、最後にいっぺん見に来たらどうや」という声からは、故郷の家の気配が生々しく漂ってくる。湿気を吸って弛《たる》んだ襖《ふすま》や、腐りかけの果物のように変色し、あちこちがへこむ板張りの廊下。油汚れと埃がこびりついた台所と、叔母の体から漂う粉っぽい化粧品の匂い。思い出すだけで息が詰まりそうだ。

録音データを消し、朝の光に照らされたワンルームを見渡す。見慣れたはずの場所が、いつもよりずっと明るく、清潔に感じられる。祖父の七回忌も適当な理由をつけて断ったし、今更帰省する気などない。

コーヒーを淹れながら、隣の部屋とを隔てる壁に目を向ける。あの夜から、僕は一度も妻鳥の顔を見ていない。壁の向こうからも一切の物音がしないので、神奈川の実家に帰っているのだろうか。

砂森の事件があった日から、僕は部屋に籠り、学校を休み続けている。といっても実際に欠勤したのは、土曜と日曜を除くと四日ほどだ。すでに一学期が終わり、生徒は夏休みに入っている。去年は補習の有無にかかわらず毎日出勤していたが、今はそんな気力がない。学校にはメンタルクリニックの診断書を提出しているので、教頭も学年主任も、うるさくは言ってこない。ときどき電話がかかってくるくらいだ。

処方された薬が効いているのか、少しずつ食欲が戻り、以前より夜も眠れている。穏やかな日常が戻ってきた、といえないこともない。ただ一点に目をつぶれば。


「いい加減にしないと警察を呼びますよ」

しつこく鳴り続けるインターホンにうんざりし、チェーンをかけたままドアを開ける。間髪を容れずに犬飼薔子が、薄く開いた隙間に顔を押しこんでくる。

「卯之原先生、お願いですから、話だけでも聞いてください！」

馬鹿のひとつ覚えのように同じことばかり言う。あの日から犬飼は夜になると僕を訪ね、インターホンを鳴らしたりドアを叩いたりを繰り返している。居留守を決めこんでいると一時間ほどで帰るものの、こう連日だと迷惑きわまりない。

「わかりました、じゃあ聞きます」

チェーンを外してドアを大きく開け、僕は犬飼に向かって「どうぞ」と手のひらを向けた。

犬飼は不意を突かれたように目を白黒させる。

「え、ええと、ここでですか？」

「部屋の中のほうがいいですか？　当然ですが、ここには僕しかいません。密室にふたりきりです。あなたはそこまで、僕を信用していないように思いますが」

犬飼は一瞬怯んだ顔をみせた。だが自分を奮い立たせようとするかのように、肩にかけたトートバッグの持ち手を握る。

「卯之原先生は、透羽君を誤解しています。彼は本当に、無邪気にあなたを慕っているんです。この部屋はもともと、透羽君の強い希望で仕事場として借りたものです。転校だって親御さんには反対されましたが、夏休みのあいだだけは実家の神奈川に帰ることを条件に、何とか承知してもらったんです。だけど今のままだと透羽君はきっと、夏休みが終わっても東京に帰って来ません。学校だって、辞めてしまうかも」

「なるほど。確かに、二度と顔を見せるな、は言いすぎたかもしれません。僕も大人げなかった」

「じゃあ！」

ぱっと顔を輝かせる犬飼に、「僕が出て行きます」と告げる。

「学校も辞めて引っ越します。もともと、同じ場所に長くいるつもりはないんです」

京都の大学を卒業し、東京の高校の採用試験を受けたのも、同じ理由だ。人付き合いを最低限に抑えようとしても、同じ環境に留まり続ければ、おのずと繋がりができてしまう。そういうものすべてが、僕には煩わしい。

「やめてください！　そんなことになったら、透羽君はますます傷つきます。彼は、卯之原先生が思うよりもずっと繊細なんです。いつもひりひりした剝き出しの状態でいるから、あんな作品が書けるんです。そのぶん、人の悪意も好意も、まともに突き刺さってしまって……だから、こんなふうにこじれたままだったら、透羽君は二度と小説が書けなくなるかもしれません！」

僕の知ったことじゃない。そんなことを聞かせるためにしつこく訪ねてきたのかと、苛立ちが増す。

「さきほどからあなたは、慕われているから好意を返せだの、妻鳥が小説を書けなくなるから和解をしろだの、身勝手すぎませんか。そんなにベストセラー作家が大切ですか。小説という芸術のためなら、一般人の感情など踏みつけられてもかまわないと言っているように聞こえますが」

犬飼が顔を赤らめる。感情が顔に出やすいのか、あるいは、わざとそうしているのか。どちらにせよ僕は、犬飼のような人間が苦手だ。

「それは……確かに、そういう部分が自分にはあるかもしれません。だけど今回のことは本当に誤解なんです。あの作品を発表したのは、悪意を持ってあなたのプライベートを晒すためじゃなく、突然連絡が途絶えた日邑さんの手がかりを、どうしてもつかみたくて――！」

その頃の犬飼は妻鳥に頼まれ、北海道の高校を虱潰《しらみつぶ》しに調査していたらしい。僕たちと同学年と思われる人物を探し出しては、卒業前に亡くなった女子生徒はいなかったかと、聞きこみを続けていたという。

「それが、私が透羽君の作品を預かる条件でもありました。だけどまったく手がかりが見つからなくて、諦めかけたときに、あの騒ぎが起こったんです」

阿久津が『Ｍｕｓｅｓ』に書きこんだ盗作疑惑。作品の舞台は高知で、札幌だと誤解しているルリツグミは本物の作者ではない、というものだ。

「炎上を知ったときの透羽君を、あなたに見せたかった。ショックを受けるどころか目をきらきらさせて、『犬飼さん、俺、その人に会ってみたい』って。私、透羽君のＷｅｂ小説に惹かれてコンタクトを取って、初めて直接会ったのは彼が十三歳のときでしたけど――あんなに嬉しそうな顔、初めて見ました」

「なるほど。それであなたは、阿久津から事情を聞き出し、情報のソースである僕に辿り着いたわけだ。僕の出身高校を調べ、在校時に亡くなった生徒を調べるのも、そんなに難しくなかったでしょうね。プロに頼めば造作もない。それで？　日邑千陽について、あなたはどこまで知っているんですか？」

「……卯之原先生の同級生で、高校三年の冬の朝、高知駅で亡くなったと」

「妻鳥は、小説の結末と同じように、病死したと思っているようでしたが」

「……透羽君には、伝えていません」

「なるほどね。僕が思うよりもずっと繊細な、妻鳥の心情をおもんぱかってのことですか」

僕のいやみに、犬飼は不快そうに眉を寄せた。だが黒目がちな瞳は揺らぐことなく、真っ直ぐにこちらに向けられている。

「だけど、日邑さんが亡くなったのは、ホームからの転落による人身事故だったと聞いています。先生は、ご自分が殺したとおっしゃっていましたが、その日は先生が志望する大学の入試日でしたよね？　おそらく試験に備えて、前日から京都のホテルに宿泊していたんじゃないですか？　試験日の朝に高知駅で日邑さんをホームから突き落とし、それからどんなに急いで京都に向かったとしても、試験の開始時間には間に合わないはずです」

「さすがですね。ミステリ作家を担当するときは、編集者もトリックの辻褄をチェックしたりするんでしょうね」

「いやみはやめてください。どうして透羽君に、あんな嘘をついたんですか？」

「それが事実だからです。最後に僕に会った日、日邑は言ったんです。自分の傍にいることよりも受験を選ぶのなら、試験の当日に、道路にでも飛び出して死んでやる、と。彼女は宣言通りに、ホームから飛び降りた。そういうことです」

犬飼が息を呑む。外づけの廊下につけられた蛍光灯が、彼女の青ざめた頬を照らしていた。

「だけど、それは、先生のほうに、そうせざるを得ない理由が何か……」

「僕は絶対に浪人したくなかった。それだけのことです。綺麗な物語の主人公ならありえない選択でしょうが、あいにく僕は、そうではないので」

動揺する犬飼を目の当たりにし、改めて自分の間抜けさを思い知る。

僕は、妻鳥と犬飼がすべてを知っていると思いこんでいた。生前の日邑と共謀し、今は彼女の遺志をついで僕を糾弾しようとしているのだと。最低な物語を美しく綺麗なものに変え、世間の称賛を巻き起こすことで、作中の朔のようにはなれなかった僕を苦しめるつもりなのだと。

「だけど……本当は卯之原先生だって、彼女のことを大切に思っていたんじゃないですか？高校教師という仕事を選んだのも、ご自分と彼女の高校時代の思い出のなかに、少しでも身を置きたくて、とか……」

往生際悪く食い下がる犬飼に、舌打ちが洩れた。どうしたって僕を、美しい物語のなかに押しこむつもりらしい。

「犬飼さんは文芸編集者ということですが、昔から小説がお好きだったんですか。ご自分でも書かれた経験が？」

「はい？　ええと、そうですね。学生時代は何度か新人賞に応募して、よくて一次通過止まりでした。だからこそ、作家さんの才能には特別なリスペクトがあって――」

「なるほど。どうりで、あなたが口にする筋書きが陳腐なわけだ。僕が教師になったのは、昔から祖父に、先生と呼ばれる仕事に就け、と言われて育ったからです。祖父自身は望むような教育を受けられなかったので、孫の僕に同じ思いをさせたくなかったのでしょう。先生といっても医師や弁護士など様々ですが、人の生き死ににかかわりが薄く手堅い安定が得られるもの、と考えたときに、消去法で教師が残っただけです」

犬飼が唇を噛む。傷ついたような顔で俯きながら、それでも自分の要望を引っこめるつもりがないのだから、たいしたものだ。

「もう帰ってくれませんか。あの作品を書いた妻鳥にも、編集者のあなたにも、僕に対する悪意がなかったことは理解しました。だが、だからといって、これ以上つきまとわれることには耐えられない。僕は、あの作品が世に出ていること自体に我慢がならないんだ」

「――だから、ですか？　だから卯之原先生は、阿久津治樹さんをそそのかして、透羽君の作品に盗作疑惑をかけたんですか？」

「だったらなんですか。そもそもあなたは、どういう立場で僕にものを言っているんですか？　僕は、あなたの会社に対して訴訟を起こすこともできるんですよ。不当にモデルにされてプライバシーを侵害されたと」

「だから私も警戒して、透羽君に、不用意なことを口にしないように注意しました。でも卯之原先生は、そうしなかった」

当然だ。そんなことになれば、僕と日邑の素性が掘り起こされ、写真が出まわり、イメージと違うのなんのと好き勝手に叩かれるに決まっている。

「本当は私も、透羽君をあなたに近づけたくなかった。だけど、あなたを慕う彼を止められなかった。透羽君にとって朔は――あなたは、もうひとりの自分だから」

顔をしかめる僕にはかまわず、犬飼は熱っぽい口調で続ける。

「卯之原先生が透羽君に拒絶反応を起こすのは、彼の作品に、自分の奥にあるものを暴かれたと感じるからじゃないですか？　才能がある作家ほど、書きながらキャラクターに同化するんです。だから透羽君にとってあなたは一心同体ともいえる存在で、あなたにとっても透羽君はきっと――！」

「いい加減にしてくれませんか。これ以上あなたの物語依存に付き合わされるのはまっぴらだ。ああそうだ、あなたも、妻鳥に書いてもらったらいい。そしたら少しは僕の気持ちがわかるんじゃないですか。美少年作家の才能に目をつけ、グルーミングまがいの手法で彼を囲い込む女性編集者の物語なんかをね」

「グルーミ……？　なんてことを言うんですか⁉　取り消してください！」

僕は無言でドアノブを引いた。すかさず犬飼が、閉まりかけたドアの隙間にパンプスをねじこむ。悪徳金融業者なみの粘り強さだ。こんなことばかりしているから、パンプスが傷だらけなのかもしれない。

「私の話を聞きたくないのなら、代わりに、透羽君の声を聞いてあげてください！」

犬飼はバッグから取り出した紙束を、強引に僕に突きつける。

「彼が初めてWebに投稿した小説です。刊行には至りませんでしたが、私はこの作品を読んで、彼に会ってみたいと思ったんです。『君と、青宙遊泳』があなたの物語だというなら、これは、透羽君の物語です！」

「本当に警察を呼びますよ」

女性相手にどうかと思ったが、僕は自分の膝で犬飼の脚を乱暴に押し出し、ドアを閉めた。しばらくは気配を感じたが、やがて、階段を下りるヒールの音が聞こえてくる。

玄関のタイルには、犬飼が無理やりねじこんだ原稿が散らばっていた。仕方なく拾い集め、一枚だけ、端にナンバリングされていないものがあることに気づく。A4サイズの白い紙には中央に一行、『怪物のオルゴール』と印字されていた。


渋谷駅の東急東横線のホームに、神奈川方面行きの快速が到着する。轟音と共に近づく電車は、僕にとっては巨大な凶器のようだった。乗りこむ瞬間にわずかに足がすくんだが、思ったよりも落ち着いていた。クリニックで処方されている薬のおかげだろうか。

座席に腰を下ろし、ロードバイクに乗っているときよりもずっと速く過ぎ去る風景を、車窓越しに眺める。

――もしあたしが、あんたの受験の日まで生きてたらさ、あてつけで道路にでも飛び出して、死んでやるよ。

日邑の事故を知ってから僕は、電車に乗ることを避けるようになった。過去の僕を知る相手の連絡先をすべてブロックし、同窓会はもちろん、帰省すら一度もしていない。プライベートで誰かと深くかかわることを避け、ただ息をひそめて日々を過ごしてきた。妻鳥が書いた、あの本に出会うまでは。

ナイロン地のトートバッグから、あの夜犬飼に押しつけられた原稿を取り出す。妻鳥が初めてWebに投稿したという作品『怪物のオルゴール』は、童話のような短編だった。

主人公は、《美しい人間》に飼育される怪物の少年だ。怪物の胸には生まれつき、悪い種が埋めこまれている。怪物を愛する人間は、種をどうにかして取り除こうとする。大人になるまでに取り除いてしまわないと、種が芽吹き怪物は死んでしまうからだ。

怪物の胸は何度も切り裂かれ、種をほじり出すために、様々な処置を施される。痛みにのたうちながら、怪物はある事実に気づいてしまう。怪物が苦痛に喘《あえ》ぐほど、体に傷が増えるほど、《美しい人間》の顔がさらに美しく、幸福そうにほころぶことに――

そこまで読み返したところで、電車が目的の駅に到着した。改札を出るとすぐに、海の匂いがした。故郷の海辺の町とは違う、透き通った香りの潮風が頬を撫でる。

スマートフォンの経路案内をたよりに石畳の道を歩き、古い住宅街に辿り着く。目的の場所には、ひときわ目を惹く大きな洋館がたたずんでいた。鉄格子の門の向こうには色とりどりの夏の花が咲き乱れ、水飛沫が放物線を描いている。散水ノズルを握っているのは、妻鳥だ。つばの広い麦わら帽子をかぶり、Tシャツとハーフパンツというラフな服装だ。

「妻鳥」

呼びかけると妻鳥は、勢いよく体を僕のほうに向けた。散水ノズルから放たれる水が、鉄格子の向こうから飛んでくる。すかさず横によけたが、右肩と、肩にかけていたバッグの一部が濡れた。

「まさか、わざとじゃないだろうな」

「違います！ 急に卯之原先生の声がしたから、びっくりして……」

しどろもどろで駆け寄る妻鳥は、顔つきさえ、普段よりも幼い印象だ。目鼻立ちにあどけなさが増し、瞳の色もいつもと違う。僕の視線に気づいてか、妻鳥は素早く帽子のつばを引き下げた。

「すっぴんだから、あまり見ないでくれますか」

「いつもは違うのか？」

「今どき、男だって化粧くらいします」

ふてくされたようにそっぽを向き、妻鳥は「何の用ですか」と呟く。

「ずいぶんだな」

「だって、二度と顔を見せるなって言ったのは、そっちじゃないですか」

拗《す》ねた子供のような口ぶりだ。僕はバッグから、例の原稿を取り出した。鉄格子越しに表紙を見せると、妻鳥が息を呑む。

「君と、答え合わせがしたくなった」

もう顔も見たくないと思っていた妻鳥に、僕は自ら、苦手な電車に乗ってまで会いに来た。悔しいがそれは、妻鳥が生み出した物語の力だと、認めざるを得ない。

妻鳥が口を開きかけたとき、庭の向こうのウッドデッキから「透羽？」と声がした。白いワンピースを着た小柄な女性が立っていた。ウェーブのかかった長い髪と華奢な体つきのせいか、少女のようにあどけない雰囲気だ。僕に気づくと、怯えたように身をすくませる。妻鳥の姉だろうか。顔立ちがそっくりだ。

「お客様なの？」

「ちょっと道を聞かれてるだけ。大丈夫だよ。……ええと、そのカフェなら、この道を真っ直ぐ行って、突き当たりを右、ですね」

妻鳥はことさらに愛想よく道順を説明し、女性の目から僕を隠そうとするかのように、体の位置をずらした。それから声を落とし、「俺もすぐ行くので待っていてください」と囁く。心なしか頬が強張っていた。

戸惑いながらも歩き出す僕を、妻鳥の「母さん」という声が立ち止まらせる。振り返らずにはいられなかった。

「だめだよ、今日は日差しが強いから、庭に出るなら日傘をささないと」

息子にたしなめられ、彼女はどこか嬉しそうに口もとをほころばせた。

微笑ましい光景のはずなのに不穏なものを感じたのは、あの小説を読んでしまったあとだからかもしれない。


アンティークのティーカップに注がれた紅茶を半分ほど飲んだ頃、ようやく妻鳥が喫茶店に入ってきた。白いシャツとベージュのパンツという素っ気ない組み合わせだが、オーバーサイズのデザインが骨格の美しさを際立たせている。髪の毛も麦わら帽子のあとなどなく、ごく自然に、だが隙なくセットされている。ガラス玉のような金茶色の瞳は、カラーコンタクトだったようだ。生まれつき、瞳の色が薄いのだと思っていた。

「じろじろ見ないでくれますか」

妻鳥は顔をしかめ、僕の向かい側の席に座った。「ああもう、最悪だ……」と頭を抱える。

「来るなら来るって、言ってくださいよ。すっぴんなんて、犬飼さんにもめったに見せないのに」

「僕は、待たされるより素顔のままで来てくれたほうがありがたかったけどね」

「いや、別に卯之原先生のためにメイクしてきたわけじゃないので。先生って、職員室では若者扱いされてますけど、中身は昭和世代と変わらないですよね」

いつもよりも口調に棘がある。妻鳥はメニューを見ることもなく、オーダーを取りに来た店員に「いつものもので」と告げる。店員が離れたのを見計らい、僕は例の原稿をテーブルに置いた。

「君の手から犬飼さんに返しておいてくれないか」

「読んでくれたんですね」

「この主人公は、君なのか」

答えの代わりに、妻鳥は細い指で胸もとのボタンを三つ外した。くすんだオフホワイトの生地が、透き通るような肌の白さを際立たせていた。右側の胸鎖関節の辺りに、縦に並んだほくろがふたつ。胸の中央には、大きな傷痕がある。

「生まれつき心臓に疾患があって、子供の頃から何度も手術を繰り返しました。移植手術を受けたのは、七年前だったかな」

「今はもう、平気なのか」

「とりあえずは。移植した臓器が体に馴染むように免疫抑制剤を飲み続けないといけないし、免疫力が下がるから、作り置きの麦茶やアイスコーヒー、二日目のカレーなんかは口にできませんけどね。薬と相性が悪いので、柑橘系の果物も駄目です。外食は衛生面の意識が高い信頼できる店じゃないと無理なので、ほとんど自炊か冷凍食品です」

「学校で体育の授業を休むのも、そのせいなんだな」

「もともと体を動かすのは好きじゃないので、そこは得してますけどね」

妻鳥が初めて書いたという作品『怪物のオルゴール』は、人間の世界で暮らす怪物の少年と少女が巡り合う話だ。主人公の怪物は、飼い主の人間から与えられる山のような玩具のなかから、小さなオルゴールを見つける。蓋を開けると九人の女神の人形が、音楽に合わせて踊り出す。それは、怪物が初めて聞く種類の音楽だった。痛みしか感じたことのない胸の真ん中が、とくとくと脈打った。いつしか怪物は、音楽に合わせて詩《うた》を口ずさむようになる。不思議なことに、次から次へと言葉が浮かんだ。やがてオルゴールから、音楽だけでなく、怪物に語りかける声が聞こえてくる。それが、もうひとりの怪物の少女との出会いだった——

妻鳥から日邑との繋がりを聞かされたとき、僕には腑に落ちないことがあった。日邑千陽は、インターネットで出会った見知らぬ子供にたやすく心を許すほど、警戒心の薄い人間ではなかった。ふたりには、他の人間とは共有できない繋がりがあったのだ。

「俺、転校してすぐに、卯之原先生に原稿を渡そうとしたんです。俺と彼女のことを知ってほしかった。でも犬飼さんに、絶対ダメ、透羽君は無防備すぎるって怒られたんですよね。本当に、その通りだった。先生が俺を嫌っているなんて、思いもしなかった」

妻鳥は原稿の表紙に、そっと手のひらを滑らせた。端整な口もとに自嘲的な笑みが浮かぶ。

「俺が先生を陥れるために『青宙遊泳』を書いた、なんて、すごい想像力ですね。だけど復讐計画としては穴だらけだ。だって、ベストセラーにならなければ、先生に届く保証がないじゃないですか。そもそも、先生ひとりを攻撃するために日本中に小説をばら撒くなんて、効率が悪すぎる。ずいぶん子供じみた被害妄想ですね」

「あいにく僕は小説家じゃなく、しがない高校教師だからね。職業柄、難しい生徒への対応を押しつけられることが多くて、心が病んでいるのかもしれないな」

皮肉の応酬に、店内の穏やかな空気が張りつめる。他のテーブルの客が、ちらちらと視線を送ってくるのを感じた。

「卯之原先生は、俺の小説の何が気に食わないんですか？　勝手に先生のことを書いたからですか、それとも、俺が書いた朔が、先生の実像と違うからですか？」

「どちらもだよ。僕にとっては、どちらも不愉快だ」

「じゃあ、あれは先生のことじゃないです。俺の朔は、あなたとは無関係だ。俺が彼女から聞いて憧れた朔は、あんたみたいにつまんない、いじけた大人じゃない！」

店員が紅茶を運んで来る。

妻鳥は我に返ったように口をつぐんだ。それから頭を抱え、「すみません。違う、こんなことを言いたいんじゃないんだ、俺は」と弱々しく呟く。今までで一番、年相応の様子だった。いや、十八歳という年齢にしては幼くすらある、ただの子供だった。僕自身が今まで、妻鳥の整った容姿やカリスマ作家というフィルターに身構えすぎていたのかもしれない。

「もうひとつ教えてくれ。ネット上のこととはいえ、余命宣告を受けた少女と、大病を患う少年が偶然出会う、というのは出来すぎだと思うんだ。君と日邑はどんなふうに知り合い、どんなタイミングで、自分たちの境遇を打ち明けあった？」

妻鳥は黙ったまま、ティーカップに口をつけた。答える気はないらしい。

「じゃあ、質問を変えよう。君が日邑と出会ったのはいつだ」

「少なくとも、卯之原先生よりもずっと前です。先生は、俺よりも自分のほうが彼女を知っているような口ぶりでしたけど、出会ったのは俺のほうが早かった。やりとりが途絶えていた時期はあったけど、それは俺が、心臓の移植手術で海外に行っていたからです」

「なるほどな。だが、それだけじゃないよな。悪い種を胸から取り除かれた怪物の少年に、怪物の少女は、声を聞かせてくれなくなったんじゃないのか？　君が、自分と同じじゃなくなったと感じたから」

「……むかつくなぁ。そうですよ、確かにその時期から、彼女は俺にメッセージを返さなくなった。七年前です。先生には、心当たりがある数字ですよね」

「ちょうど僕が、日邑につきまとわれるようになった頃だな」

「要するに、あなたは俺の間に合わせだ。俺以外なら、きっと誰でもよかったんだ」

妻鳥は、自分に言い聞かせるように呟く。

「彼女がいなくなってからも、俺はひとりで投稿を続けました。作曲はできないので初めは詩を。それから、この小説を。書き上げてしばらく経った頃、彼女から一年以上ぶりにメッセージが届いたんです。私たちのことを書いたんでしょうって、喜んでくれた。それから、次は自分の話を書いてほしいって」

「僕が受験で、日邑と会わなくなった頃のことだな」

間に合わせは、お互い様だ。結局日邑は、そのときの自分に都合がいい相手に、気まぐれに依存していただけなのだ。

「俺は——どうしても、信じられないです。日邑さんが先生への当てつけに、自分で駅のホームから飛び降りただなんて」

どうやら犬飼からすべて聞き出したようだ。妻鳥は眉間に皺を寄せ、空になったティーカップの底を睨んでいる。指先でソーサーの縁を叩くのは、考えごとをするときの癖なのだろうか。そのリズムは僕に、アパートの壁の向こうからしょっちゅう聞こえてきていた、キーボードのタイプ音を思い出させた。

「だって、おかしいじゃないですか。俺には、高知駅のホームが日邑さんの最終目的地だとは思えない。もしそうなら、わざわざ岡山行きの特急券なんか買いますか？　入場券だけでいいはずだ」

「……岡山行き？」

思ってもみない言葉が飛び出す。妻鳥はばつが悪そうに目を伏せ、「俺、どうしても気になって、日邑さんのお母さんに電話をかけたんです」と言う。連絡先は、調査会社の報告書に載っていたらしい。

「……ずいぶん、大胆だな」

「もちろん、初めは警戒されました。だけどお母さんも、『Ｍｕｓｅｓ』のことを知っていたんです。日邑さんが作った曲に俺が詩をつけて動画を投稿していたことを話したら、すごく喜んでくれて……いろいろ教えてくれました。日邑さんが亡くなったときの所持品のなかに、岡山行きの特急切符があったって」

何も言えずにいる僕に、妻鳥は、自分を奮い立たせるような調子で続ける。

「だから俺、夏休みのあいだに、高知に行ってみようと思うんです。このままじゃ納得できない。本当のことを知りたい。日邑さんのお母さんも、お線香だけでも上げに来て、と言ってくれました。本当は、お葬式にも来てほしかったって。眠るように綺麗な顔で逝ったから、最後に、一度だけでも会ってほしかった、って――」

指先からティーカップの取っ手が滑る。カップの底がソーサーにぶつかり、大きな音をたてた。

眠るように綺麗な顔……？　そんなはずはない。なぜなら日邑は――

動揺を隠せない僕を見つめたまま、妻鳥は静かな口調で続ける。

「俺も驚きました。駅のホームでの人身事故、と聞いたら、多くの人が、俺たちと同じ想像をすると思います。だけどあの日、日邑さんが高知駅で飛び降りた時間、電車はホームに来ていなかった。彼女の死因は、ホームから転落した際に線路に頭を強打した、脳挫傷だそうです」

喫茶店を出る頃には、横浜の街に日が落ちかけていた。石畳の道を妻鳥と歩きながら、異物を喉に詰めこまれたような感覚が拭えなかった。僕は今まで何度も、日邑が死ぬ瞬間を想像した。考えないようにしようとすればするほど、凄惨な場面が頭に浮かんだ。今になって、棺の中で眠るように横たわる姿を思い浮かべようとしても、上手く塗り替えられない。岡山行きの特急券を購入していたという事実も、すぐには呑みこめそうもない。

口数が減る僕に、妻鳥はそれ以上日邑の件をたたみかけることはしなかった。ただ別れ際に、例の原稿を僕に差し出した。

「これはやっぱり、先生が持っていてください。データは俺と犬飼さんで共有しているので、捨ててもらっても大丈夫です。紙の状態で俺の部屋に置いておくと、母が読んでしまうかもしれないので」

妻鳥の肩の向こうに、花に囲まれた彼の家が小さく見える。深みのあるブルーの屋根と、淡いグリーンに塗られた外壁は、作中で怪物の少年が暮らすドールハウスの描写そのものだった。

怪物の少年を飼育する《美しい人間》。彼女は、少年の胸に植えつけられた悪い種を取り除く治療という名目で、彼を様々な痛みに耐えさせる。ドールハウスに開いた窓からはいくつもの不気味な目が覗き、少年の顔が苦痛に歪むたびに、拍手や声援が上がる。作中では、夢とも現実ともつかない幻想的な描かれ方をされていた。怪物の少年少女の心のふれあいを描く物語のなかで、そのシーンだけが不気味に浮いていた。

犬飼はこの小説を、妻鳥透羽の物語だと言っていた。だとすれば、《美しい人間》のモデルは、彼の母親なのだろう。作中の彼女と、庭で見かけた儚げな女性のイメージは重ならないが、だからこそ根深い歪みを感じる。

「俺、今は親が離婚したから妻鳥ですけど、子供の頃は父方の姓だったんです。葛城《かつらぎ》透羽。葛《かつ》飾《しか》の葛に、城でかつらぎ。検索したら、すぐに母のブログがヒットしますよ。俺の子供の頃の写真が、沢山載っています。まぁ、薬の副作用でむくんだ寝顔とか、術後の傷の写真とか、卯之原先生に見られたいものじゃないですけど、どうせもう、数えきれないくらいの人に見られてるんで」

作家活動をするときに顔を隠しているのは、そのせいなのだろうか。学校で彼の姿を盗撮した女子生徒のスマートフォンを破壊したのも、あるいは。

僕たちの横を、旅行客らしき女性たちが通り過ぎる。スマートフォンを手に、「可愛く撮れたね」「ハッシュタグ、何にする?」などと声を弾ませている。妻鳥はふたりのやりとりを、じっと見つめている。

「ああいうのを見るたびに、どうしても思い出しちゃうんです。手術のあと、ベッドから動けない俺に向けて携帯を構えたとき、母は何を思ってたのかなって。なんであんなに嬉しそうに、活き活きしてたのかなって。ああよかった、ちゃんと可哀想な写真が撮れた、って思ってたのかな」

僕は妻鳥の手から原稿を受け取った。妻鳥の白いシャツと原稿の束は、濃い茜色の光を受けて同じ色に染まっていた。そのせいか、彼の体の一部を受け渡されたような、生々しい重みを感じた。

「俺の母親、裕福な両親に猫可愛がりされて育って、父親の部下と結婚して、今まで一度も外で働いたことがないんです。今どき珍しいくらいの、苦労知らずの箱入りお嬢です。だから悲劇のヒロインに憧れがあるのかな。母が昔買ってくれた絵本、みごとに可哀想な話ばっかりだったんですよね。赤い蠟燭《ろうそく》と人魚とか、ロミジュリとかレ・ミゼラブルとか。毎晩、うっとりした顔で読み聞かせされるのが、少し怖かった。だから俺に心臓の病気があるって知ったとき、本当のところはどう思ったのかな。ブログの闘病記録のアクセスが増えて、知らない人に励まされるたびに、どんな気持ちだったのかな、って——いつのまにか、パズルのピースをはめて絵を繋げていくみたいに、勝手に物語を作っちゃうんですよね。現実の人間は、小説の中のキャラクターじゃないのに」

「……厄介な職業病だな」

教師としては、もう少し妻鳥が楽になれるような言葉を探すべきだったのかもしれない。だが、それくらいしか見つからなかった。妻鳥は「そうかもしれないですね」と、力なく笑った。

「初めは、『怪物のオルゴール』に書籍化のオファーがあったんです。『Ｍｕｓｅｓ』で、ランキングにも載れずに埋もれていた俺を、犬飼さんが見つけてくれた。でも編集部からの評判はいまいちで、結局書籍化できなかった。暗いし難解で、一般に受けるとは思えない、って。当然ですよね。その小説には、俺のなかにある母親へのどろどろした気持ちが、全部詰まってるんだから。書いてるあいだも、ずっときつかった。でもそのときの俺には、書くこと以外、することもできることもなかったから」

犬飼は、妻鳥が十三歳のときに初めて出会った、と話していた。ちょうど日邑からの連絡が途絶え、妻鳥が困惑の最中にあった時期だ。ドールハウスの中に閉じこめられた幼い妻鳥が、もう少女の声が聞こえなくなったオルゴールに耳を当てている様子が、目に浮かんだ。

「だから、だったら次は、俺のなかにある一番綺麗な物語を書いてみようと思ったんです。犬飼さんとも相談して、今度は編集部を納得させられるように、まずは『Ｍｕｓｅｓ』で数字を獲って結果を出そう、って。日邑さんは俺に、『青宙遊泳』が完結したら俺の名前で発表するように勧めてくれました。できるだけ多くの人に読まれたい、とも。だから犬飼さんと一緒にリライトしたものをＷｅｂに投稿して、閲覧数がじわじわ伸びて、本になってどんどん増刷されて、上手くいきすぎて自分でも怖いくらいだった。でも、日邑さんの最後の願いを叶えられた気がして、誇らしかった。まさかそれが朔を――卯之原先生を傷つけることになるなんて、思いもしなかった」

　ごめんなさい、という呟きは、聞き洩らしてしまいそうなほどささやかだった。だが声量に反し、妻鳥が僕に対してどう思っているのか、真摯な表情から伝わってくる。同時に、ひどく混乱していることも。

「先生に、二度と顔を見せるなって言われてから、いろんなことを考えました。ぐちゃぐちゃで全然整理できてないけど、俺、母親にされていやだったことを、先生にしてたのかもしれない。根っこのところで俺はやっぱり、あの人と同じものでできてるのかな、とか」

　僕はもう、目の前の少年に自分がどんな感情を持っているのか、わからなくなっていた。駅までの道を歩きながら、一度だけ後ろを振り返った。僕を見送る妻鳥は、置き去りにされた子供のように心細そうな顔をしていた。

　帰りの電車に揺られながら、僕はスマートフォンを取り出した。叔父からまた、何件も着信が入っていた。

　ブラウザを立ち上げ、検索ボックスに葛城透羽、と打ちこむ。すぐに消した。代わりに、国内航空会社のホームページにアクセスする。叔父が指定した、祖父の十三回忌の日付。羽田発高知行きの飛行機には、まだいくつも空席があった。

第五話

庭に植えられたヤマモモの雄木に、クマゼミが群がっている。東京で見かける茶色のアブラゼミとは違い、透き通った羽根には、黄緑色の翅脈《しみゃく》が浮き上がっている。降り注ぐ鳴き声の激しさは、高知の夏によく似合う。ワイシャツの生地越しにも、日差しの強さが痛いくらいだ。

「もっと近くで見たい？」

僕の問いかけに、少年は首を大きく横に振る。年齢は五歳くらいだろうか。地元の子供らしく、耳たぶまで小麦色に焼けている。ついさっきまで僕のシャツの袖を引っ張り、蟬が見たいとねだっていたというのに、今は予想外の大合唱に怯んでいるようだ。

「あら朔也君、こんなところにおったがや。何しゆう？」

振り返ると、黒いワンピース姿の中年女性が立っていた。法要の最中にも何度か話しかけられたが、僕は彼女の名前も、自分との続柄も思い出せない。

「この子に、蟬を見たいと言われたので連れてきました」

「こら、蓮《れん》ちゃん。我儘言うたらいかんちや。みんなのところに行きよりや」

蓮と呼ばれた少年は、ぷいとそっぽを向くと、中庭を抜け縁側へと駆けていった。庭に面した二間《ふたま》続きの和室では、二十数人の大人が酒を酌み交わしている。

菩提寺での法要を終えたあと、僕は列席した親戚と共に、祖父の甥《おい》だという男の家に向かった。法要後の会食は本来なら祖父の家で行うのだが、もう長らく空き家になっているうえに、あの海辺の町に今でも住み続けている親戚はほとんどいない。かといって叔父夫婦が暮らす市内のマンションも大勢の人間をもてなせるような広さがないため、寺から近い親戚の家を借りることにしたらしい。

少年は縁側によじのぼると、和室の隅にいる子供たちの輪に交ざった。年齢は様々だが、皆暇を持て余している。中学生ともなるとスマートフォンをつつきながら、酔っぱらう大人たちに冷めたまなざしを向けている。

「あの子、洋二郎《ようじろう》さんのところの孫なんよ。みっちゃんちの次男坊。朔也君は、会うの初めてやったかね」

「そうですね、久しぶりの帰省なので」

女性の口から次々に出てくる人物の名前もまた、耳慣れないものばかりだ。曖昧に答える僕に、女性は、くっきりと描いた眉をひそめた。

「朔也君なぁ、もっと度々《さいさい》、こっちに帰ってきちゃらないかんで。克也《かつや》君も梨乃《りの》ちゃんも、まだ若いちゅうても五十過ぎやもん。あのふたりは結局子供ができんかったし、朔ちゃんが気にかけちゃらんと。なんぼ東京の暮らしが気ままで楽しかっても、育ててもらった恩だけは、忘れたらいかんよ」

克也は叔父、梨乃は叔母の名だ。この女性は何をどこまで知っていて、どの程度本気で言っているのだろう。真顔で見つめ返すと、怖気づいたように目を逸らされた。「ま、まあ、私が口を出すことでもないけんど」と呟き、そそくさと踵《きびす》を返す。

僕が叔父夫婦と暮らしたのは、祖父が亡くなった中一の夏から高校を卒業するまでのあいだだけだ。育ててもらった、という言い方もできるかもしれないが、その間の学費や生活費には祖父が遺《のこ》した金が使われていたはずだ。家を出てからは一切の援助を受けていない。叔父はともかく、叔母が僕のために金を使うことを渋ったからだ。大学時代の諸々の費用は、バイト代と無利子の奨学金でどうにかやりくりした。それでもやはり、恩返しを求められるのだろうか。

「おう朔也、こっちゃ来いや」

和室に戻ると、髪を短く刈った壮年の男が僕を手招きする。かなり酒がまわっているようだ。

「お前、東京に行ってずいぶん男ぶりが上がったんやないか？　もうどこぞで会《お》うても、誰やらわからんぞ」

「そうでしょうか」

そんなふうに言う男がすでに、僕としては誰やらわからない。隣に座るなり誰かの飲みかけのコップを渡され、危うい手つきでビールを注がれる。

「ほんでも、痩せすぎやないか？　シュッとした、ちゅうよりも、げっそりやつれたように見えるで。どこぞ、体に悪いとこでもあるんやないか」

「まだ新人なので毎日勉強することばかりで、余裕がないせいですかね」

痩せた、やつれた、は、ここに来る前も親戚たちから散々言われたことだ。「そうやで朔ちゃん、もっと食べんと」という声と共に、あちこちから箸が伸びてくる。大ぶりの皿鉢《さわち》に残った三色羊羹《ようかん》やエビフライ、田舎寿司などが、僕の前に置かれた小皿にまたたくまに集まる。

気の抜けたビールと、煙草の臭い。酔っぱらいたちの破裂音のような笑い声。東京から飛行機で高知空港に降り立った瞬間よりもずっと、故郷に帰って来たと感じる。懐かしさや感慨とは程遠い感情だが。

「朔也、お前のじいちゃんの家、今はどうなっちゅう。克也も梨乃も市内に引っ越して、誰ちゃあ気にかけとらんのやないか？」

「来月、取り壊しをする予定だと聞いています」

「更地にしたところで買い手はつかんやろけどにゃあ。あの場所じゃ津波も怖いき、町自体にほとんど若いもんが残っちょらんろう。あそこの公立高校も、去年廃校になったしにゃ」

「そんなに子供の数が減ってしまったんですか？」

「それもあるやろけど、もうかなり前に、公立高の学区制度が廃止されたろ。ほんで、あの町から市内の公立に通えるようになったもんやき、町の学校の生徒数が大幅に減ったんや。あの学校は、治安も進学率も悪かったきにゃあ」

学区制度がまだあった頃は、地元の公立よりもレベルの高い高校に行きたい子供は、高い学費を払い私立に進学するか、志望の公立高の学区内に引っ越すしかなかった。僕の中学時代には制度が廃止されていたが、高知市内の公立の進学校に通うためには、通学時間も交通費も馬鹿にならない。僕の母校は理数科という特別進学クラスに限り、学区外の生徒の交通費の全額補助をうたっていた。市外から優秀な学生を集め、難関大学の進学率を上げるためだろう。その結果、理数科は普通科に比べ、格段に競争率が高かった。

幼いころから僕が見ていた景色は、中心市街地で両親と共に暮らしていた日邑とも、東京で生まれ育ち中高一貫の私立女子校出身だと話していた犬飼とも、きっと違う。中心部から離れた場所で生まれ、経済的に豊かではない子供たちは、限られた枚数のチケットを奪い合うしかない。無理にでも這い出そうとしなければ、次から次へと可能性が摘み取られてしまう環境だった。

「しかし朔也は頭の出来が違《ちご》うたき市の進学校に潜りこめたもんの、他のやつらは悲惨よにゃあ。お前と同い年の、沖野《おきの》んとこの長男なんかな、あの町の公立で悪い仲間とつるんで、散々問題を起こして警察の世話にもなって、今はほれ、克也の塗装屋で安月給でこき使われちゅうのや」

男は冗談めかした口ぶりで、テーブルの向こうに座る叔父に「なあ?」と絡む。おとなしい性格の叔父は苦笑いで受け流したが、隣に座る叔母は、キッと目尻を吊り上げた。

「阿呆なこと言いなや! どこも行き場がない半端もんを、うちらが引き取って使ってやっちょるがやき! むしろ感謝してほしいくらいやわ」

「おお怖。朔也はほんま、大学にストレートで合格してよかったよなあ。落っこちちょったら浪人なんかさせてもらえんろうし、いいように店でこき使われて搾取されて、ほんま、泥沼地獄やで」

へらへらと笑う男を、誰かが「飲みすぎやで」とたしなめる。叔母は不機嫌そうに瓶ビールを手酌で注ぐと、一息に飲み干した。後ろでまとめた髪からほつれた毛束が、筋張った首筋に絡みついている。この女もずいぶん年を取った。張りを失いくすんだ肌に、かつてと同じ派手な化粧が馴染んでいない。体の線を強調するようなデザインの喪服も、若い頃に買ったまま新調していないのだろう。ちぐはぐな印象が、五十を過ぎたばかりの叔母を余計に老けさせている。

「ほんで朔也、どや、東京の女は」

隣の男が乱暴に僕の背中を叩く。

「いや、まだまだ仕事だけで手一杯ですね」

「ほんまかよ！　母ちゃんと違って、ずいぶん奥手やいか」

腹の底を揺らすように笑う男に、何人かは眉をひそめ、何人かは、興味深げに僕の顔色を窺う。叔父は硬い表情で俯き、叔母はというと、唇を歪め得意げな笑みを浮かべていた。

空港からの街並みはずいぶん変わっていて驚かされたが、こうした場での空気は、あの頃のままだ。男が周囲の人間にたしなめられているあいだに、僕は空いたビール瓶や汚れた皿を台所に運んだ。男女ともに酒豪がもてはやされる高知では、こうした場で女性のみが準備や片付けに追われることはないものの、数人の女性が洗い物をしていた。白髪の女性が、「まぁまぁ朔ちゃん、こんなことせんでええのに！」と顔をしかめる。

「台所は私らにまかせて、朔ちゃんは、おじちゃんらの相手をしちゃって。せっかく久しぶりに帰って来たがやき」

引《ひ》っ手繰《たく》るように皿を奪われ、木製のビーズ暖簾《のれん》の外に押し戻される。廊下には叔母が立っていた。肩をいからせ、尖った顎を持ち上げて僕を睨んでいる。近くで見るといっそう小じわが目立った。わざわざ僕を追いかけてきたのだろうか。

「朔也、調子に乗るんやないよ。秀才やら、東京に行って垢抜けたやらおだてられても、しょせんあんたは色ボケ女の息子ながやき。父親は誰か知らんけど、あんたの澄ました顔の下にはろくでもない血が流れちゅうことを、みんな、ちゃーんと知っちゅうがやきね」

飽きもせず、かつて念仏のように僕に言い聞かせた言葉を繰り返す。鬱憤を吐き出し満足したのか、叔母は悠々と部屋へと戻っていった。背中が丸まった後ろ姿を眺めながら、あんなに小さかっただろうか、と思う。久しぶりの帰省とはいえ、最後に会ったのは高校三年の春だ。僕の身長が伸びたわけでも、叔母が縮んだわけでもない。それでも、何もかもが大きく変わっていた。

かつてはそれなりに僕の心を引っ掻いたはずの叔母の言葉も、ことなかれ主義で見て見ぬふりの叔父の横顔も、味方のような顔で下世話な好奇心を満たそうとする親戚たちも、今の僕には驚くほど遠い。

これが僕が欲しかったものだ。日邑の手を振り払ってでも得たかったものだ。きっと僕は、もし過去に戻っても同じ選択をする。だから、後悔をする資格がない。日邑の死を悲しむ資格も。すぐに酒席に戻る気にはなれず、廊下の窓から庭を眺めた。網戸越しに感じる風は、東京のものよりもずっと湿度が低い。クマゼミの声は、いつのまにかやんでいた。

親戚の家から高知駅までは、さほど遠くなかった。タクシーを呼ぶほどの距離でもないので、僕は喪服のまま、普段出張用に使っているスポーツバッグを肩にかけて歩いた。当時は見かけなかったドラッグストアやコンビニエンスストアの看板が目立ち、反対に文房具店や酒店など、小さな個人商店は廃業していた。

高知駅の敷地内に足を踏み入れるのは、高校を卒業した春、二度と戻らないつもりで京都行きの夜行バスに乗って以来だ。あのときの僕は、日邑が駅で死んだことを知らなかった。だが、今は知っている。

怯む気持ちはあったが、駅舎に近づいてすぐに、犬飼薔子の姿を見つけた。ガラス張りの喫茶店でカウンターに頬杖をつき、口を半開きにして外を眺めている。あまりに呑気なたたずまいに、気が抜けた。カウンターの下には、スーツケースがふたつ押しこまれている。大きなシルバーのものと、少し小型のオレンジ色のものだ。

僕が店内に入ると、犬飼は慌てたように顔を引き締め、スツールから下りて頭を下げた。

「お疲れ様です、卯之原先生。思ったより早かったですね」

「妻鳥はどこですか？」

「お手洗いに行っています。もしかしたら、ちょっと寄り道してるかも。空港でもはしゃいじゃって、あちこちで写真を撮っていたので」

妻鳥と犬飼は、僕よりも数本遅い便で高知空港に到着した。旅の初日は三人で市内の中心部を巡ることになっている。二日目は日邑の実家を訪ね、三日目は僕たちの高校を。最終日は、僕がかつて暮らした海辺の町に向かう予定だ。僕の家など見るべきものなど何もないと伝えたのだが、妻鳥がどうしてもと言って譲らなかった。

犬飼は、いつものパンツスーツではなく、水色のカットソーに七分丈のパンツというカジュアルな出で立ちだった。特別垢抜けた装いではないが、犬飼自身が街の空気に馴染んでいないせいか、東京の空気の残り香を感じた。まじまじと見つめる僕に、犬飼は不思議そうに首を傾げた。

「どうかされました？」

「いや。あなたの顔を見てほっとした自分に、ちょっと驚いてます」

「お、おかしな言い方しないでくださいっ」

「そういう反応はやめてくれませんか、面倒くさいので」

耳まで赤くしていた犬飼は、今度は啞然とした顔で口を開けた。少し言葉が過ぎたかもしれない。

「すみません、法事でかなり飲まされたので、いつもより本音が漏れやすくなっているかもしれません」

「余計にひどいですよ……」

「何を見ていたんですか？」

「え？」

「ずいぶん熱心に、ガラスの向こうを眺めているようだったので」

犬飼は照れくさそうな顔で、愛用のトートバッグに手を入れた。例の本を引っ張り出すと、青い空が描かれた装丁を、ガラスの向こうの空に重ねるように掲げる。僕が持っているものと同じ表紙だが、巻かれている帯が違う。初版本だろうか。

「空が綺麗で、見惚れてました。『君と、青宙遊泳』のふたりが見上げていた青空と同じ吸いこまれそうな青……ううん、呑みこまれそうな青、っていうのかな。東京で見上げる空とは、全然違いますね。主人公の朔と日高が、瑞々《みずみず》しい尾びれをきらめかせるようにして青春を駆け抜ける姿が、目に浮かぶようです」

「そうですか。僕は東京の空のほうが性に合っているので、さほど愛着はないですね」

高層ビルによって遥か頭上まで押し上げられた灰色の空のよそよそしさが、今は懐かしい。この街は空との距離が近すぎて、息が詰まりそうだ。

「それに、作中ではやたらに青空の描写が出てきますが、僕と日邑は、夜に落ち合うことがほとんどだったので」

「そう、だったんですか？」

犬飼の目がわかりやすく泳ぐ。妙な誤解をしているようだったので、「あなたが考えているような理由じゃありませんよ」と補足した。

「都会育ちの犬飼さんにはイメージしづらいかもしれませんが、田舎で異性同士が一緒にいれば、すぐに余計な噂が立つんです。それに日邑も、両親が眠っている時間のほうが出歩きやすかったんじゃないですか？　あなたたちの作品のイメージとは、正反対かもしれませんが」

「えっ、じゃあ、朔と日高が高校の正門の前で会話をするシーンは？　私、日高が蝶の羽根を拾って青空に飛ばす場面がすごく好きで……あれも、日邑千陽さんの創作なんですか？」

「似たようなことはありましたが、あんなにスマートじゃなかったですね。夏になる前の放課後のことだったので、日が落ちかけていたんじゃないかな」

「そう……ですか」

犬飼は、空のグラスにささったストローをいじりながら目を伏せた。改めて思う。僕が日邑との日々を語れば語るほど、あの小説を愛する人間を失望させてしまうのだと。わかりきっていたことだが、爽快とは言いがたい気分だ。

「今夜の宿泊場所ですが」と話題を変えると、犬飼は気を取り直したように、「そうそう！」と顔を上げた。

「予約したホテル、一階にある創作和食のお店が、すっごく美味《お》しいらしいんですよ！　大浴場も、リニューアルしたばかりみたいです！」

「そうですか。高知でホテルに泊まったことはないもので、地元なのにお任せしてしまってすみません」

「だけど先生、本当にホテルでよろしかったんですか？　せっかくの帰省なんだから、夜くらいご家族と過ごされたほうが」

「一緒に過ごしたいような家族はいないので」

「あっ、そう……でしたね」

犬飼は再び、気まずそうに目を伏せた。叔父に、今夜はホテルに泊まると告げると、あからさまにほっとした顔をされた。「なんや、うちに泊まってけばええに」とお愛想を言う叔父の横で、叔母はそっぽを向いていた。

「先生も、いろいろご苦労なさっているんですよね。すみません、複雑なご事情があるのに、無神経なことを言って」

「複雑、ですかね。あなたと妻鳥の作品では、たった八行足らずで説明されていましたが」

犬飼が、喉に何かを押しこまれたような顔をする。

『君と、青宙遊泳』の作中では、主人公・朔の生い立ちが簡潔に綴られていた。若いころから奔放だった母親が産んだ私生児で、生まれてまもなく祖父に預けられるも、海辺の田舎町で釣具屋を営む祖父は台風の夜に店のボートを見に行き高波にさらわれ亡くなり、折り合いの悪い叔父夫婦に引き取られることになった、と。実際は、未成年の僕の面倒をみるという名目で、亡き祖父と僕が暮らしていた家に叔父夫婦が転がりこんできたのだが。自分たちのアパートの家賃を浮かし、祖父が遺したものを少しでも多く掠め取ろう、という企みがあったのだと思う。

今日の法事への参加を執拗に促されたのも、祖父の家の解体費をいくらか負担してくれないか、という話を持ちかけるためだったようだ。薄々、そんな予感はしていた。

「あ、あの、その部分については私も透羽君も配慮が足りなかったと思いますけど、決して面白半分で先生のプライバシーを公に晒そうというつもりじゃなくて、できるだけ日邑さんが話したオリジナルの設定を残したほうがいいという判断で――」

「もういいです。初めて読んだときは腹も立ちましたが」

運ばれてきたアイスコーヒーに口をつける。酔いで鈍った頭に、酸味の強いコーヒーの冷たさが心地よかった。

「今日、久しぶりに親族に会って思いました。たった八行程度のことだったな、と」

犬飼は目をしばたたかせた。僕自身も、こんな気持ちになるとは思っていなかった。叔父と叔母の顔を見るまでは気が重かった。だが久しぶりに会うふたりは、僕にとって脅威ではなくなっていた。もう自分が、彼らとはかかわりのない遠い場所にいることを、ようやく実感した。

「久しぶりに帰って来て、よかったのかもしれません。さすがに癪なので、妻鳥には言わないでくださいね」

「ええと、それはどういう……」

犬飼が目を白黒させる。タイミングよく店の入り口のドアが開き、妻鳥が現われる。紫外線対策なのか、薄いブルーのサングラスをかけ、ゆったりとした長袖シャツを羽織っている。急に口をつぐんだ僕たちを見て、妻鳥は不審げに眉を寄せた。

「内緒話ですか？　外からも見えてましたけど、なんかふたり、前よりも仲良くなってませんか？　俺が実家に帰ってるあいだに、距離が縮まってますよね。面白くないなぁ」

「そんなふうに見えるか？　だとしたらこの人が、夜な夜なしつこく僕の部屋を訪ねて来たせ

たように唇を尖らせた。

声を裏返して抗議する犬飼を見て、妻鳥は「やっぱり仲良くなってるじゃないか」と、拗ね

「だから、おかしな言い方はやめてくださいって！」

いだろうね」

高知で電車といえば、市内を走る路面電車を指す。JRの列車は電気ではなく軽油を燃料にするディーゼル気動車だから、という説明を以前した気がするが、相手は妻鳥だったか、阿久津だったか――ともかく僕たちは、高知駅から三人で路面電車に乗りこんだ。大きなシルバーのスーツケースは妻鳥の、小型のオレンジのほうは犬飼のものらしい。

夏の観光シーズンだというのに、車内の乗客は多くない。女子高校生のグループと、大きなバックパックを背負った外国人男性がひとり、あとは地元の人間らしき普段着の老人と中年の女性が、それぞれベンチシート型の座席に座る。

「空港に龍馬の名前がついているのにも驚きましたけど、本当に、どこもかしこも坂本龍馬なんですね」

犬飼の言葉通り、車窓に貼りつけられたタクシー会社や病院のステッカーには、龍馬の名前やイラストを入れこんだものが多い。窓の向こうにも、坂本龍馬を中心とした幕末三志士像がそびえ立ち、観光客がカメラを構えている。

くすくすと忍び笑いが聞こえ、横目を向けると、斜め向かいに座った女子高校生たちがこちらを見ていた。こちらを、というよりは、僕と犬飼のあいだに座った妻鳥しか眼中にないようだが。妻鳥はさぞ鬱陶しそうにしているだろうと思ったが、意外なことにわざわざ色眼鏡をずらし、興味深げに彼女たちを見つめ返している。

「卯之原先生、あれは何ですか？」

ワイシャツの腕をつついて耳打ちされ、僕も眼鏡のレンズ越しに目を凝らした。彼女たちが膝に載せている紺色のバッグの持ち手の部分で、親指の先ほどのガラス瓶が揺れている。瓶には砂が詰められ、小さなコルクで栓をされている。

「あれは、高知の私鉄沿線の駅で売られているお守りだよ」

「もしかして、有名な桂浜の砂ですか？」

犬飼が、観光案内の冊子をめくりながら言う。

「いや、海の砂じゃなく――」

僕の声は車掌のアナウンスに遮られた。電車がゆっくりと動き出し、腹に響く震動と走行音に、犬飼と妻鳥が目を丸くする。ふたりとも、路面電車に乗るのは初めてらしい。電車のすぐ横を自家用車が走る光景や、道路の中央に設置された停留所を、珍しそうに眺めている。

「わあ、透羽君、見て！　あのビルの、壁のところ！」

犬飼が声を弾ませる。車窓からは見えにくいが、高知にしては大きなビルの壁面で、からくり時計が動き始めている。時計の上部からは小さな高知城が、下部からは五体の人形が現われ、鳴子《なるこ》を両手に踊り出す。

「私、札幌の時計台は何度か見たことがあるけど、やっぱり全然感じが違うね。わっ、横からも何か出てきた！　卯之原先生、あれは何ですか？」

「桂浜と、龍馬像じゃないですか」

「犬飼さん、ほら、反対側からも出てきたよ。あの赤いのは、はりまや橋かな」

ふたりは座席から立ち上がり、車窓に額をくっつけるようにして外を覗きこんでいる。僕も首をひねって後ろの窓を眺めた。かつて僕が最後に日邑に会った場所は、何も変わらずそこに在った。

僕の顔色に気づいてか、妻鳥は笑顔を引っこめ、座席に座り直した。犬飼のほうは相変わらずで、トートバッグの中からデジタルカメラを引っ張り出している。

「透羽君、せっかくだから、次で降りて、もっと近くで見てみようよ」

「いや、俺はこのまま先生と乗っていくから、犬飼さんだけ降りなよ。適当なところで引き返してくるから、時計の下で待ってて。そのほうが、朔が電車の中で日高を見つけたシーンのイメージがつかみやすいと思うんだ」

「え、私だけ？　いいけど……」

犬飼が戸惑っているあいだに、電車が停まる。停留所間の距離が短いのも、高知の路面電車ならではだ。

慌てふためきながら降車する犬飼を見送ってから、僕は、反対側の車窓に目を向けた。がっかり名所と名高い朱色の桁橋が見える。

「あれがはりまや橋だよ。観光客用のレプリカだけどね」

実際の橋は、ちょうど僕たちの足もとにある。一見するとただの道路にしか見えないところもまた、観光客を拍子抜けさせる原因なのだろう。妻鳥は神妙な面持ちで目を伏せた。

「すみません、はしゃぎすぎました。俺たちは聖地巡礼みたいな気分になっちゃうけど、先生にとっては、そんなんじゃないですよね」

「別れ方としては、最悪だったからな。君が小説で描いた場面とは、まるっきり逆だよ。僕はあの場所に日邑を置き去りにした。日邑は逆上して、警察が駆けつけるほど暴れていた。そういう話を、君は聞かされていないんだろう？　恰好がつかないから、隠しておきたかったんだろうな」

妻鳥は車窓の向こうを見つめている。かつて日邑が過ごした街の風景を、目に焼きつけようとしているのだろうか。琥珀色のカラーコンタクトレンズを着けた瞳が、時折、カメラのシャッターを切るようにまたたく。そのたびに長い睫毛の先が、薄いブルーのサングラスの内側を掠めていた。

「君が駅に来る前に、犬飼さんと少し話をした。改めて思ったよ。君たちはきっと、本当のことを知れば知るほど失望する。僕の記憶と、君が日邑に聞かされた内容にはいくつも齟齬《そご》がある。単純な記憶違いもあれば、意図的に隠したこともあるだろう。それを君に掘り起こされることを、日邑はきっと望まないと思うよ」

「……だとしても俺は、本当のことを知りたい。日邑さんが伝え切れなかった物語が、まだこの街のどこかに残されているような気がするんです。先生だって、そう思ったから俺の旅に付き合ってくれる気になったんじゃないですか？」

「どうだろうな」

路面電車が大きく揺れ、隣に座る妻鳥の体が斜めに傾く。一瞬だけ、僕の肩に寄りかかるような恰好になる。シャツの袖口から覗く妻鳥の手首は驚くほど華奢で、だからだろうか、ほとんど重みを感じなかった。

「日邑さんのお母さんが教えてくれたんです。事故の直前、日邑さんは線路に何かを落として、拾うために飛び降りたんだって」

当時現場にいた駅員の証言もあるという。彼はその日、季節外れに薄着の少女が、おぼつかない足取りでホームを歩いているのを見つけた。声をかけようとした瞬間、反対側から走ってきた利用客が、まともに彼女にぶつかった。ひやりとしたが、少女は転落することはなく、尻もちをついただけで済んだ。問題はそのあとだ。駆け寄る駅員に少女は、「線路に大切なものを落としたから拾ってほしい」と言い出したのだという。ひどく取り乱し、駅員の制止を振り切り自ら線路に飛び降りたらしい。

「だけど日邑さんが亡くなったあと、どんなにホームや線路を探しても、それらしきものは見つからなかったそうです。卯之原先生のほうで、思い当たることはないですか。例えば、先生から日邑さんに、何かプレゼントを贈ったりだとか……」

「安物のブレスレットや、ネックレスやらか？　Z世代のカリスマ作家とは思えないな。犬飼さんあたりが考えそうな筋書きだ」

妻鳥が、むっとしたように眉を寄せる。自分でも陳腐だと思ったのか、「卯之原先生って、学校では相当猫を被ってますすよね」と悔しそうに呟く。

日邑が線路に落としたものが見つからないというのなら、物を落としたというのは口実で、本当は騒ぎを起こすことが目的だった、という可能性もある。岡山行きのチケットも、入場券と間違えて買ってしまったか、あるいは、ちょっとした気まぐれだったか。現実世界での出来事は、小説のようにすべてのエピソードの辻褄が合うわけじゃない。

だがそれでも、いつか妻鳥が口にした言葉が、頭から離れなかった。

――俺には、高知駅のホームが日邑さんの最終目的地だとは思えない。

もしそうだとしたら、日邑の物語は、まだピリオドを打たれないまま、あの駅のホームでたゆたっているのかもしれない。終わらせることができる人間がいるとしたら、きっと、僕か妻鳥のどちらか、ということになってしまうのだろう。

「俺、明日、初めて日邑さんのお母さんに会うんですけど……今から緊張してるんですよね。電話だと明るくて気さくな感じだったけど、実際はどうなのかな。先生は、会ったことがあるんですよね？」

「病院で一度だけ見かけたことはあるが、向こうは僕を知らないはずだ」

「じゃあ、やっぱり明日、一緒に日邑さんの家に行ってくれませんか。犬飼さんだと心もとないんです。あの人、嘘が下手だから」

日邑の母親には、小説のことを伏せているらしい。犬飼からの厳命だ。担当編集者の犬飼のみならず、大手出版社の春栄社、そして映画配給会社や芸能事務所、その他、僕の想像が及ばないほどの多くの人間が、あの作品にかかわっている。映像化のプロモーションが大々的に始まった今だからこそ、迂闊な言動は避けるべきだ、という判断だろう。

「俺、日邑さんのお母さんには、学校の部活の合宿旅行中だって話しているんです。だから天文気象部の顧問の卯之原先生が付き添ってくれても、全然不自然じゃないです。先生が日邑さんの同級生として、お母さんにいろいろ聞かれることもないですから」

「一緒に行ってくれませんか、なんて殊勝な顔で頼んでおいて、お膳立てはしっかり済ませているわけだ。さすがだね」

「意地悪言わないでくださいよ」

「だが、無理だよ。君は、自分が見殺しにした相手の親に会いたいと思うか？　犬飼さんには一夜漬けで、高校教師の演技の勉強をしてもらうんだな。役作りなら多少は手伝うよ」

「不安だなぁ。絶対、張り切りすぎて空回りするに決まってる」

電車は桟橋通五丁目で折り返し、再び高知駅へと向かう。すでに街は濃い茜色に染まっていた。それぞれひとつずつスーツケースを抱え、蓮池町通で下車する。犬飼が待ちかねたように、横断歩道の向こうから駆けてくる。

「どうでした？　雰囲気、出てました？」

息せき切って訊ねる犬飼に、僕と妻鳥は顔を見合わせた。正直に言えば、少しも時計の下など見ていなかった。

それから僕たちは、徒歩でホテルに向かうことにした。妻鳥にとってはめったにない長旅なので、体調を気遣い早めに休ませようという配慮だろう。今朝も高知に向かう前に、東京で何件か取材を済ませてきたらしい。

日が暮れ始めた街並みを、すでに千鳥足の老人たちが歩いている。ときどき聞こえる地鳴りのような笑い声に、犬飼がぎょっとした顔をする。

「今日は何かのお祭りですか？　皆さん、もうずいぶん酔ってらっしゃるみたいですけど」

「いえ。高知は昼から飲める場所が充実しているので、これが平常ですね。ひろめ市場はご存知ないですか？」

「聞き覚えくらいしか……あ、待って透羽君！　ひとりで先に行かないで!!」

「犬飼さん、あっちに、文旦スムージーっていうのが売ってるよ。俺、ちょっと見てくる！」

「駄目！　柑橘類は薬と相性が悪いの、知ってるでしょう⁉」

好奇心旺盛に駆け出す妻鳥を、犬飼が追いかける。見慣れた商店街の風景にふたりがいるのは、やはり妙な感じだ。

閉店間際の百貨店の前で、足が止まる。地面からぬっと顔を出したクジラのオブジェが、つぶらな瞳で僕を見つめていた。

妻鳥の小説には書かれていない、きっと日邑の記憶からもこぼれ落ちていただろう思い出が、生々しい手触りで蘇る。

「卯之原先生、ホテル、あっちみたいですよ！」

犬飼が右手にスーツケースを引き、左手で妻鳥の腕を捕まえながら声を張り上げている。僕はクジラに背を向け、スポーツバッグを肩にかけ直してふたりのあとを追った。


「日邑」

僕の呼びかけに、日邑は勢いよく顔を上げた。病院から抜け出した日邑は淡いブルーの入院着姿で、帯屋町《おびやまち》のクジラのオブジェにまたがっていた。時計の針は十時をまわり、ちょうど目の前の百貨店のシャッターが閉められたところだった。

高校三年になってまだ二ヵ月も経っていないのに、夜の風はもう、むせかえりそうな夏の匂いを運んでいた。

「うわ、ほんとに来た。卯之原、暇なの？」

「暇そうに見えるか？　いい加減にしろよ」

「何だよ、今日は機嫌が悪いなー」

日邑はレモンのイラストが描かれたチューハイの缶を手にしていた。「ひとくちいる？」と僕に訊きながら、甘ったるいアルコールの匂いの息を吐く。

「いるわけないだろ。ジュースみたいな味の酒を飲んでいい気になって、馬鹿じゃないのか」

「いいじゃん、大人ぶらせてよ。どうせあたしは、大人になれないんだからさ」

ふざけた口調で言い、日邑は入院着の裾から伸びる脚をぶらぶらと揺らした。日に焼けた小麦色の黒さとは違う、くすんだ黄土色をしていた。少し会わないあいだに、日邑はまた痩せた。

「卯之原さ、もう電車ないし、帰れないんじゃないの？　どうすんだよ」

「誰のせいだよ」

「いやなら来なきゃいいのにねー、お人好しだねー、卯之原君は」

日邑は検査の結果が悪く、一ヵ月前から再入院していた。外出許可がおりず、しばらくは連絡もつかなかったが、今日の夜になって突然メールを送ってきた。

『病院脱走中。行くとこないから、帯屋町でナンパ待ち』

僕は叔母と叔父に気づかれないように家を抜け出し、自転車を飛ばして駅に急いだ。僕の暮らす町から高知市内への最終電車に飛び乗り、乗ってしまってから、帰りの終電に間に合わないことに気づいた。考えなしな自分の行動に呆れ、僕をこんなふうに変えてしまった日邑に、腹が立った。

「それで？　ナンパ待ちの成果はどうだった？」

「いやみっぽいなー。見りゃわかるじゃん、全然だめだよ。男も女も、誰も声をかけてこない。目すら合わせようとしない。ひとあし早く幽霊になった気分だよ」

日邑は視線を宙にさまよわせ、「だからさ」と呟いた。

「これがあたしの死んだあとの世界かーって思って、見てた。ずっと」

僕も、夜のアーケード繁華街に目を向けた。地元のニュースや新聞では盛んに、街の飲食店の経営不振が叫ばれている。それでも僕が暮らす海辺の町に比べれば、じゅうぶん賑やかだ。大通りから伸びる細い路地には色とりどりのネオンがともり、行き交う人々の姿が影絵のようだった。酔いのまわった大人たちの笑い声はいつにも増して大きく、誰もが何の不安もなく、幸せそうに見えた。

「まったくさ、こちとら余命宣告された悲劇のヒロインだよ？　みんなの大好物じゃん。誰も誘ってこないって、どういうことだよ」

「そんな恰好で酔っぱらってる未成年に声をかける大人なんて、ろくでもないだろ」

「それもそうか」

日邑はひひっと笑うと、クジラの頭から下りた。

「しかも、余命わずかな、じゃなく、本当はマイナス一日だもんな。リアルに幽霊みたいなもんか」

戸惑う僕に、日邑はじれったそうに「余命宣告された日から、今日で一年と一日ってことだよ」と言う。

「だから、記念に何かしたかったわけ」

「それが、未成年飲酒とナンパ待ちなのか？」

「そ。あ、やばいね。ろくでもあるほうの大人が、声をかけに来てくれそう」

振り返ると、制服姿の警官がこちらを見ていた。とっさに日邑の腕をつかむ。走りながらげらげら笑う日邑の体はあまりにも軽く、手を離したら紙切れのように飛んで行ってしまいそうだった。

「頼むから本当に、いい加減にしてくれよ！」

繁華街から離れた路地裏に逃げこみ、僕はつかんでいた日邑の腕を、乱暴に払った。誰かに対して声を荒らげたのは、これが初めてだった。

日邑は荒い息を吐きながら、じっと僕を見つめていた。それから乾いた声で、「悪かったよ。卯之原はあたしと違って、未来ある若者だもんな」と呟いた。

その夏のことはよく覚えている。僕は、それまで経験したことのない苛立ちのなかにいた。机に向かっていても受験勉強に身が入らず、今のままでは合格が危うくなる自覚があった。自分がここまでペースを乱されるとは思っていなかった。もっとスマートにやれると思っていた。どこかにある綺麗な物語のように、最後の瞬間まで日邑に付き合い、彼女から託されたささやかな夢や希望のようなものを受け取り、だが結局は日邑と出会う前の淡々とした日常に戻ってゆくのだと思っていた。だが日邑は、当初の想定以上の速度で僕のなかで大きく膨らみ、だからこそ、当時の僕には手に余った。膨らみ切った風船が割れてしまうように、いつか日邑も消えてしまうことがわかっていたから、余計に。

僕たちは気まずさを引き摺ったまま、夜を明かす場所を探して街をさまよった。小さな飲食店がひしめき合う界隈《かいわい》の、そこだけ大きなビルの前で、日邑が足を止めた。

「ここ、現国の野村《のむら》が、援交で捕まった場所じゃない？　ここでもいいよ」

淡いパープルに塗られた外壁や、駐車場の入り口に下がった変に安っぽいビニールの暖簾を見て、すぐにそういう場所だとわかった。僕たちの学校の教師が女子中学生をいかがわしい場所に連れこみ逮捕されたのは、つい二ヵ月ほど前のことだった。

「そういう冗談は嫌いだ」

「冗談じゃない、って言ったら？」

日邑の声の調子は、相変わらずへらへらと軽い。

「ナンパ待ちが不発だから、手近なところで間に合わせるのか？」

「悪い？　いいじゃん別に。誰でもいいから死ぬ前に一回、って、男子高校生なら誰だって思うでしょ。なのに、女が思うのはおかしいって？　前に話したじゃん、処女が死んだらどうなるかって」

日邑は両腕を掲げてゆらゆらと揺らし、へたくそなバレエの真似をした。去年学校で開かれた芸術鑑賞会のことを言っているのだろう。地元のバレエ団が披露した演目は、純真な村娘が貴族の男と恋に落ちるも、男に婚約者がいることを知り失意の末に死んでしまう、という筋書きだった。僕は中盤からうたた寝をしてしまったが、日邑は最後まで観ていたらしい。

「処女のまま死んだ女は精霊になって、永遠にふわふわ空気中を漂ってなきゃいけないんだよ。あたしは、死んでまで惨めに、この世に留まりたくないわけ。誰でもいいからさっさと済ませて、立つ鳥跡を濁さず、の準備をしたいんだよ」

「そんなの迷信だろ。男が三十過ぎたら魔法使いになれる、なんていうのと同じだよ。馬鹿馬鹿しい」

「いいからさ、女に恥かかせるなって」

ぐっと腕を引っ張られる。通りの反対側から、僕たちを囃《はや》し立てる声がした。同年代か、少し年上の、男女六人ほどのグループだ。みすぼらしい服装の僕と日邑とは対照的に、垢抜けた装いをしていた。「そんな場所で揉めるなって」「ああいう子もホテルとか行くんだねー」「うわ、やめろって、想像しちゃったじゃん」——嘲笑に耳が熱くなり、思わず日邑の体を突き飛ばした。大きくよろけた日邑の顔には長い前髪が被さり、ホテルの品のないネオンが、薄っぺらい入院着に紫と黄色の光を投げかけていた。

そのとき僕のなかにあったのは、戸惑いではなく腹立ちだ。幼い頃から、顔も知らない奔放な母親のことを町ぐるみでからかわれ、お前もそうなんだろう、いつかそうなるんだろう、と好奇の目を向けられていたからかもしれない。性的なものから距離を置いておきたかった。そして、ときどきは自分の奥から湧き上がる衝動を、汚らしいものだと感じていた。親しい人間にはとりわけ、そんなものを見せたくなかった。自分にはそんな汚い部分などないと、隠しておきたかった。

だからこそ、気まぐれに駄々をこねるようにして、僕が隠しているものを引き摺り出そうとする日邑が、疎《うと》ましかった。

日邑はぎごちなく肩をすくめると、芝居がかった仕草で首を横に振った。

「あーあ、わかったよ。卯之原は偏屈で面倒くさい男だから、こんなチャンスは二度とないと思うけど、後悔するなよ？」

「望むところだよ」

それから僕たちは、雑居ビルの一角にある漫画喫茶で夜を明かした。日邑は漫画を読むこともなく、ふたり用のフラットシートの片隅でうずくまり、すぐに眠った。僕はＰＣで入試の過去問を検索してみたが、ろくに身が入らなかった。

明け方、僕が飲み物を取りに部屋を出ようとすると、日邑が身じろぎした。小さな電気スタンドに照らされただけの薄暗い場所で、日邑は横たわったまま小さく笑った。

「変な夢、見ちゃったよ」

「どんな」

「卯之原が魔法使いになって、あたしを生き返らせる夢」

日邑は、寝癖のついたぼさぼさの頭で起き上がると、猫のように伸びをした。

「仕方ないから、あんたが三十歳になるまで、あの世で待っててやるよ」

あのときの日邑は、どんな顔をしていただろう。寝不足の目が霞んで、よく見えなかった。

日邑が出会った頃の日邑でいたのは、これが最後だった。初めての脱走を境に日邑は、少しずつ変わっていった。

僕たちがからくり時計の下で最低の別れ方をする、三ヵ月前のことだ。

第六話

「ずいぶん緊張しているみたいだな」

「卯之原先生は、落ち着いてますね」

「僕は顔に出づらいだけだ」

僕たちの目の前には、『ＨＩＭＵＲＡ』と彫られた御影石《みかげいし》の表札がある。門の向こうにあるのは、シンプルなボックス型の二階建て住宅だ。オフホワイトの外壁には小さな窓がいくつかあるだけで、中の様子は窺えない。

「そういえば先生って、そういう人でしたね。本当は俺と犬飼さんのことを嫌っていたくせに、全然そんな素振りを見せなかったですもんね」

妻鳥が薄いブルーのサングラスを外しながら、むくれ顔を作る。

「君がそう言うなら、成功していたんだろうな。隠しきれていないんじゃないかと思っていたが」

「そこは、嫌ってなんかいないよ、って否定してくださいよ。卯之原先生、やっぱり怒ってます？」

「少々機嫌は悪いかもな。朝からくだらない三文芝居を見せつけられたせいで」

本来であれば、妻鳥に同行するのは犬飼だったはずだ。だが今朝になって犬飼が腹痛を訴え出し、急遽《きゅうきょ》僕が代役として引っ張り出されたのだ。犬飼はホテルの部屋のベッドで海老のように体を丸め、「いたた、昨日食べすぎたかもしれません。高知のご飯が美味しすぎて……」と、わざとらしく呻《うめ》いていた。

「彼女の演技に不安があるからという理由で僕に同行を打診しておいて、断られたら、今度は僕を騙そうとするなんてな。ずいぶん舐められたものだ」

「いや、あのありさまを見せたら、先生も納得してくれると思って。あんな調子で、日邑さんのお母さんに警戒されずに話を聞かせてもらうなんて、無理ですよ。俺がひとりで行くのは駄目だって言うし……過保護で、いやになっちゃうんだよなぁ。こっちは初めて会ったときから成長して、身長だってとっくに追い越してるのに」

ぼやいているうちに、もう約束の時間だ。妻鳥がおずおずとインターホンのボタンを押すと、すぐに玄関のドアが開く。顔を出したのは若い女性だ。肩まで伸ばした髪はオレンジがかった金色で、耳には痛々しいほどにいくつもピアスがはまっている。

「お約束していた妻鳥です。すみません、お宅まで押しかけて……」

ぎごちなく頭を下げる妻鳥を、彼女は不審そうに睨みつける。おそらく日邑の妹だろう。年齢は妻鳥と同じくらいのはずだ。ドアノブに手をかけたまま、招き入れてくれる気配はない。どうやら、歓迎されていないようだ。

「ちょっと、麻尋《まひろ》！　お客様ながやき、ちゃんとお通しせないかんやん！」

部屋の奥から早口の土佐弁が近づいてくる。髪の短い女性が、若いほうの肩越しに妻鳥を見上げ、満面の笑みを浮かべる。

「初めまして、千陽の母です。よう来たねえ。やけんど、こんなに綺麗な男の子が来るやったら、もっと念入りにお化粧しておけばよかったわあ」

ふっくらとした頬に手を添え、茶目っけたっぷりにおどけてみせる。金髪の若い女性と、顔立ちがそっくりだった。

「今日は、無理を言ってお邪魔してすみません。僕のために、お仕事までお休みさせてしまって……」

妻鳥がしおらしく頭を下げる。日邑の母親は、顔の前で大きく手を振った。

「全然気にせんとって。私はね、有休がようけ溜まっとるの。最近は子供も親の手を離れて、変にかまうと鬱陶しがるき、今は仕事くらいしかすることがないもんでね。夫はさすがに、急には休めんかったけど」

日邑の母親は生命保険の外交員で、父親は高知市役所に勤めているらしい。

「ほんま、遠路はるばる、ありがとうね。君が電話をくれた妻鳥君で、こちらは……？」

母親の視線が僕に向けられる。ある程度の覚悟をしてきたつもりなのに、言葉が出てこなかった。妻鳥が僕に代わって笑顔で答える。

「俺の部の顧問の先生です。今日は付き添いで、一緒に来てくれて」

「ああ、そやったわね。電話で話してくれよったもんねぇ。先生も、どうぞ」

日邑の母は腰をかがめ、二組のスリッパを並べた。僕もどうにか、「今日はお世話になります」と頭を下げる。この女性は、日邑が僕に最後に投げつけた言葉を知っても、その言葉を受けた僕がどんな行動を取ったのかを知っても、こんなふうに家に迎え入れてくれただろうか。

玄関の靴箱の上には、ピアノを弾く少女の姿をかたどった粘土細工が飾られている。下には名札が添えられ、まだ拙い筆跡で、日邑千陽、とある。小学校の工作の授業ででも作ったものだろうか。あちこちについた指の跡が、見ていられないほど生々しい。母親に続いて廊下を進むと、ラベンダーと枯葉が混ざったような独特の香りがする。芳香剤でも柔軟剤でもない、建物全体と家族の体に染み付いた匂い。知っている香りだ。油断すると、過去の記憶に呑みこまれそうになる。やはり同行するべきではなかったと、強く思った。

「すぐに冷たいものを用意するき、そこで待ちよってね」

僕たちをリビングに案内すると、日邑の母親は小走りにアイランドキッチンへと向かう。外観からは想像できないほど、リビングは光に溢れていた。南側の一角が襖のない和室になっており、僕と妻鳥は並んで仏壇に手を合わせた。小さな写真立てには少女の写真が飾られている。八重歯を見せて屈託なく笑う顔は、妹ほどではないが母親に似ていた。妻鳥が腰を浮かせて写真を見つめ、「これ……十歳くらいのときの写真ですかね？」と僕に囁く。飲み物をテーブルに並べていた母親が「そうなが。ろくな写真がなくってねぇ」と苦笑する。

「あの子、小学校を卒業するあたりから大の写真嫌いになってしもて。子供の頃のスナップ写真くらいしか、笑《わろ》てるもんがないの。卒業アルバムの写真なんか、ひどい仏頂面でね」

「あ、俺も見ました。調査会社の報告書に、中学校と小学校の卒アルの写真が載ってたから。直接会ったことはないけど、千陽さんらしいなって。本当は高校時代の写真も見たかったけど、どうしても見つからないって言われて……」

「あの子、高校は途中で辞めてしもたき、アルバムには載ってないのよ。だけどもし載っちょったとしても、小学中学のときと同じ、ふてくされ顔やと思うわ」

微笑み合う母親と妻鳥の横から、日邑の妹が「そのことなんだけど」と声を上げる。

「調査会社って、何なんですか？　姉の友人だか何だか知らないけど、勝手にうちのことを探られていたなんて、気持ち悪いんですけど。結局、業者に金を払って個人情報を買った、ってことですよね？」

それが普通の反応だろう。口籠る妻鳥を庇《かば》うように、母親が「麻尋！」と叫ぶ。

「失礼やないの。妻鳥君は、どうしても千陽に会いとうて、何年もかけてようやく私らを探し出してくれたがで！」

　今までのにこやかさが嘘のような、険しい顔つきだ。妹はそっぽを向くと、ダイニングテーブルの脇に置かれた長ソファに、背中から飛びこむようにして寝転がった。

「ごめんなさいね、ほんま、疑い深い子やわ。おばちゃんね、妻鳥君が千陽と一緒に作った動画、全部観たが。千陽が曲を投稿しちゅうことは知っちょったけど、最初は、ピアノの鍵盤と手もとだけが映った、素っ気ないものやったろ？　それを妻鳥君が、あんなに素敵な映像作品にしてくれたがやね」

「俺は、千陽さんの曲からインスピレーションを受けて詩を書いただけです。動画の編集機能は、もともと『Ｍｕｓｅｓ』に用意されていて、誰でも簡単に使えるし……」

「それでも、カラオケ屋さんで流れちゅうみたいな映像を自分で作れるなんて、すごいやない！　おばちゃんね、音楽のセンスもないし、文学とかもわからんけど、ほんま感動したわ！麻尋も観てみたらええのに」

「どうせ、中二病をこじらせたような動画でしょ。身内が作ったそういうの、見てらんないよ。お姉ちゃんだって、お母さんには観られたくないんじゃないの」

「麻尋！　どうしてあんたはいつもそう……」

　ほんまにごめんねぇ、と謝る母親に、妻鳥はぎこちなく首を横に振る。カラオケ屋のイメージ映像、と評されたことに少々傷ついているようだが、日邑の母親の年代からすれば、悪気のない手放しの称賛なのだろう。

僕たちは、すすめられるままにダイニングテーブルの椅子に座った。麦茶のグラスの横には、フルーツを盛ったガラスの小皿が置かれている。

「小夏《こなつ》ですか?」

僕の呟きに、母親は嬉しそうに頷く。瑞々しい黄色の果肉は、高知では馴染み深い柑橘の小夏だ。だが、この時期に食べられるとは思っていなかった。

「ご存知です? せっかく県外からお客様が来てくれるき、高知らしいもんを食べてほしゅうてね。普通は春先から夏の初め頃までしか出まわらんけど、これはね、酸味が強い品種を貯蔵庫で熟成させて、甘《あも》うにしたものなが。時期外れやけど、美味しいがですよ」

妻鳥がフォークに手を伸ばす。僕は、犬飼の忠告を思い出した。今日妻鳥とふたりで出かけるにあたり、妻鳥の体調にくれぐれも気をつけるようにと、しつこく念を押されたのだ。柑橘類は、種類によっては妻鳥が飲んでいる免疫抑制剤との相性が悪い。作り置きのお茶や総菜もよくないらしいので、麦茶も避けたほうがよいかもしれない。

僕が妻鳥からフォークとグラスを取り上げると、日邑の母は不思議そうな顔をした。

「すみません、妻鳥は体質的に口にできるものが限られているので、僕がいただきます」

「先生、平気ですよ。もう手術から何年も経ってるんだから」

「ここで具合が悪くなったら、余計にご迷惑がかかるだろう」

妻鳥が不服そうに眉を寄せる。母親のほうは、とくに気を悪くした様子はない。それどころか、なぜか感慨深げに目を潤ませている。

「そうやね、妻鳥君も子供の頃に手術を受けたって、電話で教えてくれたもんね。元気そうに見えても、今でもいろいろ気をつけんといかんことがあるがやね……」

今までの弾けるような笑顔とのギャップに、僕も妻鳥も、とっさに反応できなかった。母親は俯いて洟《はな》をすすると、ティッシュボックスに手を伸ばした。

「ごめんな、おばちゃんの泣き顔なんか見せてしもて。ほんでも、妻鳥君と千陽には、ふたりにしかわからん特別な絆があったんやな、と思うたら、嬉しゅうてね。千陽は、私らに言えんようなことも妻鳥君には打ち明けられたんやないろうか。もしかしたら、最後に病室を抜け出したのも、妻鳥君に会いに行こうとしとったのかもしれんわねえ」

「え?」

妻鳥が目を見開く。だが、そんなはずはない。日邑は生前、妻鳥の本名も、住んでいる場所も知らなかったはずだ。

「あの子は長いこと病気やったき、私らも覚悟はしちょったけど……まさか、あんなふうに別れることになるとは、思いもよらんくてね。どうして岡山になんて行こうとしちょったんやろって、ずっと気にかかっとったの。病院を抜け出すことは何度もあったけど、そんなに遠くまで行ったことは、一度もなかったから」

「あの、でも俺は、そのときは実家の神奈川に住んでいたので……」

「高知はね、飛行機だと一本でいろんなところに行けるけんど、陸路で県外に出るのは難儀なが。山と海に囲まれてるもんで、陸の孤島、て呼ばれちゅうくらいよ。本州に出たいときは、大抵はみんな、岡山行きの特急に乗って山を越えるわね。だから千陽が、あの日どこに行こうとしちょったか、ほんまのところはわからんと思うの」

妻鳥の戸惑いを察したのか、母親は慌てたように身を乗り出した。

「いやな気持ちにさせたんなら、ごめんね。妻鳥君のせいで、とか、そんなつもりじゃないが。ただ、そうだったらいいのに、って……。事故の日に千陽が着ちょった服ね、少し前に私がおねだりされて買ったものだったが。次に病院を出るときに着るって言うて、病室のハンガーラックに吊るして、嬉しそうに眺めちょったが。そのときは私も主人も、もう元気で退院することはないやろうって思うちょったから、不憫《ふびん》で仕方がなくってね。でも、あの子、ほんまは妻鳥君に見せたくて、綺麗な服を準備したんやないろうか。もしそうなら、救われた気持ちになるの。小さい病室で、病気と闘うだけの人生じゃなかったんやな、って。あの子は昔から、おとなしゅうて引っこみ思案で、あんまり友達がおらんかったき」

妻鳥が腑に落ちなそうに僕を見る。僕は無言のまま、小夏をひと切れ口に運んだ。久しぶりの故郷の果実は瑞々しく、驚くほど甘かった。

母親は湿った空気を吹き飛ばすように、「そうそう、妻鳥君に見てほしいものがあるんやわ」と、胸の前で手を叩いた。テーブルの端に置かれていた小箱を手に取り、大切そうに蓋を開ける。中には、淡いブルーの組み紐が入っていた。紐の先には、小さな金具が取りつけられている。

「あの子が線路に落としたものは見つからんかった、って電話で話したやろ？　でもね、千陽と最後に一緒にいた駅員さんが、娘さんの大切なものやろうからって、ずいぶん一所懸命に探してくれたがよ。それで、『もしかしたらこれやないろうか』って……」

細い輪っか状の金具は、丸カン、と呼ばれるものだ。組み紐と何かを繫いでいたのだろう。例えばマスコットや、お守り袋のようなものを。

「妻鳥君のほうで、心当たりはないやろか。病気が治るお守りを、千陽とお揃いで持っちょったとか……実際に会って一緒に買いに行くのは無理でも、今ならインターネットで、いくらでも取り寄せができるんやろ？」

「いえ、そういうものは、とくに……」

「そう……」

申し訳なさそうに首を振る妻鳥を見て、母親は肩を落とした。もしも、神社などで売られているお守り袋のようなものが線路に落ちていれば、すぐに駅員の目についたのではないだろうか。少なくとも、細い組み紐一本を探し出すよりは、ずっと簡単だったはずだ。

妻鳥がおずおずとスマートフォンを取り出し、「写真を撮ってもいいですか？」と訊く。母親は頷きながら、どこか恍惚とした声で呟いた。

「ほんでも、それらしきもんが欠片《かけら》も見つからんのは、おかしな話よねえ。もしかしたらあの子が、天国に行くときに一緒に持っていったのかもしれんわ……」

リビングに響くシャッター音に紛れて、何かが聞こえた。誰かをせせら笑うような、鼻から抜ける音だ。小夏を飲みこみ、視線を横に向ける。ソファに寝転がっていた日邑の妹が、唇を歪めて自分の母親を見つめていた。

日邑の小学生時代の卒業アルバムや文集、家族旅行のスナップ写真を見ながら思い出話を聞くうちに、正午近くになってしまった。昼食を一緒にと誘われたが、妻鳥の体質のこともあり辞退した。

「妻鳥君は、部活の合宿旅行を抜けて来てくれたんよね。天文気象部、っていうことは、星が好きなんやろか」

玄関で靴を履く僕たちに、日邑の母が名残惜しそうに話しかける。

「他の生徒さんは、このへんをまわりながら待ちゆうのかね」

「ええと、確か高知城と博物館を見てるって――」

妻鳥の目が泳ぐ。僕は革靴にかかとを押しこみながら、ここに来るまでのあいだ、念のために考えておいた架空の旅程を口にした。

「部員とはこれから合流して、津野《つの》町へ行く予定です」

「ああ、満天の星空で有名やもんね。そやけど、車がないとなかなか……」

「須崎《すさき》のほうまで電車で行って、そこからタクシーかバスに乗ろうと思っています」

「須崎？」

母親は不思議そうに復唱し、初めて正面から僕の顔を見た。

「先生は、もしかして高知のご出身やないですか？」

図星をつかれ、ぎょっとする。

「だって県外の人は、須崎のことを大概、すざき、と読み違えるき。すさき、と綺麗に発音するのは難しいみたいでねぇ。それに、小夏のこともご存知やったし、食べ方だって……」

想定外の状況だ。ここはいっそ、素直に認めたほうが怪しまれないだろうか。妻鳥も、不安そうに僕を見つめている。意を決して口を開いたとき、母親の後方から、「ねえ」と鋭い声がした。

日邑の妹だ。いつのまに着替えたのか、ラフな部屋着姿から、丈の短いTシャツにダメージデニムという服装に変わっていた。目の周りにだけ濃い化粧をした顔からは、素顔のあどけなさが消えていた。

「私、ちょっと出かける。昼飯も夕飯もいらない」

「いつ帰って来るが？」

「いつでもいいでしょ、うるさいな」

ぶっきらぼうに言い、靴箱から厚底のスニーカーを取り出す。紐を結ぶ指には、いくつも絆創膏が貼られていた。手の甲にも赤い湿疹がある。美容師専門学校に通っているらしいので、そのせいかもしれない。

「麻尋、あの青い髪の変な男の子とは、ちゃんと別れたがやろうね？　あんな子と付き合うのは、もうやめてよね」

「だから、うるさいっての。いつの話だよ」

親子喧嘩が始まった隙に、僕と妻鳥は手短に挨拶を済ませ日邑家を出た。高知城の裏手にある住宅街を抜け、ようやくひと息つく。

「先生、さっきの何ですか？　小夏の食べ方、って」

「果物の外側に、分厚いわたがついていただろ。高知では、外側の黄色い皮を薄く削るように剝いて、白いわたや房ごと食べるのが一般的なんだ。だが県外の人間は、すべて取り除いて果実だけを食べようとする」

「ああ、そういえば、確かに。先生はてっきり、蜜柑の房の白いところも隅々まで取り除いてから食べるタイプだと思ってたのに、さっきはそのまま口に入れたから、ちょっと驚きました」

　それは暗に、僕が神経質そうに見えると言っているのだろうか。しかしまさか、地名の呼び方や果物の食べ方で素性が知れそうになるとは思わなかった。

　城の外堀に沿って歩きながら、犬飼と待ち合わせをしている喫茶店に向かう。真昼の太陽が容赦なく僕たちの旋毛《つむじ》を炙り、目がくらみそうだった。

「先生は、さっきの組み紐に見覚えありませんか？」

「まったくないな」

「入院中の日邑さんの私物を管理していたお母さんさえも知らない物……亡くなる寸前に手に入れて、隠し持っていた、ってことになるのかな。だとすると、病院の売店で買ったんでしょうか」

「とは限らないだろうな。短時間の脱走ならしょっちゅうだったし、日邑が入院していた病院の向かい側には、大型のショッピングモールがあった。それに親御さんが言っていたように、ネットで買うことも可能だろう」

「でもそれだと履歴が残るし、病院に直接購入品を届けてもらうことって、可能なんですかね……？　受け取り先を自宅にしたら、お母さんが気づくはずだし」

　確かにそうだ。日邑の母親は、自分の言葉の矛盾に気づいていなかったか、あるいは気づいていてなお、何かしらの物語にすがりたかったのか。ちっぽけな紐一本のためだけに娘が死んだと思うのは、やりきれないのかもしれない。

僕たちは、高知城の追手筋《おうてすじ》にある古い喫茶店のドアを押した。狭い店内は、煙草の臭いが鼻を突く。壁紙はタールで黄ばみ、端のほうがめくれかけていた。東京ではほとんどの店が禁煙なので、こういった雰囲気が逆に新鮮だ。

犬飼は一番奥のテーブル席にいた。ちょうど厚切トーストに齧りついたところで、僕らに気づくと目を丸くした。テーブルには大皿が置かれ、小ぶりの握り飯がふたつ、ケチャップで味つけされたパスタにハムエッグ、山盛りのサラダが、これでもかとばかりに山盛りになっている。皿の横にはトースト用のバターとジャムの小皿、さらには味噌汁とコーヒーまでもが添えられていた。

「お腹の具合はいかがですか」

冷ややかに訊ねてやると、犬飼は頬をシマリスのように膨らませたまま、目を白黒させた。

「違うんです、あの、編集長が、高知に行くなら絶対にモーニングは食べておけっていうから！」

「モーニングって、もう昼だよ。しかもそれ、本当に一人前？」

妻鳥は疑わしげだが、犬飼の前に並んでいるものは、高知のモーニングとしてはオーソドックスだ。どういう理由かは知らないが、高知県は人口千人当たりの喫茶店の数が岐阜と並び全国でも上位なのだという。そのため、競い合うようにサービスが充実し始めたのかもしれない。

「透羽君、日邑さんのこと、何かわかった?」

「写真も見せてもらったし、話も聞かせてもらったけど、正直俺のなかのイメージとかっちりはまらないっていうか……」

妻鳥がちらりと僕を見る。日邑の母は娘のことをしきりに、おとなしく内向的で引っこみ思案な娘だった、と話していた。

「日邑さんはさ、群れるのが嫌いな一匹狼だから、クラスに友達がいなくて、そのせいでおとなしい性格だと思われることはあったかもしれない。実際、調査報告書にも、同級生からの証言があったしね。だけど家族にまで、そんなふうに誤解されるかな」

「うーん、家族っていっても、高校生くらいの頃って、親と一線を引きたくなる時期だからなあ。それに、親が思う子供の顔と、その子の本当の顔が違うのは、珍しいことじゃないんじゃない?」

「……ああ、そうか。そうだね。俺だってそうだもんな」

犬飼の言葉に、妻鳥はほっとしたように笑顔を見せた。母親の言葉に引っかかる点はあっても、仏壇に飾られていた日邑の写真には、違和感を持っていないようだ。

僕は犬飼の向かいの席に座り、卓上メニューを手に取った。目が合った店員にホットコーヒーを注文する。僕自身の目には、写真立ての中で屈託なく笑う日邑は、知らない少女のように見えた。

すぐに運ばれてきたコーヒーをひと口飲み、黒い液面に自分の顔を映す。記憶のなかの日邑の面影は、いつもこんなふうに曖昧だ。それはいつか犬飼に話したように、僕たちが、日が落ちた薄闇のなかで落ち合うことが多かったせいかもしれない。

「犬飼さん、ひとりで全部食べ切るつもり？　今度こそ、演技じゃなくて本当にお腹を壊すよ」

「だけど、透羽君に手伝わせるわけにはいかないよ。卯之原先生、お腹空いてませんか？」

口の端にジャムをつけたままぬけぬけと言う犬飼に呆れたとき、店の入り口のカウベルがけたたましく鳴った。妻鳥が、はっとしたように頬を強張らせる。妻鳥の視線を追って後ろを振り返ると、店内に入ってきた小柄な人影が、大股でこちらに近づいてくるところだった。

「その人が、他の部員、ですか？　高校生には見えませんけど」

彼女は僕たちのテーブルの前で足を止めると、皮肉な口調で言った。犬飼のことを指しているらしい。

「ええと、この方は……？」

犬飼が、僕と妻鳥を交互に見ながら言う。このなかで犬飼だけが、彼女を知らない。

「部活の旅行だ、なんて嘘までついて、何が目的なんですか？　どうして母に取り入ろうとするんですか？　それに、そこのあなた」

濃い化粧を施された三白眼が、僕を睨みつける。

「最初に玄関を開けたときは気がつかなかったけど、前に一度、会ったことがありますよね？　私が小学生の頃に買ってもらったピンクのキッズ携帯で、お姉ちゃんとやりとりしてた人、ですよね？」

「何か頼みますか？」

「いりません！」

僕が差し出した卓上メニューを、彼女は憤然と払いのける。自分でも意外なほど落ち着いていた。尾《つ》けられていることには気づいていなかったが、心のどこかで、こうなる予感があったのかもしれない。

日邑千陽の妹・日邑麻尋は、毛を逆立てた猫のような顔つきで「説明してくれますか」と腕組みをした。


日邑が急遽入院することに決まったのは、高校二年の夏休みだった。その日僕は、市内の予備校で模試を受けていた。試験自体は日が落ちる前に終わったものの、できるだけ家に帰る時間を先延ばしするために、会場近くの市民図書館に居座っていた。よさこい祭り本祭の二日目だったので、どうせ叔父と叔母はいつものように家に仲間を呼び、祭りのテレビ中継を肴《さかな》に飲んでいるはずだ。昼前から酔っぱらっている大人たちに絡まれるのは面倒だし、近所迷惑なほど騒ぐので、勉強に集中できるはずもない。

日邑からメールが届いたのは、図書館の閉館間際のことだった。僕は病院行きのバスに乗り、車窓越しに、祭りの熱気に浮かされる街を眺めた。時折、トラックを装飾し音響機材を積んだ地方車《じかたしゃ》や、色とりどりの衣装で舞う踊り子たちとすれ違った。バスが近づくと、車道いっぱいに広がり隊列を組んでいた踊り子たちは流れるように反対側の車線に寄り、バスが通り過ぎるとまた、もとの隊列に戻る。そのあいだ、踊りと笑顔が崩れることはない。そんな光景が珍しいのか、僕の前の席に座った旅行者らしき男性が、窓にカメラを向けて何度もシャッターを切っていた。

市内で一番大きな総合病院の一階にあるコンビニエンスストアで、僕は雑誌を読みながら日邑からの連絡を待った。病院の向かい側にあるショッピングモールでは、毎年駐車場の一部が演舞場になる。見物客の歓声と、生バンドが演奏するよさこい節がかすかに聞こえた。

「あっ……」

その声に振り向いたのは、少し掠れたハスキーな声質が、日邑に似ていたからだ。だが立っていたのは、日邑よりも頭ひとつぶん背が低い少女だった。小学校の高学年あたりだろうか。目を見開き、僕の手の中の携帯を凝視している。携帯から下がるビーズのストラップが気になるのだろうか。僕のような男子高校生が持つには、確かに似つかわしくないものだが。

「麻尋！」

自動ドアから飛びこんできた中年の女性が、少女に駆け寄る。母親だろうか。顔立ちがよく似ていた。

「ごめんなあ、お医者さんにいろいろ聞きよったら、長くなってしもうて。ほな行こか」

「よさこいなら、行きたくない」

少女はぷいとそっぽを向く。耳の横でふたつ結びにした髪が、馬のしっぽのように跳ねた。

「もう、機嫌直してやあ。今な、咲那《さくな》ちゃんママからメールが来て、そこの駐車場で踊りよるって。ママと一緒に、応援に行こ」

「行かんでいい。みんなが踊るとこなんか見とうない。ほんまやったらあたしだって、一緒に踊ってるはずやったもん」

「そんなこと言うたち、仕方がないやん。今年だけは我慢しようって、パパとも三人で話し合ったやろ」

「じゃあ、来年は踊れるが？　そんなん約束できんやろ？　お姉ちゃんが来年まで死なんかったら、どうせまた……！」

「麻尋！」

母親の強張った声に、少女の華奢な体全体が、びくりと震えた。

「そんなこと、絶対に言うたらいかん！」

無関係な僕ですらたじろぐような、鬼気迫る顔つきだった。店内に緊張が走る。

「ええやないの、麻尋は。来年がだめでも再来年も、その次も、好きなことが何だってできるんやから……」

ぞっとするほど暗く、乾いた声だった。そのまま母親は、少女のことなど忘れたかのように、ふらりと店を出て行った。

少女は細い脚を突っ張って仁王立ちしたまま、唇を噛み締めている。涙をこぼすまいとするように見開いた目が、真っ赤になっていた。

「……大丈夫？」

僕が声をかけると、少女はぎょっとしたようにこちらを見上げた。その拍子に、かろうじて目の縁に溜まっていた涙が、丸みのある頬に転がり落ちた。

「使う？」

制服のスラックスを探り、ポケットティッシュを差し出す。だが少女は僕に険しい一瞥《いちべつ》をくれただけで、店を飛び出していった。ガラス張りの壁越しに、「ママ、ママ！　待って！」と叫ぶ声が聞こえた。

それからたっぷり待たされたあと、ようやく日邑から電話があった。僕は指示通り、人目につかないように注意しながら入院病棟へと向かった。患者の多くは、祭りの夜だけ開放される屋上でよさこい見物を楽しんでいるらしい。かすかに漂う消毒薬の匂いが、病棟の静けさを際立たせていた。

一番奥の個室で、日邑は制服姿のまま、ベッドに腰をかけていた。午前中は学校で補習を受け、それから病院に検査を受けに来たのだという。

「参ったよ、これから急遽入院だってさ」

言葉のわりにはおどけた口調で言い、ソックスを履いた足をぶらぶらと前後に揺らす。病室の窓は開け放たれ、生温《なまぬる》い風が日邑の髪を撫でていた。祭りの熱気はすぐ傍にあるはずなのに、電気を消した病室は冷やかな暗闇に包まれていた。窓の外を眺める日邑の瞳には、向かい側に立つショッピングモールの灯りが映りこみ、濡れたように光っていた。

「なあ、日邑の妹と親も、一緒に病院に来てたのか？」

「そ。ほんとは、ちゃちゃっと検査を終わらせて、家族でよさこい見物をする予定だったからさ。今は、あたしの着替えを取りにいったん帰ったけどね。せっかくだから、ちょっとだけよさこいも観て来るって。どうかした？」

「さっきちょうど、それらしきふたりを見かけた。もしかしたら、バレたかも」

「何が？」

僕は手の中のキッズ携帯を日邑に見せた。

「さっき、これを妹に見られた。昔自分が使ってた携帯だって、気づかれたかもしれない」

「ふーん。まあ、大丈夫っしょ。最悪、卯之原が女子小学生の携帯を盗んだ変態野郎ってことで逮捕されるかもしれないけど」

物騒なことを言いながら、日邑はベッドから下り、床頭台の下の小さな冷蔵庫を開けた。淡い玉子色の光が、一瞬だけ日邑の後ろ姿を包む。

「あの子、今はそれどころじゃないから、すぐ忘れちゃうんじゃない？　うちの親、保険のおばちゃんなんだけど、会社がよさこいのチームを持ってんのね。妹は毎年踊り子として出てたんだけど、今年はあたしのせいで、不参加だからさ。むくれてる、っていうか、恨まれてる？　感じなんだよなー」

「日邑のせいじゃないだろ」

サイダーのペットボトルの蓋を開けながら、日邑はちらりと僕を見た。だが、見ただけで何も言わないまま、ベッドに戻った。

「日邑は、屋上でよさこいを見なくていいのか」

「いい。毎年、妹の応援に駆り出されてたから、見飽きてる。屋上に行ったってジジババばっかりで、『最近のよさこいは音楽ばっかりやかましゅうて』とか『踊りは正調《せいちょう》やなきゃいかん』とか、文句つけてるに決まってるもん。うちのじいちゃんばあちゃんと同じ。ま、ふたりとも、とっくに死んでるけど」

よさこい祭りに参加するチームの振りつけは、他の地方の祭りに比べ自由度が高いといわれている。鳴子を両手に持ち、踊りながら前進すること、昔ながらのよさこい節のフレーズを曲のどこかに入れることさえ守れば、あとは曲調も衣装も、どんなものでもかまわない。だが、昔ながらの決まった振りつけを「正調」として支持する地元民が多いのも事実だ。

「うちの祖父も、似たようなことを言ってたな。中学のときに亡くなったけど」

「人ってみんな死ぬんだよね、当たり前だけど。遅いか早いかだけで」

日邑はペットボトルに口をつけてから、乾いた声で言う。

「妹のことだけどさ」

「ああ」

「本当は、わかってるんだよ。あたしがひとこと、『麻尋が元気によさこいを踊ってるところ、最後にお姉ちゃんに見せて』とか、『そしたらお姉ちゃんも元気がもらえるから』とかさ、言ってあげればよかったんだよ。でも言いたくなかった。別に、踊るって言ったら止めないよ？　ふーん頑張ってね、って思うだけ。だけどなんであたしが、心にもないことを言って、これからずっと生きてくやつを励ましてやらなきゃいけないわけ？　あたしを勝手に、感動ドラマの主人公の型に押しこむなっての」

日邑は声に苦笑を滲ませ、「性格悪いよな、あたし」と呟いた。唇からこぼれる息は、透明なサイダーの香りがした。

「別にいいんじゃないの。それくらいが、ちょうどいいよ」

「何が」

「性格が良い人間と一緒にいると、居心地が悪いから」

「は？　卯之原、最低だな」

「そのほうが日邑だって、ちょうどいいんだろ」

日邑は呆気に取られたように僕を見た。暗がりのなか、口を半開きにした無防備な表情が、くしゃっと歪むのがおぼろげにわかった。泣かせてしまったかと思った。だが日邑の震える喉から洩れたのは、愉快そうな笑い声だった。

「卯之原って、普段はつまんないことしか言わないけど、ときどきヒットを飛ばすよな」

「それはどうも」

日邑は僕に、当然のように飲みかけのペットボトルを差し出した。だから僕も、何でもないふりでそれを飲んだ。

残りの夏休み、日邑はずっと病院にいた。呼び出されたのは、その日だけだった。僕はもう、日邑の制服姿を見ることは二度となかった。

今になって振り返ればわかる。僕たちは会うたびに、少しずつ何かを失っていった。なのにそのときは、それが最後になるなんて気づきもしなかった。

「春栄社って、週刊少年ステップの会社ですよね？　ふうん、お姉さん、すごいんですね」

日邑麻尋は犬飼の名刺を珍しそうに摘まみ、顔の前にかざした。言葉とは裏腹に、口もとには皮肉めいた笑みが浮かんでいる。

高知城の堀の一部を埋め立てて造られた藤並《ふじなみ》公園では、揃いのＴシャツを着た男女が隊列を組んで踊っている。朱塗りの鳴子に黒と黄色の拍子木が当たり、小気味の良い音をたてる。こんな光景を見るのも久しぶりだ。来週になれば、よさこい祭りが始まる。

僕たちは公園のベンチで、石造りのテーブルを囲んでいる。日邑麻尋の提案だ。確かに、小さな喫茶店では誰に話を聞かれているかわからないので、こうした公園のほうが見晴らしもよく、安全かもしれない。僕と妻鳥、犬飼が三人で横並びに座り、日邑の妹がテーブルを挟んで向かい側にいる。まるで就職試験の面接のような配置だが、実際に詰問されているのは、僕たちのほうだ。

日邑の妹はテーブルに名刺を置くと、とってつけたように声を弾ませた。

「じゃあ、お姉さんに頼めば、有名な漫画家さんのサインとか、もらえちゃったりするんですか？」

「ええとね、私がいる部署は文芸編集部で、漫画編集部とはフロアも違うから、ほとんど交流はないの。でも、もしかしたら――」

「ふーん、ま、私は漫画も小説も読まないんで、どっちにしろ興味ないですけど」

手のひらを返すように冷めた口調で言うと、日邑麻尋は、テーブルに頬杖をついた。犬飼がむっとしたように眉をひそめる。どうやら日邑の妹は、なかなかいい性格をしているようだ。くつくつと笑う口もとから、不揃いな歯が覗く。

似ている、と初めて思った。喉に引っかかったような笑い声が、姉にそっくりだった。僕の視線に気づいてか、日邑麻尋は不愉快そうに顔をしかめた。

「そういう目で見るの、やめてくれません?」

「はい?」

「人のなかに勝手に、お姉ちゃんを探そうとしないで。気持ち悪くて、うんざりだから!」

斜に構えていた態度から、余裕が消えた。自分でも予想外だったのか、日邑麻尋は慌てたように僕から顔を背けた。ペットボトルの水を飲み、「すみません」と、硬い声で呟く。

「親にも親戚にも、お姉ちゃんに似てきたとか、仕草が似てるとか、勝手に感傷的になられるから、苛ついちゃって」

「いえ」

「それで、あなた――卯之原さんは、姉とどういう関係だったんですか? 彼氏とか?」

「ただの高校の同級生です」

「へぇ？　別に、どっちでもいいけど」

日邑麻尋は鼻を鳴らし、犬飼が鞄から出した『君と、青宙遊泳』のページを、もったいぶった手つきでめくった。

「これ、アオチュー、とか呼ばれて騒がれてるやつでしょ？　友達にすすめられたことはありますよ。私は余命ものの恋愛小説とか、大っ嫌いなんで、読んでませんけど。アイドルの鶴重星青と小南遥で映画化されるんですよね。あの子が演じる役のモデルがお姉ちゃんとか、笑える」

今度は妻鳥がむっとする番だ。だがさすがに、言い返すことはしない。口を引き結んだまま、長い睫毛を伏せている。

「まあ、うちの母に小説のことを話さなかったのは正解だと思いますよ。あの人、お姉ちゃんが大ヒット作のヒロインのモデルだなんて知ったら、舞い上がって大暴走しちゃうから。SNSにあれこれ書きこんで、営業先のお客さんに小説を配ったりするんじゃないかな。お姉ちゃんが入院中も、勝手にブログで闘病日記を始めて、そういうのが嫌いな父と喧嘩になってたしね。だから、ネットで知り合った妻鳥君が会いにくることも、本当は父には秘密なんです。正直言って、迷惑なんですよね。あの人、お姉ちゃんが死んでからずっと悲劇のヒロイン気取りで鬱陶しくて、最近ようやく落ち着いてきたのに、ぶり返したらどうしてくれるんですか？　今日あなたたちに話してたことも、都合よく美化されてて笑っちゃいましたよ。生きてるあいだは、あんなにいろいろあったのに」

「いろいろ、って……ふたりは仲が悪かった、ってことですか？」

妻鳥が、おずおずと口を開く。

「うちの母、もともとアップダウンが激しい人ですけど、あの頃はとくにひどかったんですよ。お姉ちゃんの我儘を許してベタベタに甘やかしていたかと思えば、突然ヒステリーを起こしたり。そのあとはメソメソ泣いてお姉ちゃんに謝って、ていう、地獄のループ。ま、家族を看取るって、どっかの泣ける小説と違って綺麗ごとじゃないから。どこもそんなもんじゃない？」

絶句する妻鳥に、日邑麻尋は「ごめんね」と素っ気なく言う。

「でも私、一応当事者だから。余命わずかな美少女が、最後の瞬間まで明るく前向きに、周囲に生きる希望をふりまいて、とか。周りの人間も、ヒロインのためなら何もかも投げ出して、とかさ。そんなわけねーじゃんって思っちゃう。うちのお姉ちゃんも、うちの家族も、全然そんなんじゃなかった。それが当たり前だと思う――というより、当たり前だと思いたい、のかも」

日邑麻尋は、絆創膏が巻きついた指で髪の毛を搔き上げた。金色に脱色した部分は傷みが目立つが、生え際の黒い部分には艶がある。幼い頃の彼女の耳の横で揺れていた、ツインテールを思い出した。

「今でもときどき思うんですよね。もしお姉ちゃんが病気にならなかったら、もう少しだけ世界が綺麗に見えてたかもしれないって。自分のことも、もっとましな人間だと思えてたんじゃないかな。自分のなかの綺麗じゃない部分に、一生気づかないでいられたかもしれない。そしたらみんなと同じように余命ものの映画を観て、あー面白かった、考えさせられた、涙が止まらなかったーなんて言って、いっぱい泣いてすっきりして、カフェでキャラメルラテとか飲みながら彼氏の愚痴とか嫌いなやつの悪口とか言いまくって、あいつ死ねばいいのにって言い合って、笑いながら盛り上がれたんだろうなあ、って」

黒々とした睫毛で縁取られた彼女の目は、よさこい踊りを練習する若者たちに注がれていた。丸みを帯びた頬の輪郭にはまだ幼い頃の面影があるのに、きっと彼女はもう、何の屈託もなく踊りに参加することはできないのだろう。かつて母親が彼女に言ったように、今はいくらでも好きに踊れるのだとしても。

「母は、姉が死んだことを不慮の事故だと決めつけていますけど、私は、自殺の可能性もあると思いますよ。あの洋服を買ったときだって、何か変だなって思ってました」

日邑が病室に吊り下げていたという、新しい服のことだろうか。

「普段の姉の好みとは違う、これ見よがしにふわふわした、天使っぽい雰囲気の服でした。これが私の死に装束になるかもね、なんて悪趣味な冗談を言って、母を怒らせたりもしてましたよ。だから、その服を着て病院を抜け出したってことは、そういうことなんじゃないかな。ホームから飛び降りたのはアクシデントだったとしても、少なくとも死ぬつもりで病院を抜け出したんだと思います」

けたたましい蝉の声と鳴子の音が混ざり合うなか、そう大きくもない日邑麻尋の声が、やけにくっきりと聞こえた。冷えた汗が、シャツの内側を滑り落ちる。

日邑の母親が言っていた。高知の人間が陸路で本州に向かうときは、まずは岡山行きの特急に乗り山を越えるのだと。日邑があの日、どこに行こうとしていたのか、本当のところはわからない。岡山から新幹線で京都に向かい、大学入試の二次試験一日目を終えた僕を会場で待ち伏せ、目の前で自分の言葉を実行するつもりだった、ということも、充分に考えられる。犬飼はともかく、妻鳥も僕と同じことを考えているのか、横顔から血の気が引いている。

日邑麻尋は「ま、あなたたちが変な人じゃないなら、もういいです」と言うと、ペットボトルのキャップをひねって立ち上がった。

「お姉ちゃんが病気のときも、死んでからも、いろんなやつらが寄ってきました。この壺を買ったら病気が治るとか、このジュースを毎日飲んだら一生悪い病気にかからないとか。世の中って、弱味を見せたらすぐに食い物にされるんです。私と父は、いやというほど学びました。母はまだ、懲りてないみたいだけど」

そのまま去ろうとする彼女に、素早く席を立った妻鳥が「待ってください！」と追いすがる。

「妹さんの知る範囲で、お姉さんと親しくされていた方はいませんか。幼馴染や親戚、同級生でも、どんな人でもいいんです。少しでも、お姉さんのことを知っている人がいれば」

「親しくされていた方、ね。あなたたち以外で、ってことですよね」

皮肉めいた口調で言ってから、日邑麻尋は何かを思い出したかのように、「あ、でも岡山なら……」とひとりごちた。

「姉を担当していた看護師さんが、瀬戸内の離島にいるはずですよ。姉が死ぬ前に病院を辞めて引っ越したんです。もしかしたら、最後にその人に会おうとしたのかもしれないですね。確か、岡山から離島にフェリーが出ていたはずだし」

「その人の名前とか、住んでる場所とかは――」

「さあ？　でもすごく良い人で、母が姉の世話で手一杯なぶん、私のことも気にかけてくれました。一度だけ手紙が届いて、どこかの島のお醬油《しょうゆ》屋さんと結婚して、今は店の仕事を手伝ってる、って書いてあったかな。返事を書こうとしたけど、母が駄目だって。手紙も処分されちゃって、住所はわかりません」

「お母さんとその人とのあいだに、トラブルがあったんですか？」

「うちの母が一方的に嫌っていただけです。多分、お姉ちゃんが懐いていたのが気に入らなかったんじゃないかな。娘が自分以外に心を許すのがいやというか……独占欲、みたいな感じですかね。気持ち悪いけど」

「瀬戸内の離島……どこの島かな」

犬飼がぶつぶつ呟きながら、スマートフォンを取り出す。すぐに「え？　嘘でしょ！」と素っ頓狂な声を上げた。

「透羽君、人が住んでる島だけでも、すごい数だよ。百じゃ全然きかないくらい……」

絶望的な顔をする犬飼と妻鳥を見て、日邑麻尋は肩をすくめた。

「じゃあ、もういいですか。私も暇じゃないんで」

「あ、でも、あの、ほんのちょっとでも思い出すことがあれば、連絡をくれませんか？ これ、俺のSNSのアカウントを書いておくので！」

妻鳥は、犬飼の名刺の裏にボールペンを滑らせた。犬飼は何か言いたげだったが、結局は妻鳥の好きにさせることにしたようだ。

日邑麻尋の背中が小さくなってから、妻鳥が脱力したように息を吐く。犬飼も「すごい子でしたね」と、眉を寄せた。

「それにしたって、透羽君は無防備すぎるよ。こっちに良い感情を持っていない相手に、どうして自分から個人情報を洩らしたりするの？」

「犬飼さんは過保護すぎ。俺、日邑さんが駅で亡くなったのを隠してたこと、まだ根に持ってるんだからね」

犬飼はぐっと言葉を呑み、テーブルに置いていた名刺入れを鞄にしまった。

僕は、追手筋を歩いてゆく日邑の妹を見送った。大股で真っ直ぐに歩く後ろ姿は、やはり姉に似ていた。日邑の顔立ちすら曖昧なくせにそんなことを思うのは、僕があの頃、日邑に振りまわされるばかりで、いつも背中を追いかけていたからだろうか。

深く息を吸いこむと、故郷の夏の匂いがした。青くさい街路樹と、太陽に炙られたアスファルトの匂いでむせそうになる。よさこいチームの若者たちはまだ、汗の粒を散らしながら軽快に鳴子を鳴らしている。


テーブルに置かれた大皿の上には、高知では今が旬の金目鯛が横たわっている。といっても頭と尾は切り離され、腹を開かれ平造りにされた状態だが。

「美味しそうです、すっごく美味しそうなんですけど……顔があると、食べづらくないですか？」

「僕は気になりませんが」

犬飼は、金目鯛特有のぎょろりとした目が気になって仕方がないらしい。僕は、艶々とした白い身をひと切れ口に運んだ。ほどよく脂がのり、しっかりとした歯ごたえがある。東京や京都の店で金目鯛の煮つけを食べたことはあるが、刺身は久しぶりだ。犬飼もおずおずと箸を伸ばしながら、「目が独特ですよね。ぎょろっとして、今にも飛び出しそうで」とぼやく。

「深海に棲む魚なので、わずかな光をとらえるために、目が大きく発達したのでしょう。深海魚の多くは、厳しい環境に適応するために体の様々な部位が発達するので、個性的な見た目の魚が多いですね」

「そういえばアンコウとか、すごく美味しいけど見た目はぎょっとしますよね。深海で暮らしているからなのか。あれ？　でも鯛って、深海魚なんですか？」

「金目鯛は鯛の仲間じゃありません。ハリネズミがネズミの仲間じゃないのと一緒です」

「ふうん、さすが生物の先生ですね」

犬飼が感心したように頷く。化粧気のない顔が、グラスビール二杯と日本酒二合で真っ赤になっている。そこまで酒に強くない体質なのだろう。卓上メニューを取り上げる手つきが、どうもおぼつかない。

「次はどうしようかな。地酒飲み比べセット、というのを頼んでシェアしませんか？」

「飲みすぎじゃないですか？」

「平気です。私、すぐに顔が赤くなってふらふらしちゃうけど、お酒は強いほうなので！」

酔っている人間ほど、自分は酔っていない、と言い張る。前後をパーティションで仕切られた掘りごたつの席で、僕は思い切り顔をしかめた。

「卯之原先生、今、私のことを面倒くさい女だと思いましたね？　顔に出てますよ」

「出ているのではなく、出しているんです。僕の手に余ったらすぐに妻鳥を呼ぶので、どうぞ好きなだけお飲みください。担当作家に介抱してもらったら、より信頼関係が深まるんじゃないですか？」

犬飼は不服そうな顔をし、店員に烏龍茶を頼んだ。妻鳥は、すでにホテルの部屋に戻ってい る。日邑の妹に言われたことがショックだったのか、あるいは、日中の強い日差しが体に障ったのか、顔色が優れなかった。犬飼はしきりに心配していたが、逆に妻鳥に鬱陶しがられ、ホテルの一階にある小料理屋に追い払われた次第だ。

運ばれてきた烏龍茶を半分ほど一息に飲み、犬飼はテーブルに頬杖をついて僕を見つめた。

「卯之原先生、さっき、日邑さんの妹さんに怒られていましたね。そんなに似ていたんですか？」

「声と話し方が少し。正直に言うと、記憶のなかの日邑の顔は曖昧なんです。日邑の親御さんから、小学校と中学校の卒業アルバムやスナップ写真を見せてもらいましたが……こんな顔をしていただろうか、という違和感が、ずっと拭えないんです」

「それって、日邑さんと会うときは夜ばかりだった、ということに関係ありますか？」

「かもしれませんね」

犬飼は箸の先で金目鯛の頭をつついた。自分とは目が合わないように、注意深く位置をずらしている。

「何だか先生と日邑さんって、真っ暗な海の底でだけ出会う、深海魚みたいですね。私のなかの朔と日高は、青空色の海を自由自在に泳ぐ、虹色の魚のイメージだったけど」

「それは、僕の外見が深海魚のように個性的だという意味ですか」

「まさか！　私が言いたいのは、外見のことじゃなくて……主人公の朔は最後に、煙になって空に吸いこまれてゆく日高を見送るじゃないですか。青空にたなびく白い煙が、まるで波が打ち寄せるときにできる泡みたいだ、って――」

「ああ。例の号泣必至のラストシーンですか。『いつかぼくも、あの空を泳ぐ日が来るだろう。そのとき日高は、ぼくを待ってくれているだろうか』でしたっけ？」

「皮肉っぽいなあ。面倒くさいのは、そっちも同じじゃない」

犬飼が眉間に皺を寄せてぼやく。ひとりごとのつもりだろうが、しっかり聞こえた。

「小説の最後のページをめくったあとも、読者には、それからの朔が想像できると思うんです。青空を見上げるたびに朔は、きっと、日高が活き活きと雲のあいだを泳ぎまわる姿を想像する。どんなに心が折れそうなことがあっても、前を向ける。最高のラストシーンです。でも先生は、逆ですよね。表面上は社会人としてそつなく過ごしながら、学生時代の自分を、深くて暗い場所に沈ませている。日邑さんに最後まで寄り添えなかった後悔や、罪悪感を抱きしめたまま。……また、物語依存と言われてしまうかもしれませんけど」

「言いましょうか」

「結構です！」

犬飼は金目鯛の刺身を三切ればかり、一気に口に放りこんだ。烏龍茶一杯程度では酔いが醒めないらしく、目が据わっている。

「私、卯之原先生は、今回の旅には同行しないと思っていました。きっとこの人は、本当のことなんか知りたくないんだろうなって。ずっと日邑さんの言葉に縛られたまま、ひとりきりで海の底に沈んでいたいんだろうなって」

「……ずいぶんですね」

「調査会社から卯之原先生についての報告書を見せてもらったとき、不穏な感じがしたんです。学生時代から成績は優秀で、大学のゼミやアルバイトでかかわった人たちからの評判だってい い。だけど、あなたのことを深く知る人はいなかった。あなたの今の連絡先を知る人もいなかった。そのことに驚く人も、少なくなかったようです。それなりに仲良くしていたはずなのに、どうして登録されていないんだろう、って。きっとあなたは、上手に集団に馴染みつつも、誰かと特別に親しくなることを避けてきたんでしょうね。注意深く周到に。親しくなることを自分に許さなかった、というか」

確かに、僕のスマートフォンの電話帳に登録されているのは、職場の高校の固定電話と叔父の携帯くらいのものだ。

「卯之原先生、どうしてですか？　それが、亡くなった日邑さんの望みだとでも思っているんですか」

「相変わらず、土足でずかずか踏みこんできますね」

僕はグラスに残ったペールエールを飲み干した。近くにいた店員を呼び止め、さきほど犬飼が話していた地酒飲み比べセットを頼む。少し酔いたい気分になっていた。

日邑が最後に僕の背中に投げつけたのは、やぶれかぶれの支離滅裂な言葉だった。お前なんか大学に行ったって誰にも相手にされない、これから楽しいことなんかひとつもない、苦しめ、後悔しろ、一生ひとりだ――

「あなたが考えているような感傷的な理由じゃありませんよ。僕は日邑とのことで、自分を見限っただけです。誰かと一時的に親しくなったとしても、きっと僕はまた、自分の都合次第で相手を切り捨てる。だったら、最初から深くかかわらなければいい。それが結果として、日邑の望んだ通りになっている、というだけです」

「じゃあ、ずっと今のまま、過去に縛られ続けているつもりですか！」

犬飼が勢いよく烏龍茶のグラスを置く。テーブルの上の醬油皿が揺れた。間が悪く、地酒飲み比べセットとチャンバラ貝が運ばれてくる。店員がいなくなるまで、犬飼は気まずそうに目を伏せていた。

「すみません、熱くなって……」

「いえ。あなたの不躾《ぶしつけ》には慣れましたよ」

「そんな言い方……」

犬飼は不服そうにぼやいてから、塩茹でにされたチャンバラ貝をひとつ摘まんだ。

「偉そうに言いましたけど、私も、卯之原先生と同じなんです。学生時代の消したい記憶が、未だに心の隅に引っかかってる。前に、私の出身校のお話をしましたよね？」

「ああ、確か、中高一貫の私立の女子校だったと」

「私、六年間ずっと、同級生たちからいじめられていたんです。きっかけは、球技大会だったかな。ついつい張り切りすぎちゃって、クラスの目立つ子たちから、空気が読めないやつ、って陰口を叩かれるようになって。それからだんだん、物を隠されたり無視されたり、かと思えば急に文化祭の劇の主役に担ぎ出されて笑いものにされたり……思い返せば他愛ないことばかりですけどね。当時は私なりに辛くて、学校に居場所がなかった。だから小説を好きになったんです。ページをめくっている時間だけは、薄暗いトイレの個室で息を殺してる自分を、忘れられたから」

天井から吊るされたペンダントライトが、犬飼の顔を橙色《だいだいいろ》に照らす。瞼が時折引き攣ったように動き、そのたびに、頬に落ちた睫毛の影も揺れた。

「中学二年の頃だったかな。大好きな小説の映画化が決まったんです。人気のアイドル俳優が主演で、私をいじめていた子たちも見に行ったらしくて、感動したよね泣けたよね、って教室で話してました。メインのラブストーリーはもちろん、学校の売店のおばちゃんが病気で亡くなるところでめっちゃ泣いた、って。私、そのとき気づいたんです。ああ、この子たちにも人の心ってあるんだ、アイドル俳優のためだけじゃなく、脇役のおばちゃんにも、ちゃんと感情移入して泣けるんだ、って。衝撃でした。フィクションの世界のおばちゃんは、あの子たちにとっては人間なんです。だけど同じ教室にいる、血の通った私のことは、虫けらだと思っていたんですよね。だから平気で踏みにじれるんだ、って気づいて――ぞっとしました」

犬飼が不器用な手つきで貝の身をほじり出そうとするので、貝の口の隙間に差しこんでいた爪楊枝が真っぷたつに折れた。折れ目の部分が、鋭い棘のようにささくれている。

「だから日邑麻尋さんが言っていたことが、悔しいけど、わかっちゃうんです。綺麗な物語が何百万部売れたところで、世の中は変わらない。私と透羽君が作った小説も、映画になって、今よりもっと多くの人に注目されて、そういう子たちを泣かせたり、一瞬だけ心を震わせたり、するんですよね。泣けたね、感動したね、って言い合いながら、翌日は教室の誰かの上履きを隠したり、びしょ濡れにした体操服をゴミ箱に放りこんだりするのかな。だったら、物語を作ることに、何の意味があるんだろう。都合よく消費されるだけじゃないですか……」

僕は犬飼の手からチャンバラ貝を取り上げた。新しい爪楊枝で貝の身を引き抜く。「どうぞ」と楊枝ごと差し出すと、犬飼はおずおずと受け取った。

「上手ですね」

「実家で暮らしていた頃は海が近くて、飽きるほど食べていましたからね」

チャンバラ貝をもうひとつ取り、同じ要領で身を引っ張り出す。独特の歯ごたえは悪くないが、故郷の海で獲れたばかりのものとは、新鮮さが違う。すっきりと冷えた辛口の純米酒で、舌に残るわずかな生臭さを飲み下す。

「僕も今日、思い出したんです。日邑も昔、似たようなことを言っていた。綺麗な物語の主人公の型に押しこめられるのはまっぴらだ、と。でも妻鳥には、そうすることを許したわけですよね」

妻鳥が初めて書いた小説『怪物のオルゴール』。それを読んだ日邑は、僕と自分のことを書いてほしいと、妻鳥にねだった。あまつさえ、妻鳥の作品として世に出すことをすすめたと。

「綺麗なだけの物語にどんな意義があるのか、僕にもわかりません。だが少なくとも、日邑がどんな意図で妻鳥に小説を書かせたのかは、知りたいと思っています。それが、最後に日邑が高知駅のホームで何を考えていたのかを知ることにも、繋がってくるんじゃないかと――」

「綺麗なだけの物語で、悪かったですね」

不機嫌そうな声に視線を向けると、テーブルの横に妻鳥が立っていた。一体いつから僕たちの話を聞いていたのだろう。犬飼が血相を変える。

「どうしたの透羽君、具合が悪いの⁉」

「違うよ、日邑麻尋さんからメッセージが来たから、早く教えたくて走ってきただけ」

妻鳥はホテルのスリッパのままだった。よほど急いで来たのだろう。犬飼の横に尻を押しこむようにして席に着く。

「妹さん、看護師さんの手紙のことで思い出したことがある、って。封筒から便箋を抜いたとき、葉っぱが一枚、落ちたらしいんです。ハート形の細長い葉っぱで、銀色がかった緑色の

──名前は忘れちゃったけど、綺麗だったから覚えてる、って」

「ハート形か……観葉植物のアイビーに、そういう葉を持つ品種があった気がするな」

「看護師さんの手紙には、散歩の途中で拾ったもので、いつも落ちてる葉っぱだったけどハート形は珍しいから送ったと書いてあったって──あ、今またＤＭが来ました！　あまりよく覚えてないけど、料理に使うような名前だった気がする、って」

「料理って……ローリエ？　それか、オレガノとか……」

犬飼がスマートフォンで検索を始める。だが、当時小学生だった日邑麻尋が、そんなハーブの名前を記憶していたとは考えにくい。

「──オリーブ、じゃないか？　オリーブオイルだったら、子供にも聞き馴染みがあるはずだ。それに瀬戸内には、オリーブ栽培で有名な島がある。オリーブだけじゃなく確か──」

「わっ、卯之原先生、すごい！　透羽君、見て！　オリーブと醤油の島、小豆島《しょうどしま》、だって！

確か看護師さんの結婚相手って」

「醤油屋を手伝っている、と言っていましたね」

僕の言葉に、犬飼と妻鳥は手を取り合わんばかりに浮き立っている。

「だが、直接話を聞きに行くのは難しいんじゃないか？　フェリーに乗って小豆島まで話を聞きに行くとなると、往復で一日がかりだ」

「そう、ですよね……。俺は明日、先生たちの母校に取材に行く予定だし、明後日は、卯之原先生が育った町を散策してから夕方の便で東京に戻ることになっているし――」

僕と妻鳥はどちらからともなく、テーブルに頬杖をつく犬飼を見た。犬飼が一拍遅れて「ええ!? 私?」と声を上げる。

「いいじゃん小豆島。女子のひとり旅に大人気、だって」

「醬油蔵の他に、島の湧き水で仕込みをする酒造もある、とありますよ」

「ええ……私、船は苦手なんだけど……」

犬飼は弱々しく呟きながら、それでも観念したように、すぐに旅行会社のサイトを開いた。

第七話

僕たちの母校の傍には、鏡川《かがみがわ》という二級河川が流れている。市の中心部を流れる川にしては水質が良く、初夏には蛍の姿を見ることもできる。だが毎日のように川を眺める学生たちは、実際に蛍を追いかけたり、川に足を浸して水の冷たさを感じることなどしない。田舎暮らしの若者にとっては、都会の人間がノスタルジーを感じる自然の風景よりも、県外にしかないコーヒーショップの新作ドリンクのほうが、よほど憧れの対象だった。

だからあの夏、僕と日邑のしたことは、同級生の目からすればひどく馬鹿げた、子供じみた行為だったことだろう。

「それで？　どのくらい集めるって？」

「さあね。最低でも百匹くらい？」

無茶なことを言いながら、日邑は裸足の爪先で黒い川面《かわも》を蹴った。水飛沫が月明かりに反射し、光の粒が散っているかのように見えた。

高二の夏、日邑につきまとわれるようになって、一ヵ月ばかりが経った頃だろうか。僕たちが夜の川に入ってまだ十五分足らずだったが、僕はすでに、手にした網を放り投げたくなっていた。川に入って、とはいっても、制服のスラックスを膝までめくり上げて水に浸かっているのは僕だけで、日邑は川べりに座っているだけだったが。

夜の川は生温かくぬめりを帯びていて、水というよりは、得体の知れない生き物のようだった。僕は、今日のために日邑が用意した虫取り網を、命じられるがままに川に浸した。

「あのさ、うちが釣具屋だって知ってるよな？　言ってくれたら、ちゃんとした網を持ってきたのに」

「だって、店の品物が減ってることに気づいたら、あんたのとこのババアに大騒ぎされるんじゃないの？」

祖父が遺した釣具屋は、開店休業中だ。在庫をひとつでも減らすため、とりあえず叔母が店を開けている。だが店番とは名ばかりで、同級生の女達を日がな一日居座らせては、町の噂話や誰かの悪口に興じている。魚とり網の一本や二本が減ったところで気づきそうもないが、万が一の場合、嬉々として『なんぼ勉強ができるちゅうても、あの子は手癖が悪うて』と言いふらされそうではある。僕の家の事情など会話のついでに洩らしただけなのに、日邑がそうした気遣いをすることが意外だった。

「こんな網で、水の中の生き物を捕まえられる気がしないな」

「道具のせいにするなよ。卯之原が鈍《どん》くさいだけじゃん」

「見てるだけのやつに言われたくない」

虫取り網は、かつて日邑の父親がキャンプに凝っていた時期に買ったものだという。「あたしも妹も気持ち悪いからやだって言ってるのに、無理矢理山に連れ出されてさぁ、こーんなでっかいクワガタを採るのを手伝わされて」と、身振り手振りで家族旅行の思い出を語る日邑はまんざらでもなさそうで、日邑が僕と違って正しい家庭で育ったことを思い知らされた。

「日邑、やっぱり無理だ。暗すぎて何も見えない」

「文句が多いなあ。そういや、前に親に渡された携帯ライトがどこかに入ってるかも。帰りが遅くなるときは、車から見えやすいように首からぶら下げろ、とか言われてさ。恰好悪くて全然使ってないから、多分まだ電池はある。ちょっとこっちに来て、探すの手伝って」

日邑は荷物を引き寄せ、僕に自分のスマートフォンを差し出した。僕は虫取り網をスマートフォンに持ち替え、日邑のバックパックの中をライトで照らした。教科書や筆箱、飲みかけのペットボトルやスナック菓子の小袋、古びたポーチにくしゃくしゃのハンカチなどが、雑多に詰めこまれていた。

「何だよ、言いたいことでもあんの」

「いや」

小学生のランドセルみたいだ、と思っただけだ。日邑はしばらく中を探っていたが、やがて、急に動きを止めた。バックパックの底に文庫本が埋まっていた。乱暴に押しこまれていたせいか、表紙の角がひしゃげている。『今日君と、終わらない永遠の夏を探して』というタイトルが、手書き風のフォントでデザインされていた。学校の図書室でもたびたび借り出されている、人気のライト文芸だ。以前後輩がビブリオバトルで、すごく泣ける、と熱っぽく語っていたので、印象に残っている。日邑に読書家のイメージはなかったので、小説を持ち歩いていることが意外だった。

「これ、面白い?」

だから、そう訊ねたことに他意はない。本を読まない日邑が手に取るほどの内容なのかと、興味が湧いただけだ。

「は?　面白いわけないだろ、喧嘩売ってんのか?」

日邑は怒りが滲んだ声で吐き捨てると、文庫本を引っつかみ、大きく振りかぶった。とっさに僕は、スマートフォンを持っていない方の手で、日邑の腕をつかんだ。痩せた腕から伝わる体温は、夏の夜の川の水よりも、ずっと冷たかった。

「本は大切にしろって？　さすが図書委員だね。でも、あたしがゴミだと思ったものを捨てて、何が悪いんだよ」

「公共の川に捨てるのは不法投棄だろ。そんなに腹が立つ内容なのか？」

「血も涙もない、弱肉強食のストーリーだよ。不治の病に冒された美少女が、陰気で無気力な主人公を励ましてさ、どうせ最後は『君の分まで生きる』って展開だね。最後まで読まなくてもわかるよ。何なの？　死にそうな人間は、未来ある健康そうな人間の養分になれってこと？どこが泣けるんだよ。どっかで読んだことがある展開のオンパレード」

「余命ものの恋愛小説の内容が似通うのは、ある程度仕方がないんじゃないか」

「彼女の透き通るような白い肌、だの、くりくりした大きな瞳、だの、さらさらと風になびく黒い髪、とか書いてあるのも？　うちの高校の制服みたいな、だっさいねずみ色のジャンパースカートじゃなく、揃いも揃ってセーラー服で、プリーツスカートをなびかせてるのも？」

「それがライト文芸の様式美なんだろ」

「ふざけんなよな。癖毛の一重のブスだって、余命宣告されるんだよ、バーカ。あとは、浴衣に花火に自転車ふたり乗り、麦わら帽子に向日葵《ひまわり》畑に、海と白いワンピースな」

結構詳しいじゃないか、と言いかけ、口をつぐんだ。うっかり言葉にしようものなら、余計に日邑が荒ぶりそうだった。

「何よ。言いたいことがあるなら言えば」

「いや、別に。ふたり乗りはともかく、白いワンピースは悪くないんじゃないか」

そんな言葉でごまかしたのは、カバーイラストで、髪の長い少女が白いワンピースをなびかせてこちらを見つめていたからかもしれない。適当に口走っただけなのに、日邑は「へえ」と素《す》っ頓狂《とんきょう》な声を上げた。

「ふううん、なるほどねぇ。ああ、そうなんだぁ。へえええ」

「何だよ」

「卯之原君は、そういうのが好みなわけだ。気持ち悪う」

日邑はずいぶんと無礼なことを言い、大げさに身を震わせた。

「あーでも、こういう小説の主人公って、友達がいなくて勉強だけはそこそこで、自分は世界一賢いと思ってる感じ、中身だけは卯之原っぽいかもね」

「文句ばっかりつけるなら、なんだってこんなのを買ったんだ」

「買わないよ。うちの担任から、押しつけられたの。これ読んで元気出すんだぞ、って。余計に具合が悪くなるわ」

「あの担任か」

「そ。あの」

日邑のクラス担任の体育教師は、例の合唱コンクール事件の発端となった人物だ。理数科の僕も体育の授業を彼に担当されているが、声が大きく押しが強く、努力と友情と勝利を尊び、自分を生まれながらの善人だとでも思っているような振る舞いが、僕としても苦手だった。

「あいつ、自分が元凶だって未だにわかってないんだよね。そもそもあたしは、伴奏なんかやりたくなかったんだよ。なのに、最後の思い出作りをしよう、とか言っちゃってさ。あたしのためじゃなく、あいつの思い出作りのためだね。余命わずかな生徒を受け持つ機会なんかめったにないし、盛り上がっちゃったんだろうね。あたしは遅刻とか早退で全然練習に出られなかったし、クラスのやつらが反感を持つのも、わかるけど」

日邑は制服のスカートから伸びる素足を、水の中に浸した。棒のように真っ直ぐな細い脚だった。もともと日焼けとは無縁な白い肌だと思っていたが、月明かりの下ではいっそう青白く、透き通るクラゲのようだった。

「あたしはさ、熱血教師が主人公の学園ドラマの脇役になんか、なりたくないんだよ。それくらいなら自分で、もっと面白い物語を作るっての」

「まさか担任への復讐を手伝わせる気じゃないだろうな」

「それもありか。ここで捕まえたオタマジャクシを、職員室の机の引き出しの中で泳がせるのも、面白いかもね。でも違うよ。未来ある若者の卯之原君に、教師にたてついて内申点に傷がつくような真似はさせません。オタマジャクシは、プールに放すんだ。夜のプールにね」

日邑は、同じクラスのやつらが密かに企てているナイトプールパーティーを、台無しにするつもりなのだという。当日の放課後、僕らは学校のプールに忍びこみ、オタマジャクシや蛙を大量に水に放す。夜が更けてから浮かれ気分で到着した日邑のクラスメイトは、阿鼻叫喚の大騒ぎになる、という寸法だ。

パーティーを目論むグループのなかには、合唱コンクールで日邑の伴奏を無視しアカペラで歌うことを提案した女子がいるらしい。スカートが短く化粧が濃く、理数科の僕ですら顔を知っている、目立つ生徒だ。軽音部でキーボードを担当しているので、クラス内では彼女を伴奏役に推薦する声が多かったという。

「何なんだ、そのナイトプールパーティー、とかいうのは」

「卯之原、知らないの？　都会のパーティーピーポーはさ、ライトアップしたホテルのプールとかで、夜な夜な宴《うたげ》を開いてるんだよ。でっかい白鳥の浮き輪とかにまたがって、がんがん音楽かけてカクテルとか飲んでね。うちのクラスのアホどもは、学校のプールでそれを真似しようと企んでるってわけ」

「みんな、プールの授業は面倒がってサボるくせに、なんだってそんなことをしたいんだ？」

「田舎には小洒落た盛り場なんかないから、学校のプールで間に合わせようってことじゃない？　なんか、逆に可哀想だよな。地方在住の若者の悲哀を感じるよ」

「可哀想なら、放っておいてやれよ」

「可哀想だけど、気に食わないんだよ」

川に虫取り網を沈めながら、僕は、ぬかるみに足を取られて無様に転んだ。派手な水飛沫が上がり、光の粒の向こうで、日邑が笑い転げているのが見えた。

日邑が見つけ出した携帯ライトを川面にかざしてみても、オタマジャクシは見つからなかった。この地域で見かけるアマガエルの産卵時期は四月から六月にかけてで、夏の盛りになるとオタマジャクシがほとんど泳いでいないことを、僕も日邑も知らなかった。学校の勉強なんて退屈だ、と生意気を言いながら、小学校で教わったことすら満足に覚えていなかった。そのくせ自分たちは、世界のすべてを知っているような顔で振る舞っていた。本当に幼い、ただの子供だった。

結局僕は、無駄に制服をずぶ濡れにしただけだった。サイズの合わない日邑の体操服を借り、ぎりぎりで終電に飛び乗った。下着まで濡らした水はすぐにジャージの生地に滲《し》み出し、帰りの電車の中で僕は、かなり恥ずかしい思いをする羽目になった。

そんなふうに馬鹿馬鹿しい子供じみたことをしたのは、あの夏が最初で最後だった。


「卯之原先生？　大丈夫ですか？　熱中症とか……」

橋の途中で立ち止まる僕を、妻鳥が心配そうに振り返る。川面を見つめる僕がよほど呆けた顔をしていたのだろう。今日も紫外線対策は万全で、日傘をさし、半袖シャツから伸びる腕をアームカバーで覆っている。

「平気だよ。昨日、少し飲みすぎたせいかもしれないな」

「犬飼さんも、ひどい顔色でしたね。あの状態でフェリーに乗せるのは酷だったかな」

今朝高知駅の前で別れた犬飼は、そろそろ岡山に着く頃だろうか。僕と妻鳥は当初の予定通り、高知市内にある僕の母校に向かっている。橋の下を流れる鏡川は、緑色に淀んでいる。ほんの数年で水質が変わったとは考えにくい。月明かりを眩しく弾き返していた川面は、きっと初めから、僕の記憶のなかにしか存在しない光景だったのだろう。

高校の正門を抜け、校舎までの道を妻鳥と並んで歩く。駐輪場には、いくつものロードバイクが停まっていた。高知の学生がなぜか籠つきの自転車を使わないのは、相変わらずらしい。夏休み中だというのに、古びた体育館からはボールが弾む音や、運動靴の底が床を擦る音が聞こえる。グラウンドでは真っ黒に日焼けした野球部員が柔軟体操をしていた。

「ここが、あの体育館なんですね」

妻鳥が日傘を下ろし、足を止める。体育館と校舎の隙間から、裏手にあるプールの更衣室のドアが見える。『君と、青宙遊泳』のプロローグの舞台だ。主人公の朔は、あの場所で、日高が体育館で奏でる音と出会う。

妻鳥は、聞こえるはずもないピアノの音を探すかのように目を閉じた。

「卯之原先生は、日邑さんのピアノを生音で聞いたことがあるんですよね」

「何度かはね」

「羨ましいな。俺は録音だけだったから」

「それでも初めて演奏を聞いた瞬間に、日邑は君の特別になったんだろう？」

僕の問いかけに、妻鳥は閉じていた瞼を持ち上げた。淡い色のコンタクトレンズを着けた瞳もまた、ここにはない何かを見つめているようだった。

「俺が見つけた時点では、閲覧数は二桁くらいでした。手もとと鍵盤だけをスマホのカメラで撮影したもので、音質もいまいちだった。でも――知ってる、って思ったんです。俺は、この人がどんな気持ちで鍵盤を叩いているか、何をしてほしくて何をしてほしくないのか、何が怖くて何に苛立ってるのか、全部知ってる、って。ひとつひとつの音が、ダイレクトに俺のなかに入ってきた。自分でも驚いたけど、俺、音楽を聴いて初めて泣いたんです」


初めは、突然降り出した雨が頬に落ちて来たのかと思った。それくらい自然に、涙が転がり落ちた。

それまでのぼくは、硬い鱗に全身を覆われた、醜い魚だった。誰かに傷つけられた場所が瘡蓋《かさぶた》になり、剝がれ落ちる前に新たな傷が増え、また瘡蓋になり、少しずつ外からの刺激に鈍感になる。だけど日高の指先が奏でる音は、ぼくの瘡蓋を一枚ずつ削ぎ落としていった。一音一音が、透明で研ぎ澄まされたガラス片のようだった。ひりひりして、すごく痛かった。ぼくはいつのまにか剝き出しにされ、まだ誰にも傷つけられる前の、自分でも思い出せないくらい昔のぼくに戻っていた――

『君と、青宙遊泳』を初めて読んだ夜、僕は柄にもなく逆上した。ルリツグミという作家に、僕の物語を盗まれたと感じたからだ。いくつかの部分は、僕の記憶と違っていた。それでも作中には、かつての僕が言葉にできなかった、するつもりもなかった感情が克明に描かれていた。認めるのは癪だが、いつか犬飼が僕に訴えていた通りだ。妻鳥はあの小説を書きながら、何度も僕になった。それを可能にしたのは妻鳥の書き手としての才能だけではなく、僕たちが日邑千陽という人間に抱いた感情に、少なからず重なる部分があったからだろう。

「君は言葉の専門家のわりに、自分の感情を口頭で表現するのがそれほど得意じゃないんだな。小説のほうがずっと雄弁だ」

かつて犬飼に、もうひとりの自分、などと言われたときは、苛立ちしか感じなかった。だが今は目の前の妻鳥に対し、違う種類の感情が湧いている。だからあえて、憎まれ口を叩いた。妻鳥は唇を尖らせ、「喋りが得意だったら、わざわざ文章で伝えようなんて思いませんよ」とぼやいた。

僕たちは体育館の横を行き過ぎ、本校舎のインターホンを押した。取材のアポイントは犬飼に任せている。妻鳥のペンネームは伏せ、春栄社の新人作家が高知の高校を舞台に小説を書きたがっている、とだけ話したらしい。

職員用玄関の鍵を開けて出てきたのは、白髪《はくはつ》の男性教師だ。小柄だが恰幅の良い体型と、鼈《べっ》甲《こう》縁の眼鏡の奥のぎょろりとした目には、見覚えがある。

「君が新人作家さん？　すごいねぇ、高校生で作家デビューやなんて」

「妻鳥です、今日はお世話になります。担当編集者の犬飼は、急遽都合が悪くなって来られなくなってしまったんですけど、代わりに部活の顧問の先生が――」

「卯之原です。伊東《いとう》先生ですよね。在学中は、古文を教えていただきました」

伊東は眼鏡をずらして僕を見つめ、首をひねった。考えごとをしながらループタイの紐を指で引っ張る癖は、相変わらずのようだ。しばらくの後ようやく、ああ！　と声を上げる。

「そうそう、卯之原君や！　理数科の秀才やろ。うちの学校から京都の大学に受かったがは初めてやったき、よう覚えちゅうわ。あのときは、校舎の正面から君の名前の垂れ幕をしばらく下げちょったきにゃ。そか、君も教師になったんか！　昔と比べてずいぶんシュッとしたんやないか？　東京におったら、そうなるんかねぇ」

伊東に続き、玄関から校舎に入る。天井を低くとられた母校の廊下は薄暗く、光が入らないせいか肌寒かった。校舎の廊下や壁からは、子供の頃に図工の授業で使った油粘土に似た臭いが、かすかに漂っている。

「わざわざ東京から来てもらって何やけど、なんちゃあ珍しいもんはないでしょう。この学校を舞台に書いてくれりゃあ、うちとしても有難いけどねえ。最近は定員割れが続いちゅうもんで」

「公立校の学区制度がなくなって、市外からの生徒が増えたと聞きましたが」

「いやいや、子供の数がぐんぐん減っとるからねえ。たかがしれちゅうわ」

「あの……訊いてもいいですか」

妻鳥が、僕と伊東の顔色を交互に窺いながら言う。

「卯之原先生から、同じ学年だった普通科の女子が、学校を中退したあとに亡くなった、と聞いたのですが」

伊東の顔が強張る。だがすぐにまた、よそ向きのにこやかな表情に戻った。

「作家さんはやっぱり、そういうことに興味を持つんやね。何年かにいっぺんは、そういう生徒さんもおるわな。ほんま、まだ若いのに、やりきれんよ」

「普通科に在籍していた、日邑千陽さんです。覚えていませんか?」

そつなく流そうとする伊東に、妻鳥はなおも食い下がる。伊東は僕に目配せをし、廊下の隅に手招きした。

「卯之原君、どういうこっちゃ。うちの学校を舞台に、亡くなった生徒の死の真相に迫る、なんち物騒な話を書くつもりやないろうね？　面倒ごとは困るで」

「はあ」

「君も今は教師なら、そのへんの事情は汲めるやろ？　頼むで、ほんまに」

伊東は僕に耳打ちしてから、ことさらに愛想の良い笑みを妻鳥に向けた。

「すまんにゃあ、僕も長いこと教師をしちゅうき、さすがに生徒の名前を全部は覚えとれんのよ。恥ずかしい話、年々物忘れもひどうなるしな。同窓会に呼ばれても、前日から卒業アルバムを引っ張り出して予習をせんといかんくらいや。卯之原君みたいな、特別に印象に残るような生徒さんは別にしても」

面倒ごとに巻きこまれたくないのだろう。伊東は「ま、自由に見てもろうて、終わったら職員室まで声をかけてください」と言い、足早に去っていった。


「さっきの先生、何か隠してる感じでしたよね」

「そうか？　嘘はついていないと思うが」

妻鳥はまだ腑に落ちない顔をしている。僕たちは南校舎の階段を上っている。踊り場の壁に貼られた全身鏡には、来客用のスリッパを履き、少しだけフレームの歪んだ眼鏡をかけた男が映っている。見慣れたはずの自分の姿が、他人のようだ。この場所にいるとどうしても、野暮ったい制服をまとい上履きを履いていた頃のことを思い出してしまう。

「先生、二年生の教室は、三階ですか？」

「ああ。日邑は確か、2－Bだったよ」

校舎の三階は、一階とは違い眩しい光に溢れている。水飲み場に並んだ蛇口には、ネットに包まれた黄色の石鹸がぶら下がっている。ほんの今まで誰かが使っていたのか、人工的なレモンの香料と水道水の匂いがした。石鹸から垂れる雫が、ステンレスの流し場に規則的に落ちる。開け放たれた廊下の窓からは、吹奏楽部の演奏が聞こえてくる。下級生のグループなのだろうか、ときどきリズムが乱れる拙さに、なぜだか胸が詰まった。

僕の先を歩く妻鳥は、二年B組のプレートが下がった教室に躊躇《ちゅうちょ》なく入ってゆく。僕も足を速めてあとを追った。そうでもしないと、二度と戻ることができないと思っていた十七歳の夏に、呑みこまれてしまいそうだった。

無人の教室には、夏休みの前にここで過ごした生徒たちの気配が、生々しく残っている。チョークの汚れが残った黒板、雑然と並んだ机と椅子、ところどころに荷物が押しこまれたままのロッカー。僕は教室のカーテンと窓を開けた。温《ぬる》い風が頬を撫で、グラウンドから、焼けた砂の匂いを運ぶ。妻鳥は落ち着かない様子で、教室のあちこちに視線をさまよわせている。整った小さな顔には、子供じみた手放しの興奮が浮かんでいた。

「先生、日邑さんがどの辺りの席だったか、覚えていますか？」

「どうだったかな。理数科と普通科は階が違うから、僕は教室にいる日邑をほとんど見たことがないんだ」

「教室に会いに行ったりとか、しなかったんですか？」

しなかった。僕のほうから会いに行くことも、日邑のほうから会いに来ることもなかった。校舎で偶然すれ違うことはあっても、日邑のほうから目を逸らされた。会うのは学校の外、日が落ちてからと決まっていた。僕たちが、ありのままの自分で自由に泳げるのは、その時間だけだったから。

「僕たちの学生時代は、異性が親し気に話をしていれば、真っ先に恋愛に結びつけられた。日邑は、僕とそういうふうに見られることが我慢できなかったんだよ」

「ふうん」

僕と、というよりも、僕なんかと、と言うべきか。妻鳥は僕の言葉の真意には気づかぬまま、無邪気に瞳をきらめかせる。

「俺のイメージとしては、日邑さんの席はこのへんなんですよね。こうやって、退屈そうに音楽を聴きながら外を見てる感じ」

妻鳥は窓際の一番後ろの席の椅子を引いて座り、長すぎる脚を机の下に押しこんだ。窓の外を眺める横顔に光が当たり、柔らかな影が、完璧な骨格の造形を強調する。

僕はあの頃、どれだけ日邑のことを知っていただろう。多くの時間をふたりで過ごした気でいたが、僕は日邑が教室でどの席に座っていたのかを知らない。ときどきピアノを弾くことはあっても、作曲をしたり動画を撮る趣味があったことも知らない。顔も名前も知らない少年と、創作サイトで交流していたことも。

だが僕は、妻鳥の知らない日邑を知っている。そして妻鳥も、もう知らずには済まない場所まで足を踏み入れている。

「あーあ、伊東先生は日邑さんを覚えていないって言うし、当時の担任の先生と、どうにかして繋がれないかな?」

「繋がったところで、伊東先生が話した以上のことはわからないだろうな」

「どうしてですか?」

妻鳥が不思議そうな顔をする。口を開くことに、ためらいがあった。だがこの場所まで辿り着いてしまった以上、妻鳥自身が、もう知らずに帰るつもりはないだろう。

たとえそれを日邑が望まないとしても。

「妻鳥、妙だと思わないか。体育館での合唱コンクールの演奏ジャックや、全校生徒の成績データのハッキング。プールに蛙が大量に発生した事件に、淫行教師の退職。それだけのことが立て続けに起こったら、あの夏はおかしなことばかりだったと、全校生徒と教師の記憶に焼きつくはずだ。君だって、小説のなかでそう書いている」

その夏は記録的な猛暑になった。だが多くの生徒の記憶に焼きついているのは、どうかしているんじゃないかと思うくらいの暑さ以上に、一学期の終わりから夏休みにかけて立て続けに起きた不可解な事件について、だったと思う。

誰かにとっては最悪の夏で、誰かにとっては最高の――少なくとも、そう悪くはない夏だった。

「当時の在校生数は四百人強。それが、あの夏の出来事の目撃者だ。君は、少しも疑問に思わなかったのか？　四十万部以上も刷られた君の小説の読者のなかから、僕以外の目撃者が、ひとりも現われなかったことを」

妻鳥が形の良い眉を寄せる。わけがわからないようだ。僕はすでに、気が滅入っていた。かつては、目の前にある綺麗な顔を、何度も何度も痛めつけることを想像したというのに。

「妻鳥、本当の日邑千陽は、君が思っているような――」

発しかけた僕の言葉は、階段を駆け上る足音に遮られる。一段飛ばしでもしているのか、やけに大きな音だ。

「よかった、まだおったわ！」

教室のドアから飛びこんできたのは、半袖のポロシャツにジャージ姿の大柄な男だ。

「さっき伊東のジイに聞いて、学校中探しまわってしもたわ。なんや、ぽかんとして。俺のこと、わからんか」

妻鳥が不安げに僕を見る。僕は、近づいてくる男の顔に目を凝らした。日に焼けすぎていて目鼻立ちが判然としないが、真っ白な丈夫そうな歯と、愛嬌のある仕草には、見覚えがあった。

「もしかして……真田《さなだ》か？」

「おう！　久しぶりやな、卯之原！」

真田は満面の笑みを見せ、何のためらいもなく僕の肩を抱く。妻鳥がぎょっとしたように椅子を後ろに引いた。

「卯之原先生の、お知り合いですか？」

「高校の同級生だよ」

「何年ぶりやろにゃあ。卯之原、ずいぶん痩せたやないか。ちゃんと食っててんのか？　俺の贅《ぜい》肉《にく》、分けちゃろか？」

あの頃よりも丸みを帯びた腹を摘まみ、真田が笑う。

もしかしたら日邑は、本当の自分の姿を妻鳥に伝えたいのかもしれない。そんな物語めいた考えが、頭をよぎった。なぜなら目の前にいる真田練二《れんじ》は、妻鳥がまだ知らない、あの夏の目撃者のひとりだからだ。

「給水！　十五分休憩！」

真田がホイッスルを鳴らし、声を張り上げる。僕と妻鳥は、坊主頭の少年たちが一斉にグラウンドの脇まで走り水筒に口をつける様を、フェンス越しに眺めている。

「待たせてすまん。もうすぐ練習試合が近いもんやき」

僕たちのもとに戻って来た真田が、タオルで汗を拭いながら言う。真田は大阪の大学を中退後、地元に戻り、今は父親の印刷会社で働いているという。ＯＢのよしみで、ときどき週末だけ母校の野球部のコーチをしているらしい。

「昔は、こんなド田舎で家業を継ぐなんてまっぴらやと思いよったけど、わからんもんよな。卯之原が京都の学校に行ったのは知っちょったけんど、あっちで先生になったんか？」

「いや、今は渋谷の私立高校にいる」

「渋谷！　すっかり都会人やないか！　どうりで、シュッとしたわけやわ。あの頃とは別人やないか」

「大げさだな。少し体重が落ちただけだよ」

僕たちのやりとりに、妻鳥は意外そうな顔をしている。

「えぇと……真田さんは、卯之原先生のお友達、なんですね」

「僕に友人がいることが意外か？」

「そういうわけじゃないですけど、なんか、タイプが違うので」

「俺らはにゃ、お友達、ちゅうか、幼馴染やな。同じ町の小学校の同級生や。俺が途中で高知市に引っ越したき、ブランクはあるけどな。高校で卯之原に再会したときは、たまげたよなぁ」

銀の指輪が光る左手で、真田はしきりに顔の汗を拭う。高校時代の真田は、サウスポーのピッチャーとして活躍していた。強豪の私立校がしのぎを削るなか、特別強いチームではなかったが、ピッチャーでキャプテンの真田は、明るい性格で誰からも好かれていた。

「真田は普通科で、二年のときはB組じゃなかったか？」

「おお、そやな。ちょうど、さっきまでお前らがおった教室やな。懐かしいのう」

妻鳥の目が期待にきらめく。

「え？　じゃあ、日邑さんと同じクラスだったんだ！」

「日邑？――おお、そやな。何や、日邑の知り合いか？　俺はそこまで絡んだことはなかったけんど、おとなしいやつやったよなあ」

妻鳥が戸惑ったように僕を見る。僕はその視線を避け、真田に訊ねた。

「真田、二年の合唱コンクールのことを覚えてないか？」

「合唱コンクール？　なんぞあったか？」

真田は不思議そうに首をひねり、だがすぐに、ああ、と膝を打った。濃い眉のあいだに、皺が寄る。

「そうや、あのときの伴奏者が日邑やったな。ほんま、可哀想なことをしたもんよ。俺は、あの頃は部活漬けでクラスの合唱練習にはちっとも参加しちょらんかったき、気づかんかったんや。当日は列の端っこで口パクでもしとりゃいいと思いよったら、あんなことになったろ？　クラス全員が急にアカペラで歌い出して、日邑が真っ青になって震えてもうて。結局、鍵盤のひとつも叩くことができんまま、過呼吸みたいになってしもうてな。保健の先生に付き添われて、ようやっとステージから下りたんやわ」

「過呼吸、ですか？　鍵盤をひとつも叩かないまま……？」

「俺はあとからクラスのやつらに話を聞いて、むごいことしよると思うたもんやけど。それまではてっきり、日邑が緊張しすぎてピアノが弾けんで、みんなが急遽アドリブでアカペラをしたんやと思いよったき――おい、君、大丈夫か？　ひどい顔色やで」

妻鳥の顔からは血の気が引き、期待にほころんでいた頬は、仮面のように強張っていた。

「熱中症やないか？　図書室で少し休んだらいいわ。さっきまで生徒らが蔵書点検をしよったき、冷房も効いちゅうろう。俺が鍵を開けちゃる」

真田が指差す先には、僕がかつて入り浸っていた図書室の窓がある。

「いいよ真田、僕が連れて行く」

「俺のほうが段取りがいいわ。卯之原はここで待っちょきや」

真田は妻鳥を抱きかかえるようにして、校舎の中へと消えて行った。

そうか。真田は、日邑が死んだことを知らないのだ。確かに、日邑の母親は、娘の事故を同級生に公表しないように担任教師に頼んだ、と話していた。受験にのぞむ彼らを動揺させてはいけない、という配慮だったらしい。だがある程度、噂は広まっていると思っていた。

フットワークも軽く駆け戻ってきた真田は、紙パックのジュースを僕に放る。校舎内の自動販売機で買ったらしい。子供の頃に給食でよく出てきた、乳酸菌飲料だ。真田も同じものを手にしている。

「さっきの子、小説家やって？　背は高いけどえらい細いにゃあ。腰まわりが俺の太腿くらいしかないいんちゃうか？」

「うちの生徒の世話までさせて、悪かったな」

「他人行儀やのう。あの子、日邑のことをえらい気にしよったけんど、親戚か何かか？」

「――友達、なんじゃないかな。一番の」

「ふうん？　ほんなら、日邑も東京におるんか？」

真田が邪気なく訊ねる。僕は何も言えず、パックに挿したストローを吸った。懐かしい甘酸っぱさが喉に滲みる。そういえば昔の真田は、給食の時間に欠席児童のジュースが余るたび、他の生徒とじゃんけんをしていた。

「卯之原、知っちょったか？　これな、高知の外では売っちょらんがぞ。大阪に行ったばっかりの頃は、何軒もスーパーやらドラッグストアをまわって探したもんや」

「県外では、高知のアンテナショップあたりに行かないと、見つからないだろうな」

「こっちで学生しよったときは、高知にあって都会にないもんがあるなんて、思いもせんかったよな。田舎を出たら、欲しいものが何だって手に入るような気がしちょったわ」

苦笑する真田の横顔は、野球帽のつばが落とす影で、上半分が隠されている。田舎で一生暮らすなんてまっぴらだと言っていた真田が、どういうわけで高知に戻ってきたのか。訊いてもいないことまであけすけに話す真田が自ら話題にしないのだから、きっと触れるべきではないのだろう。

「卯之原は、今日はこっちに泊まるんか」

「ああ。明日、あの町を見に行ってから飛行機で帰るよ」

「お互いいい年になったし、ほんまはジュースじゃなくて、ビールで乾杯したいところやけどにゃあ。今は嫁がうるさくて、夜は外に出してもらえん。アタシは我慢しちょるのに、自分だけ好きに飲んでいい気なもんやね！　とどやされるのや。ふたり目の子が腹におって、ずうっとピリピリしちゅう」

真田はスマートフォンを取り出すと、僕に待ち受け画面を見せた。髪の毛を明るい色に染めた若い女性と赤ん坊、真田が顔を寄せ合っている。

「俺らの二個下の、テニス部の水野《みずの》や。卯之原、知らんか？　帯屋町のキャバクラに行ったら、こいつが偶然席に付いたっちゅう馴《な》れ初《そ》めで、ま、自慢できるような出会いじゃないけどな。昔は、真田先輩、なんて可愛い声で甘えよったのに、今となっては、あー昔はかっこよかったのに、十代のまま死んでくれたら伝説になったのに、なんて平気で言いよる」

屈託のない冗談を言う真田が眩しかった。僕にはもう、冗談でもそんなことは言えない。

「何や、妙な顔して。手近なところで済ませよったな、と思うちょるんか」

「そんなわけがないだろう。仲が良さそうで羨ましいよ」

「またまた。卯之原やって、東京で日邑とうまいことやってるんとちゃうか」

真田はにやりと笑い、スマートフォンをジャージのポケットに押しこんだ。

「俺と日邑な、いっぺんだけふたりで話したことがあったわ。合唱コンクールの件で思い出したんや。高二の文化祭が終わった翌日や。俺は部活の練習漬けで、日邑は欠席がちで、クラス展示の準備にも、ほとんど不参加やったろう？　やき、せめて少しは働けっちゅうわけで、会計係に割り当てられたがよ。あのときは確か、お化け屋敷を作ったんかな？　クラスのやつらが、材料のペンキやら紙粘土やらを買い出ししたレシートを、放課後日邑と残って集計したんやわ」

真田は、ほとんど会話をしたことがない日邑に、どう接するべきか戸惑ったという。それでも持ち前の人懐っこさで当たり障りのない話題を投げ、どうにか場をしのいだらしい。

「しのいだっちゅうても、日邑は相槌を打つ程度や。ほんでもな、もうすぐ作業が終わろうちゅうとき、日邑が突然訊いてきたのや。『真田って、図書委員の卯之原と仲良いの？』って。どっかで俺らが話しちょるがを、見てたんやろにゃ。俺も、話題が尽きて気まずかったき、よっしゃ！　と思ってベラベラお前のことを喋ったわ。小学校の、カメの話とかな」

「それはまた、懐かしい話を持ち出したな」

真田は生真面目な顔で首を振り、「俺にとっては、卯之原といえば、あのカメや」などと言う。

あれは、僕と真田が小学三年の頃だった。一学期の初めにクラスメイトが、川で捕まえたミドリガメを教室に連れてきた。生き物が苦手な担任教師は難色を示したが、結局は他の教師から『命の大切さを教えることも大事』と助言され、クラスに迎え入れられることになった。子供たちは我先にカメの世話をしたがったが、それもほんの数ヵ月のことだった。

初めに言い出したのは誰だっただろう。カメの甲羅にはサルモネラ菌がついている、という聞き齧りの知識が広まり、誰もカメに触りたがらなくなった。生き物係を決めていなかったこともよくなかった。初めはみんなが競い合うようにかまいたがったので、当番を決める必要がなかったのだ。

放ったらかしにされたカメは、二学期の初めに死んでしまった。きっと誰もが、自分以外の誰かが世話をするだろう、と考えていた。同時に、誰かが世話をするはずだったので自分のせいではない、とも考えているようだった。その日の午後の学級会はカメとのお別れ会になり、子供たちだけでなく担任までもがすすり泣いていた。

「あのお別れ会のとき、卯之原、言ったやんか。『みんな、本当に悲しいんですか？』って。『だって、誰も世話なんかしていなかった。死んでもいいし、どうだっていいと思っていたんじゃないですか？』って。担任も他のやつらも、顔を真っ赤にして怒りよったけどよ、俺はそんとき思ったんや。そういや、そうやなって。最初のうちこそ俺ら、毎日じゃんけんでカメの世話係を決めちょったけどよ、そういえばもうずっと、じゃんけんなんかしてなかったよな？って」

「いま思うと偉そうだよな。子供だったから、周りに合わせて受け流すってことが、できていなかった」

「いや、俺としては、凄いやつがおる！　と衝撃だったんやで。高校で卯之原に再会してすぐに思い出したのも、カメのおかげや」

僕は久しぶりに、カメのアキレウスの小さな瞳を思い出した。新緑のように鮮やかだった甲羅の色や、いじらしいほどに短い手足を。

当時アキレウスには、すでに別の名前が付けられていた。だが、もう誰もその名を呼ぶことがなくなっていたので、僕が勝手に名前を付け直した。当時本で読んだ、『アキレウスと亀の逆説』を思い出したのだ。

僕は毎朝早起きして学校に向かい、水槽を洗い水を替え、祖父から分けてもらったシラスを食べさせた。夏休み中も、ずっと。そんな日々が終わったのは、二学期が始まってすぐのことだった。

僕が夏風邪で三日ばかり学校を休み、久しぶりに登校すると、教室の後ろのロッカーの上からアキレウスの水槽が消えていた。代わりに、夏休みの宿題の工作が並んでいた。水槽は、廊下の水飲み場の窓辺に移されていた。日差しがまともに入る場所で、アキレウスは手足をのばして仰向けになっていた。小さな両目が、えぐれたように落ち窪んでいた。日射病になってしまったのだろう。

真田も、他の同級生も、僕が彼をアキレウスと呼んでいたことや、彼の本当の死因を、きっと一生知ることはない。

「あのときの日邑、お前の話を、ずいぶん熱心に聞きよったで。ほんまは、あのあと何ぞあったんやないか？」

「何もないよ」

「でも同じ東京におるんなら、これから何かあるかもしらんよな。さっきの子が日邑の友達で、お前の生徒だなんて、運命とちゃうか」

僕は否定せずに、曖昧に笑った。何も知らない真田は、「結婚式には絶対呼べよにゃ。野球部仕こみの余興をかましちゃるき」と、日に焼けた顔で笑った。

建てつけの悪い引き戸を開けると、乾いた落ち葉のような香りが鼻をくすぐる。あの頃と何も変わっていない。入学してすぐに図書委員に立候補し、毎日のようにカウンター係を引き受けた。家に居場所がない僕には、放課後を過ごす場所が必要だった。

書架の配置も、僕が委員をしていた頃のままだ。読書スペースに並んだ長テーブルだけが、新しいものに変わっている。窓際の席に、妻鳥がいる。逆光で顔色はわからないが、ふてくされたように椅子の背もたれに寄りかかっているところを見ると、少しは調子を取り戻したようだ。

「具合はどうだ?」

妻鳥は僕の問いには答えずに、「何なんですか、あの人」と呟く。

「俺は大丈夫だって言ってるのに、やっぱり保健室のほうがいいかもしれんとか、冷やすものを持ってきちゃろうかとか、お節介でうるさくて、一番苦手なタイプです。合唱コンクールの話だって、自分はしきりに何も知らなかったってアピールしてたけど、知ってからだって、クラスの連中と調子よく仲良く過ごしていたんですよね」

「そうだろうな。だけど真田は、悪い人間じゃないよ」

「でしょうね。ごく普通の良い人、なんでしょうね」

皮肉たっぷりに言い、妻鳥はペットボトルのスポーツ飲料に口をつけた。真田が買ってきたものだろうか。僕は黙ったまま、妻鳥の尖った喉ぼとけが上下する様を見つめた。吹奏楽部の演奏はもう聞こえない。だからこそ、妻鳥の小さな呟きがはっきりと聞こえた。

「卯之原先生。俺は、あの人の話をどう受け止めればいいんですか？」

妻鳥は覚悟を決めたように、正面から僕を見つめている。緊張のためか頬が強張り、人形のように整った顔が、いっそう作り物めいて見えた。

「真田は、嘘をついていない。七年前の合唱コンクールに、体育館のラフマニノフなんて現われなかった。伊東先生も同じで、本当に日邑のことを覚えていないんだ。隠しているわけじゃなく、日邑が亡くなったことすら、知らないかもしれない」

日邑はどこにでもいる、おとなしく目立たない、誰の記憶にも残らないような生徒だった。人一倍臆病だったが、気を許した人間の前では口が悪く、気分屋で我を通したがるところがあった。

「本当のプロローグは、体育館裏の更衣室じゃなく、この場所だよ。僕が日邑の音に出会ったのは、文化祭のあと、ここで掃除をしていたときだ。日邑は音楽室で、ひとりでピアノを弾いていた。合唱コンクールの二日後だ。何人かは、あのでたらめな音を聞いたと思う。だが、ラフマニノフ、なんて呼ばれたことはない」

「じゃあ……プールの蛙事件は？　通知表のデータを盗んだのは？　全部、実際には起きていなかったって言うんですか？」

すがりつくように問いかけながら、妻鳥はきっともう、答えを知っている。

「オタマジャクシを探しに行ったのは本当だ。だが、一匹も捕まえられなかった。全校生徒の通知表のデータがハッキングされるなんて大事件は、起こっていない。もしそんなことがあったら、全国ニュースになっただろうな」

「じゃあ、じゃあ……変態教師をふたりで学校から追い出した、っていうのも」

「実際、未成年買春が発覚して懲戒免職になった教師はいたが、僕らは無関係だ。僕たちはただ、こうだったら面白い、こうすればよかったと、大それた計画を話し合っただけだ。何もできないくせに口だけは大きい、臆病で生意気な十代だった。君に、いつか言ったことがあっただろう。君は、僕たちの物語を盗んだ。僕たちは――いや、僕は、あの物語を世に出すつもりなどなかった。日邑も同じ気持ちでいると思っていた」

僕は卒業アルバムを妻鳥の前に置いた。校庭で真田と別れたあと、職員室に寄って借りてきた。僕たちの代の卒業生の写真が載っている。

「君は、見たことがないんだよな。僕は理数科だからE組だ。探してみるといい」

妻鳥が動こうとしないので、僕が自らページをめくった。

「卯之原朔也。これだよ」

妻鳥の唇が薄く開いた。だが言葉は出なかった。

三年間同じ教室で学んだクラスメイトのなかに、高校時代の僕がいる。

「がっかりしたんじゃないか？」

「――いや、そんな……」

「さっき君に、僕と日邑は学校の人間に見られそうな場所では接触をしなかった、と話したよな。日邑は、僕と自分が恋愛関係だと誤解されるのが我慢ならなかった、と。それは、こういうことだよ。日邑だけじゃなく、他の多くの女子が、同じ考えだっただろうけどね」

野暮ったい黒縁眼鏡の奥の卑屈そうなまなざしは、今とたいして変わっていない。いや、当時より二十キロは痩せているので、瞼の腫れぼったさは、いくらかましになっているだろうか。学生服の詰襟の上には、吹き出物の浮いた二重顎が窮屈そうにのっている。梳《す》きばさみなど入れたことがない分厚い前髪が、より清潔感を損なっていた。

「でも……同じ図書委員の後輩は、先生のことが好きだったんですよね？　だから、朔と仲の良い日高に嫉妬して、わざとふたりをすれ違わせるような策略を……」

「君の作品にはそんなエピソードがあったな。キャラクターの名前は、早川だったか。日邑と同じピアノ教室に通っていた、僕たちの一学年下の後輩だな。モデルになった人物は見当がつくが、彼女は僕のことを気味悪がっていたと思うよ。それに彼女にとっては日邑も、ピアノ教室の憧れの先輩ではなかった。きっと、顔も名前も覚えていない。日邑も僕に劣らず、目立つタイプじゃなかったからね」

僕は昔の自分から視線を外し、窓の外を眺めた。

僕が初めて日邑の存在を認識した日、確かに、図書委員の後輩の女子が近くにいた。文化祭の閉会式が終わったあとだった。僕たちは、図書室に設営したブックカフェの撤去作業をしていた。廊下にいた後輩に、走ってきた日邑がぶつかったところだけは、小説と同じだ。ただ、日邑はろくに謝ることなく走り去った。後輩は文句を言っていたが、すれ違いざまに日邑の横顔を見ていた僕は、日邑が立ち去った理由を知っていた。足を止めて謝ることで、泣き腫らした顔を見られたくなかったのだろう。

僕は、他のメンバーが帰ったあと、ひとりで床に箒《ほうき》をかけていた。思ったより埃が散っていたのだ。終電の時間を気にしながら、ちりとりの中身をゴミ箱に空けたときだった。

音が聞こえた。めちゃくちゃに鳴らされるピアノの音だ。僕は誘われるように音をたどり、月明かりだけが差しこむ音楽室で、泣きながら鍵盤を叩く日邑に出会った。僕に気づくと日邑は、乱暴にピアノの蓋を閉めて走り去った。ピアノの上には、くしゃくしゃの進路希望調査票が転がっていた。

体育館のラフマニノフなんか、どこにもいない。それが僕たちの、誰にも顧みられないような地味なふたりの、物語の始まりだった。

第八話

日邑が妻鳥に語り聞かせた体育館のラフマニノフは、どんなときも気高さと強さを手放さない、日邑自身の理想の姿だったのだろう。反対に、日邑が僕に見せたのは、誰にも見せたくなかった自分の姿だ。

僕は日邑にとっては、ゴミ箱のようなものだった。日邑が丸めて放り投げた進路希望調査票を僕が拾ったことからすべてが始まったのだから、本当に、たまたまそこにあっただけのただのゴミ箱だったのかもしれない。

「卯之原先生、この島、一体いくつお醬油屋さんがあると思いますか……？」

スマートフォンの向こうで犬飼が、息も絶え絶えに呟く。相当参っているようだ。僕は無人駅の古びたベンチに腰を下ろし、「まあ、醬《ひしお》の郷《さと》と呼ばれるくらいですからね」と相槌を打つ。線路の向こうには水平線が広がっている。この時期の海にはつきもののサーファーの姿はなく、ただ一隻の漁船が、群青色に白い泡の足跡を残している。

「卯之原先生、こうなることをご存知でしたね？」

「邪推です。一筋縄ではいかないだろうな、と思ってはいましたが」

昨日岡山からフェリーで小豆島に向かった犬飼は、結局今日もまだ本土に戻れずにいるらしい。日邑麻尋が妻鳥に授けた手がかり——高知から島に移住した、元看護師で現醤油屋の若女将《おかみ》、という人物探しが、予想以上に難航しているらしい。

「てっきり、島のネットワークですぐに見つかると思ったんです。なのにみんな、冷たいったらないんですよ！　私のことなんて、東京からきたよそ者扱いです。変な女が、こそこそ島のことを探りまわっている、って逆に警戒されちゃって……」

「まあ、おおむね事実ですからね」

「優しい言葉のひとつくらい、かけてくれたっていいじゃないですか……。昨日から私、一軒一軒、地道に足で潰してるんですよ？」

「刑事の聞きこみたいですね。警察小説のエピソード作りの参考になるんじゃないですか。今日中に東京に帰るのは、無理そうですか？」

「這ってでも、いえ、泳いででも帰ります！　明日は午前中に、他の作家さんとの打ち合わせがあるので！」

犬飼はきっぱりと宣言してから、今度は急に不安そうな声を出す。

「先生、その……透羽君は、近くにいませんか？　昨日の電話で、ちょっと様子がおかしかったので……今朝は電話にも出てくれなかったし」

なるほど、だから僕にかけてきたわけか。僕は自分のスマートフォンを、ホームに設置された自動販売機の前に立つ妻鳥に差し出した。妻鳥は買ったばかりの炭酸水のキャップをひねると、鬱陶しそうに顔をしかめる。

「犬飼さん、大げさ。ちょっとひとりで考えたいことがあっただけだよ。……いや、違うって。新作の構想なんかじゃないよ。俺のことより、自分の心配をしたら？　どうせまた、すっぴんでUV対策もせずに走りまわってるんでしょ？　面倒がってケアをサボると、五年後に泣きを見るよ」

妻鳥は一方的に終話ボタンをタップすると、僕にスマートフォンを突き返した。

旅の最終日、僕たちは予定通り、僕の故郷の海に向かっている。高知駅から電車で三十分、私鉄に乗り換え二十五分、そこから自転車で四十五分というのが、当時高校生だった僕の通学コースだ。

「犬飼さんには、昨日のことをまだ話していないんだな」

「どう説明したらいいか、わからないです。俺だってまだ、受け止め切れてないんだから」

ホームに到着した電車に乗りこみ、妻鳥は車窓越しの景色を睨んだ。乗客は僕と妻鳥しかいない。時折車掌のアナウンスが流れる以外は、電車の走行音が聞こえるだけだ。

「だけど、俺に話したことが全部嘘なら、どうして日邑さんは、最後の時間を過ごす相手に先生を選んだんですか？……学生時代の先生が、女子から、その」

「気味悪がられて誰からも相手にされないような男だったのに、か？」

妻鳥はきまりが悪そうな顔をする。僕も自動販売機で買ったアイスコーヒーをひと口飲んだ。理由を日邑に訊ねてみたことはない。

「臆病だったから、じゃないか。自分より下に見ている相手にしか、弱い部分を見せられない人間は多いよ。拒絶されてもたいして傷つかない相手を、あえて選ぶんだ。だから好きなだけ、ぞんざいに振りまわすことができる。嫌われたってかまわないと思っているからな」

「身も蓋もないことを言わないでくださいよ……」

「じゃあ、言い方を変えようか。自分が気まぐれに拾った石ころを、価値あるものだと思いこもうとするのは、十代に限らずよくあることだ。君にも、心当たりがあるんじゃないか？」

「どういう意味ですか」

「昨日、君と日邑が投稿していたという動画を見たよ」

妻鳥が息を呑む。長い沈黙のあと、「先生は、見ないと思っていました」と呟く。

僕自身も、そう思っていた。日邑が妻鳥に見せていたのは、きっと僕の知らない顔だ。触れることに躊躇があった。それでも昨夜、ホテルの部屋で『Ｍｕｓｅｓ』にアクセスし、再生ボタンをタップした。僕だけが逃げたままでいるのはフェアじゃない。隣の部屋にいる妻鳥が、僕しか知らなかった日邑の姿に触れ、それをどうにか受け止めようと足掻いているのだから。

当時のふたりが使用していたアカウントは、犬飼に教わった。妻鳥が『鶫《つぐみ》』、日邑が『Ｊｕａ』——スワヒリ語で太陽という意味だ。

「君は、日邑とは『Ｍｕｓｅｓ』上のチャット機能でやりとりしながら、一緒に作品を投稿していたんだよな」

「そうですね、連絡が途絶えた時期もありましたけど、それ以外はほぼ毎日……文章のメッセージでニュアンスが伝わりづらいときは、音声通話機能もたまに。お互い親にバレたくなかったので、回数は多くないですけど」

「当時の君がまだ幼かったとはいえ、そこまで日邑に近づいて、何も感じなかったか？　日邑は、どんなときも完璧に、君を夢中にさせるカリスマを演じることができていたのか？　本当の君は、小さな違和感の芽を何度も摘み取りながら、日邑と作品を生み出していったんじゃないのか」

妻鳥の瞳が揺れる。何も言わずとも、固く結んだ唇に答えが出ていた。

ふたりが作った動画は、とても拙いものだった。当時の妻鳥が傑作だと感じていても、今は違う感想を持っているはずだ。ふたりが出会った頃の年齢差を考えれば、妻鳥にとって日邑はずいぶん年上の、自分よりも成熟した存在だったことだろう。だが妻鳥の早熟な才能は、すぐに日邑を追い越した。日邑は僕の前ではいつも、似合いもしない奔放な役を、たどたどしく演じていた。ときには見ていられないほど痛々しかった。十一歳で『怪物のオルゴール』を書き上げ、自身の母親の姿をあれほど容赦なく生々しく描いた少年が、本当の日邑の姿に気づかないはずがない。

それでも妻鳥は、きっと日邑に騙されたままでいたかったのだろう。

「卯之原先生。俺はずっと、自分は大人になれないと思っていました。子供部屋と病室に閉じこめられたまま、外の世界に出ることもなく死んじゃうんだろうな、って」

妻鳥がぎごちなく口を開く。電車がカーブで大きく揺れ、妻鳥が手にしたペットボトルの中にさざ波が立つ。小さな気泡が浮かんでは消えた。

「でも手術が成功したら、怖くなった。だって、俺には何もない。学校だってろくに通ってないし、同年代の友達もいない。普通の人と同じように生活ができるほど、体も丈夫じゃない。そんな状態で、あと何十年も生きることが怖くなったんです。だって、普通の人と同じように社会とかかわりながら暮らしていくことが、俺には全然できそうもないから」

腕の細さの割には大きな手のひらに、妻鳥は視線を落とす。

「でも今、俺はここにいる。俺が書いた原稿を必要としている人がいる。『青宙遊泳』が俺を外の世界に連れ出してくれた。だからもし、日邑さんが俺に見せていた姿が全部嘘だったとしても、何も変わらない。日邑さんが今の俺を作ってくれたことだけは、本当だから」

言葉とは裏腹に、妻鳥の横顔にはまだ迷いが滲んでいる。

車窓に映るのは、ただ穏やかにたゆたう水平線だけだ。僕の故郷に近づけば近づくほど、見るべきものなどなくなってゆく。それでも妻鳥は、予定通り旅を続けるという。妻鳥が憧れた朔と日高は、初めからどこにもいない。それがわかっても、そうすることでしか気持ちの整理がつけられないのかもしれない。


「日邑さんから俺に久しぶりに連絡があったのは、六年前の十月です。先生と日邑さんがからくり時計の下で最後に会ったのが八月の終わりだから、おおよそ二ヵ月後、ですよね？」

「そう、いうこと、だな」

「日邑さんは、先生との思い出を最初からなぞりながら、大部分がフィクションの話を俺に聞かせた。俺はそれをもとに小説に書き起こした。でも日邑さんが読んだのは、ふたりが時計の前で最後の待ち合わせをするシーンまでです。閲覧履歴をチェックすると、日邑さんが最後にアクセスしたのは亡くなる当日の朝でした。日邑さんのお母さんは、スマホは病室に置いてあった、って言ってたから、脱走する直前まで読み返していたと思うんですよね。どうして置いて行ったんだろう。ＧＰＳで行方を探されることを警戒したのかな。Ｗｅｂの検索履歴も削除されていて手がかりがつかめなかった、って、お母さんも——卯之原先生、聞こえてますか？」

「聞こえているよ。だが、複雑な話は、もう少しあとに、してくれないか？」

実際には息が上がり、「して、くれ、ない、かっ？」と、妙な具合に語尾が跳ね上がった。

ふたり乗り用のタンデム自転車は想像以上にペダルが重い。

私鉄から降りたあと僕はタクシーを呼ぶつもりでいたが、レンタルサイクルショップを見つけた妻鳥が、どうしても乗ってみたいと言い出したのだ。僕が住んでいた町は過疎化しているものの、サイクリングコースやアウトドアスポットとして、かろうじて需要が残っているらしい。

「卯之原先生、こんなにも苛酷な通学路を往復していたんですか？　電車にも乗って、さらに自転車で、なんて」

「ああ。そのときは、今と違って、ふたり乗りじゃ、なかったけどな」

強くペダルを踏むごとにひとことずつ吐き出しながら、急な坂をのぼる。僕がフロントサドルにまたがり、主に僕だけがペダルを漕いでいる。激しい運動は厳禁だという妻鳥に、無茶をさせるわけにはいかない。

後ろから妻鳥が日傘をさしかけてくれるものの、降り注ぐ太陽が容赦なく僕の体力を奪う。流れ落ちる汗のせいで眼鏡が鼻からずり落ち、視界が霞む。

「こんなに長いこと走っていて、全然人に会わないんですね」

「そんなものだよ。昔は大勢住んでいた親戚も、ほとんどいなくなった」

人の気配が感じられない空き家だらけの町並みは、置き去りにされた映画のセットのようだ。すべてが作り物めいていて、不思議な非現実感がある。反対にガードレールの向こうの海は活き活きと青く、日差しも暴れるように激しい。蟬の声も、市内で聞くものとは桁違いの音量だ。

下り坂でゆるくブレーキをかけたとき、汗ばんだ体を、夏草の香りが包んだ。いつか日邑が、ライト文芸のお決まりのシチュエーションのひとつとして、自転車のふたり乗りを挙げていたことを思い出す。木漏れ日がせわしなく揺れ、白いガードレールが、あの頃よりも乱視が進んだ目に痛いほど眩しい。

海岸沿いにしばらく走ると、祖父と僕が暮らした家の赤茶色のトタン屋根が見えてくる。店の前で自転車を停める。長いこと閉まったきりのシャッターは、海からの砂埃で汚れている。かつてはここに、『うのはら釣具店』という文字があった。妻鳥は廃墟を前にしたかのような顔をしているが、僕の目からは、外観はそれほど劣化していない。裏口にまわると、剝がれた外壁があちこちに落ち、伸び切った雑草を圧し潰していた。

ぶん、と大きな虫が飛び、妻鳥が悲鳴をあげる。

「え、蜂？　今の、蜂ですよね？」

「ハナアブだ。久しぶりに見たな」

「うわ、黄色と黒の縞々がある！　これ、刺されたら死ぬやつじゃないですか⁉」

「見た目はミツバチに似ているが、花の蜜や花粉を食べるだけで、刺したりしないよ。君の汗を舐めに寄ってくるかもしれないけどね」

おぞましげに身を震わせる妻鳥の先に立ち、勝手口のドアノブに鍵を差しこむ。なかなか鍵がまわらなかったが、ドアノブごともぎ取れそうな勢いで力をこめると、ようやく開いた。昼だというのに、夜のように暗い。店側のシャッターが閉まっているせいだ。暗闇が、空き家独特の湿気た臭いを際立たせている。狭い玄関で靴を脱ぎ、部屋の中に足を踏み入れると、ぐっと床がへこむ箇所がある。人が住まないと家は傷むと聞いていたので覚悟はしていたが、思った以上かもしれない。

手探りで台所の電気のスイッチを押してみたが、とっくの昔に止まっているようだ。

「君は怪我でもしたら大変だから、そこで待っているといいよ」

「いや、でも、せっかく来たのに……それに、ここでひとりで待っているほうが余計怖いんですけど」

「幽霊なんかいないよ。クマネズミかドブネズミか、他には東京でもお馴染みの、あの虫が出るくらいかな」

「卯之原先生、さっきから、わざと脅かそうとしていませんか？」

心外だ。僕はスマートフォンのライトをたよりに部屋の中に進んだ。家具はあらかた撤去されていたが、扉が外れかけた棚や古いトースターなどは放置されていた。爪先が何かに当たる。段ボール箱だ。割れた食器や酒瓶が、雑多に詰めこまれている。

後ろで小さな悲鳴が聞こえ、振り向くと、いつのまにか妻鳥が部屋に上がりこんでいた。どうやら段差に足を取られたらしい。八畳の居間の向こうはバックヤードと店舗スペースになっている。店側から眺めると、逆に居間が一段高い小上がりのようになっている。

「ああ、そこから靴を脱いで、店に出られるようになっているんだよ」

「先に言ってくださいよ、もう」

「店の外のシャッターを開けてくるよ。少しは明るくなるはずだ」

あの頃と同じ場所に転がっている古いゴムサンダルを履き、店の中に進む。僕が家を出る前は、棚の半分近くが商品で埋まっていた。今は、売り物にできそうなものは残っていない。法事の席で叔父夫婦が、まとめて業者に引き取らせたと話していた。空の棚が並ぶ店内は、あの頃よりも広く感じる。

店の中央、かつては新作の釣竿などの目玉商品を並べていたショーケースの隣に、古いレジスターと事務机がある。固定電話とファックスの横には、中型の空《から》の水槽が置かれていた。

――こうしてると、海の底にいるみたいじゃない？

笑いを含んだ囁きが耳をくすぐる。記憶の蓋が揺れ、誰もいないその場所に、ブルーライトに淡く照らされた後ろ姿が浮かび上がる。

「……妻鳥。勝手口のドアを閉めてくれないか」

「え？　やですよ、真っ暗になっちゃうじゃないですか！」

妻鳥が泣き出しそうな声を上げる。

そうだ。僕は一度だけ、ここに日邑を連れて来た。日邑もそのとき、ちょうど妻鳥と同じように、段差に足を取られて転びかけた。川でオタマジャクシを探した夜の少し前――夏休みが始まって、まだ間もない頃のことだった。


「卯之原、中学生みたいな私服だな」

日邑は、開口一番憎まれ口を叩いた。僕は、襟のよれた着古しのTシャツと、裾が短くなりかけたデニムという恰好だった。

「もう少し、どうにかなんないの？　一緒に歩いてるところを見られるの、恥ずかしいんだけど」

「じゃあ、人目につかない場所で待ち合わせにして正解だったな」

その夜、叔父と叔母は同窓会のために家を空けていた。どうせいつものように近所のスナックで酔い潰れるだけなのだが、県外に出ていた友人も盆の帰省で集まるので、きっと朝まで帰ってこない。そのことを、うっかり電話で日邑に洩らしたのがよくなかった。日邑は物好きにも、高知市内から電車に乗り、途中でタクシーまで使い、ひなびた海辺の町までやって来た。

僕が待ち合わせ場所に指定したのは、家から歩いて五分ばかりの場所にある、潰れた薬局だ。日邑は、細身のデニムに白いTシャツという服装だった。僕の恰好にあれこれ文句を言う割に、そこまで垢抜けた装いには見えなかったが、当時の僕がそういうことに疎かっただけかもしれない。街灯もない暗闇に、私服姿の日邑が所在なげにたたずんでいるのを見つけた瞬間、少しだけ後悔した。女子をひとりで待たせるような場所ではないと、そのときになって初めて気づいたからだ。

海岸沿いの道を、僕たちは微妙な距離を保って歩いた。少し後ろから、日邑のサンダルのぎごちない音が聞こえた。無理をして踵《かかと》の高い靴を履いてきたのか、いやに歩くのが遅かった。ときどき道の向こうから、車や自転車のライトが近づいてくる。そのたびに僕たちは、会話をやめて他人を装った。こんな時間に同年代の女子と歩いているところを誰かに見つかれば、ろくでもない噂がまたたくまに広がってしまう。

「日邑、帰りはどうするんだよ。もう電車がないだろう」

「そのへんで野宿でもするか、タクシーで帰るよ」

「いくらかかると思ってるんだ？」

「うちの親、今は可哀想なあたしを甘やかし放題なんだよね。何万円かかったって、結局払うよ。だってあたしの将来のために貯めてたお金、全部無駄になるわけじゃん。今まで徴収されてたお年玉も、振袖資金も結婚資金も大学の費用だって、必要なくなるわけだしさ」

「本当に病気なら、治療代がかかるんじゃないか」

「バッカだなあ卯之原は。うちの母親、保険のおばちゃんだよ？　とっくに高い保険に入ってるに決まってるじゃん。むしろ、おつりが来るくらいだよ」

このときの僕はまだ、日邑のことを虚言癖のあるおかしなやつだと思っていた。やたらとつきまとわれて困惑していた。日邑は僕がスマートフォンを持っていないことを知ると、自分の妹が使っていたピンク色のキッズ携帯を押しつけてきた。何度返しても携帯は、学校の僕の下足箱や机の中に戻って来た。

日邑は放課後になるとしょっちゅう電話をかけてくるくせに、学校ではめったに僕に話しかけてこなかった。いつも俯きがちで、長く伸ばした前髪で顔を隠していた。だが電話をかけてくるときだけは別人のように明るく、饒舌だった。そういう部分が僕には、余計に痛々しく感じられた。

僕たちが祖父の店に着くころには、もう二十三時をまわっていた。勝手口から中に入り、手探りで台所の電気を点ける。日邑はちょっと面食らった顔をした。八畳の居間には雑誌や新聞が散乱し、叔母と叔父の部屋着が脱ぎ捨てられていた。狭い台所の床では、ゴミ箱に入りきらない空き缶が、中途半端に整列していた。足の踏み場もない、とまではいわないが、お世辞にも綺麗とはいえない状態だ。

「店の中が見たいなら、靴、こっちまで持ってきて」

僕の指示通り日邑は、自分が脱いだサンダルを右手にまとめて持ち、おずおずとついてきた。途中、段差に足を引っかけて転びそうになっていた。

店舗スペースは、すでにシャッターも入り口も施錠しているので暗かった。日邑は釣竿が並んだショーケースやレジスターを眺め、「家の中に店があるって、変な感じ。いや、店の中に家があるのか」とひとりごちた。そして、店の事務机に置かれた水槽を覗きこんだ。底に沈めたブルーライトが光るなかを、ネオンテトラが八匹、尾びれを揺らして泳いでいた。

「ふうん、魚も売ってるんだ」

「それは売り物じゃなくて、もらい物」

叔父の仕事の得意先の人間が持ってきたものだ。釣具屋には魚がいたほうが見栄えがよいだろう、とのことだったが、実際のところ、子供が捨て猫を拾ってきたので、もともと飼っていた熱帯魚の置き場に困ったらしい。叔母は、邪魔くさくて仕方がないと、しょっちゅう文句を言っていた。

「卯之原、そっちの電気、消してきてよ」

「なんで」

「いいから」

居間と台所の電気を消してしまうと、暗闇を照らすのは水槽のブルーライトだけになる。僕は柱や棚に何度か肩をぶつけながら、手探りで日邑のもとに戻った。日邑は僕に背を向け、青い光を放つ水槽を覗きこんでいた。

「ねぇ、こうしてると、海の底にいるみたいじゃない？」

声を弾ませ、妙に子供じみたことを言う。いつになく無邪気な様子に、面食らった。

「ネオンテトラは淡水魚だから、海の中では生きられないよ。水温が低い深海ではなおさら無理だ。だから今もわざわざヒーターで温めてる」

「あのさあ、こういうときはとりあえず、そうだねって言っとけばいいじゃん」

「それに深海魚は、厳しい環境に耐えるために個性的な見た目のやつが多いんだ。深くなればなるほどね。目が退化して口が大きくなって、高圧の環境に順応するために、体がゼラチン状にぶよぶよになる。色だって、観賞用の魚みたいに綺麗じゃない」

僕はもしかしたら、少し緊張していたのかもしれない。自分の家に同級生の女子がいる、という事実に、改めて動揺した。だからいつもより饒舌に、聞かれてもいないことまでべらべらと喋った。日邑は意外にも、茶化すことなく真面目に聞いていた。

「ふうん。でも、全部の魚がそんな感じなら、自分の見た目も相手の見た目も気にならないかもね」

「どのみち真っ暗で、何も見えないからな」

「あんたもあたしも、そっちのほうが暮らしやすいかもね」

聞き逃してしまいそうなほど、かすかな呟きだった。僕は、水槽の前にたたずむ日邑の背中を見つめた。クラスの女子から汚物扱いされている僕はともかく、日邑はそこまで悪く言われるほどではない、と思った。だが、それをどう言葉にすればいいのかわからなかった。

「ねぇ、この魚、卯之原が世話してるの？」

「そうだけど、なんで」

「別に。ちゃんとまめに手入れしてるんだな、と思っただけ。うちでも昔、金魚を飼ってたからさ。ちょっとサボると、すぐに水が濁るじゃん」

「まあ、他に誰もやらないからな」

「小学校のときのカメも、そんな感じだった？」

とっさに、何の話かわからなかった。カメのアキレウスのことを忘れたわけではなかったが、日邑が知っているはずがない。というよりも、僕が密かにアキレウスの世話をしていたことなど、誰も気づいていないと思っていた。日邑は小さく吹き出し、なんだよその顔、と笑った。

「やっぱり、そうなんだ。卯之原が面倒を見てたんだな。あんたの小学校時代の話を偶然聞いてさ、ほんとはそうなんじゃないかな、って思ったから」

「聞いたって、誰に」

「誰だっていいじゃん。卯之原って昔から、空気を読まないやつだったんだな。気持ちよく泣いてる連中に『あんたら本当に悲しいの？』って訊くなんて、そりゃあ、サイコパスとか言われるさ」

「あのときは本当に不思議だったんだよ。みんながどういう気持ちでいるのかわからなくて、知りたいと思った」

「じゃあ、今はわかってるって？」

「いや」

あの頃よりもずっと、わからなくなっていた。中学の頃、祖父の葬儀でむせび泣いていた親戚たちが、数時間後には上機嫌で酒を呷《あお》り、好きな海で死ねてよかったのかもしれん、などと頷き合っている様子を見て、ますますわからなくなった。

「卯之原、バッカだなぁ。みんな、悲しいことをおかずにして、気持ちよく大泣きしたいだけなんだよ。泣ける映画とか小説と一緒。わんわん泣いてすっきりして。あー気持ちよかった、明日もがんばろ、ってね」

「その表現はどうかと思う」

「きっと、あたしの葬式でも一緒だね。うちのクラスの三島《みしま》とか川崎《かわさき》とか、大泣きするんだろうなあ。しっかりウォータープルーフのマスカラなんか塗っちゃってさ。あいつらのおかずにされるかと思うと、ほんと腹立つ。遺言書に、葬式にクラスのやつらも教師も呼ぶべからず、って書いておこうかな」

僕の位置からは、日邑の中腰の背中しか見えない。それでも、痩せた肩が怒りに耐えるように強張っていた。

「だけど卯之原は、あたしの葬式に来ても泣かなそうだね。カメとか熱帯魚とお別れするみたいに、フラットに見送ってくれそう。だから、あたしの見届け役になってほしいんだよ」

そのときの日邑の声は、真夜中の海のように静かで、底知れない暗さをたたえていた。その瞬間、はっきりとわかった。本当に日邑は、もうすぐ死ぬのだと。

「生まれ変わったら、深海魚になるのもいいよな。どんな場所でも生きてけるなら、そのへんのやわな場所に住んでる綺麗な魚を蹴散らしてさ、海の王者になれるじゃん」

「無理だよ。深海から上昇したら、水圧が弱まる影響で、体内の浮袋が膨張するんだ。そしたら押し出された内臓が口から出てくるし、目玉も飛び出す。多分、すぐに死ぬんじゃないかな」

「グロすぎ。最悪だな。じゃあ、深海魚にはなれないな」

日邑は、喉に何かが引っかかったような声で笑った。だが、僕を振り向くことはしなかった。

ネオンテトラが泳ぐ水槽に、日邑の顔の輪郭だけが、淡く映りこんでいた。

「飛行機、何時でしたっけ」

「あと二時間後には、空港に着いていないといけないだろうな」

「もう、終わっちゃうのか……まだ帰りたくないな」

僕たちは、コンビニエンスストアのイートインスペースに座っている。人の気配が感じられる場所まで辿り着くために、祖父の家を出てから自転車で三キロほども走った。妻鳥の前には栄養補助食品のクッキーと野菜ジュースが、僕の前には、冷やしうどん弁当がある。

「卯之原先生、俺に気を遣わないでくださいね。せっかくの里帰りなんだから、もっと地元じゃなきゃ食べられないものとかのほうが、いいんじゃないですか」

「いいよ。ああいうものは、もう一生分食べ尽くした」

ガラスの壁の向こうには、色とりどりの幟旗《のぼりばた》がはためいている。海沿いに軒を連ねた屋台の前で、キャリーケースを引いた観光客や、水着姿の海水浴客たちが、海鮮の串焼きや貝のつぼ焼きに舌鼓を打っている。

「つまり日邑さんは、同じクラスの真田さんに、先生の小学校時代の話を聞いて、興味を持った、っていうことなんですね。どうして今まで教えてくれなかったんですか？」

「カメの話を日邑としたことなんて、忘れていたよ。昨日真田に会わなかったら、思い出しもしなかった」

妻鳥は疑わしそうに僕を横目で見てから、野菜ジュースのパックにさしたストローをくわえた。

「だけど日邑さんが、みんなの言う通りおとなしい性格だったとして、真田さんのような人に他の男子の話題を出すのって、かなり勇気がいりますよね。それくらい、音楽室で出会った卯之原先生に、何かを感じたってことじゃないですか？」

「そう思いたいならそれでもいいが、単に、真田とふたりきりで間が持たなかっただけじゃないのか」

「卯之原先生って、そうだね、って穏便に流すことができないんですか？」

「そういえば、同じようなことを日邑にも言われたな」

「それはちょっと嬉しいです」

結局のところ、わからないことばかりだ。日邑はなぜ妻鳥に小説を書かせたのか。自分の物語を誰かに消費されるなんてまっぴらだと言っていたはずなのに、なぜ作品を世に出すことを許したのか。あれが、日邑がいつか言っていた、もっと面白い物語、ということなのか。

そして日邑は最後に、高知駅からどこに向かおうとしていたのか。

わからないままに、僕たちの旅は時間切れを迎えようとしている。わからないことを証明するような旅だった。

妻鳥はスマートフォンを眺め、深い溜息を洩らす。

「犬飼さんからの連絡、完全に途絶えましたね……」

「二時間前に、経路案内アプリを使いすぎて充電がなくなりそう、とメッセージが来たきりだな。モバイルバッテリーを持っていないのか？」

「無駄に三個くらい持って来てたのに、スーツケースの中に入れたまま、朝のうちに東京に送っちゃったみたいです。何やってんだか」

「今朝から犬飼さんに対して、やけに辛辣《しんらつ》だな。喧嘩でもしたのか」

妻鳥は唇を噛んでから、仕方がなさそうに口を開いた。

「昨日、犬飼さんに言ってみたんです。東京に帰る日を少し延ばせないか、って。我儘は承知だけど、やっぱりこのままだと納得できないから」

「引き延ばして例の女性が見つかったとしても、結果は変わらないんじゃないか。もう何年も前の話だ。いくら親身になって看護してくれていたとしても、彼女にとって日邑は、大勢いる患者のひとりに過ぎないかもしれない。何も知らない可能性だってある」

「高校で会った伊東先生も、似たようなことを言ってましたね。卒業生の名前なんか、全部は覚えきれないって。生徒にとって担任はひとりだけど、教師にとっては、四十何人かのうちのひとりですもんね。卯之原先生も、そのうち俺のことなんか忘れちゃうのかな」

「こんなに振りまわされて、二度と帰るつもりがなかった故郷を一緒に旅することになって、忘れられると思うか？　わざと言ってるだろう」

妻鳥は肩をすくめて笑い、栄養補助クッキーの端を齧った。

「犬飼さんに、はっきり言われちゃいました。旅の予定を延ばすことはできないし、俺にだけ時間を使うわけにはいかない、って。ちょっとびっくりして、びっくりした自分にも驚いた。何でも許してもらえると思っていたことに気づいて、自己嫌悪、っていうのかな」

「さすが、ベストセラー作家だな」

「意地悪言わないでください。反省はしてるんです。……まだ、謝ってないだけで」

僕は少しだけ犬飼を見直した。甘やかしてばかりだと思っていたが、そうではないらしい。

「だけど先生、犬飼さんだってひどいんですよ。透羽君は逃げてるだけなんじゃないの、とか、目の前の壁から逃げたくて日邑さんの事件に逃避してるんじゃないの、とか、ここぞとばかりに言いたい放題で」

「目の前の壁？　映像化のことか？」

「そっちも問題がないとは言いませんけど——一番は、新しい小説が書けないことです」

意外だった。代々木上原の僕のアパートでは、夕方から、ときには明け方にかけてまで、壁の向こうから高速のタイプ音が聞こえていた。『君と、青宙遊泳』発売から長らく新作が発表されていないことは知っていたが、版元に何らかの考えがあるだけで、作品を書き溜めてはいるのだと思っていた。

妻鳥は僕の考えを読んだかのように、「書いてはいます。毎日書いてはいるけど、それ以上に消してるから、結局は書いてないのと同じなんです」と言う。

「いつまでもぐずぐずしてちゃいけないって、わかってます。Z世代のカリスマ作家、だなんておだてられても、十数年前のヒット作の発行部数に比べたら、全然たいしたことない。小説を読む人はどんどん減ってる。一生作家として生きていくためには、俺の名前を多くの人が覚えていてくれるうちに、二作目を発表しなきゃいけない。初めはそう思って、どんどん構想も出て来たんですけど……企画が、全然通らない。犬飼さんも頑張って進めてくれようとはしたけど、結局、上の人が俺に求めているのは、こういう作品だから」

妻鳥は、カウンターに置いた文庫本を手に取った。祖父の家の二階で見つけたものだ。僕がかつて使っていた部屋の本棚に、使い古しの参考書と一緒に立てかけられていた。オタマジャクシの捕獲に失敗した夜に、日邑が捨てようとしたものだ。日焼けも色褪せもなく、カバーのイラストは鮮やかな色彩を保っている。淡いラベンダー色の海を背に、白いワンピース姿の少女が、僕と妻鳥に微笑みかけている。

「別に、前作と同じテイストじゃなくたっていいんです。『青宙遊泳』のヒットを吹っ飛ばすくらいの、みんなが納得してくれるような、面白い作品を書けばいい。そう思えば思うほど、何を書いたらいいのかわからなくなる。もしかしたら俺は、ひとりで書くのが怖いのかもしれない。『青宙遊泳』を書いたときは、日邑さんと一緒だったから」

「だが『怪物のオルゴール』は、君がひとりで書いた作品なんだろう」

「あっちは、犬飼さんが褒めてくれただけで、編集部としては微妙な反応だったんです。実際、

Ｗｅｂの閲覧数も全然伸びなかったし……」

妻鳥が言うように、『怪物のオルゴール』の閲覧数は、Ｗｅｂ版の『青空遊泳』とは桁違いに少なかった。もっとも、デビュー前の妻鳥のアカウント『鵺』名義で投稿されていたので、ルリツグミ名義で載せ直せば結果は変わってくるかもしれないが。

「なるほどな。僕も、彼女には散々言われたよ。日邑にしてやれなかったことへの後悔と罪悪感に逃げて、自己陶酔しているだけなんじゃ、みたいなことをね」

「あの人、言葉の使い方が乱暴なんですよ。編集者なのに、言葉の攻撃性に無頓着っていうか。的を射ているところが、また腹が立つんですよね。……あ、かかってきた」

妻鳥のスマートフォンの画面が着信モードに切り替わった。犬飼の名前が表示される。

「充電は残っていたみたいだな」

「どうせ、そろそろ空港に向かって！　とか、ひとりでちゃんと搭乗手続きできる？　とか、そういうことですよ。過保護なんだから」

「早く出たほうがいいんじゃないか？　僕がいると素直に話せないようなら、店の外に出ておこうか」

妻鳥は拗ねたように僕から視線を外した。図星のようだ。コンビニエンスストアの外に出ると、冷房に慣れた体を、うだるような熱気が包む。ポケットから、祖父の店の鍵を取り出す。細長い魚のキーホルダーは、壊れた海釣り用のルアーを祖父が加工したものだ。昔は目が覚めるような虹色だったが、今はくすんだ色合いに変わっている。

犬飼は、小説のなかの日高と朔を、青空色の海を泳ぐ虹色の魚、と称した。実際の僕と日邑は、とてもそんなふうにはなれなかった。真っ暗な冷たい海を、息をひそめて泳いでいた。自分の外見が疎ましく、周りからどう見られるか、相手にどう見られているかが、気になって仕方なかった。暗闇のなかでしか、自由に尾びれを動かせなかった。決して物語の主役に選ばれることのないようなふたりだった。

視線を感じて振り返ると、ガラスの壁の向こうにいる妻鳥と目が合う。スツールから立ち上がり、耳にスマートフォンを当て、大きな瞳をこぼれ落ちそうに見開いている。半開きにした唇を、それこそ魚のようにぱくぱくと動かしているので、僕は怪訝に思いながら店の中に戻った。

「……卯之原先生、わかっ、わかったって……」

「何だって？」

妻鳥の声は大げさなくらい上擦っていた。

「わかったんです！　日邑さんが、高知駅のホームからどこに向かおうとしていたか！　何を拾おうとしていたのか！　今から、テレビ電話でかけ直してくれるので、先生が出てください！」

わけがわからないまま、僕は電話を受け取った。再び着信画面が表示される。通話ボタンをタップすると、犬飼ではなく、見覚えのない女性の姿が表示される。年齢は、三十代半ばくらいだろうか。藍染の三角巾とエプロンを身に着け、胸に赤ん坊を抱いている。

赤ん坊の小さな手のひらがカメラを塞ぐように動き、女性は「ごめんなさいね、悪戯《いたずら》好きで」と苦笑した。彼女が微笑む横から、犬飼が顔を覗かせる。

「卯之原先生、私、やりましたよ……。見つけ出しましたよ！」

絞り出すように言う顔は、妻鳥の警告通り、額と鼻の頭が日焼けで真っ赤になっていた。


砂浜では幼い少女たちが、体中を砂まみれにしてはしゃいでいる。色違いの水玉模様のTシャツを着ているので、姉妹だろうか。妹のほうはまだ足もとがおぼつかず、後ろで父親が体を支えている。ふたりの指の隙間から砂がこぼれ落ち、潮風にさらわれてゆく。

僕たちはすでに、旅の初めに出会っていたのだ。路面電車で見かけた女子高校生の、耳をくすぐるような笑い声と、鞄の持ち手で揺れていた小瓶。

「滑らない砂のお守り、ですか……？」

妻鳥が、二谷満里恵《にたにまりえ》の言葉を復唱する。僕と妻鳥はコンビニエンスストアを出て、海岸へと繋がるコンクリートの階段に座っている。

「そうなの。私ね、実家が黒潮町《くろしおちょう》にあるき、自分の受け持ちの看護実習生の子に、毎年お守りとして渡しちょったの。国家試験に合格しますように、って」

急な坂が多い土佐くろしお鉄道では、列車の車輪が空転しないように、滑り止めの砂がレールに撒《ま》かれる。その砂を詰めた小瓶が、試験に滑らないお守りとして、受験生のあいだでは定番化している。

「千陽ちゃん、どうしても自分も欲しい、って言いよってね。千陽ちゃん本人は大学受験どころじゃなかったけんど、学校の友達にあげたいんだ、って」

日邑の死後、駅員が必死に見つけ出そうとした、水色の組み紐の先にぶら下がっていたもの。それは、失《な》くなったのではなく、ずっとそこにあったのだ。

ガラスの小瓶は、線路に落ちたときか、救急隊員や駅員が駆けつけたときに踏まれて割れてしまったのだろう。砂のほうは、もともとあるものと混ざってしまえば見分けがつかない。

「千陽ちゃん、喧嘩した友達と仲直りがしたいって言いよったの。ひどいことを言って、もう会いに来てくれんと思うから、自分で会いに行くしかないかも、なんて無茶なことを言いよってね。あなたがたが今になって私を探しに来てくれたっちゅうことは、仲直りは間に合わんかったってことなんやろうけど……だからこそ、あの日の千陽ちゃんの気持ちを伝えることができて、ほんまに私も……」

二谷満里恵は声を詰まらせながら、感慨深げに僕を見つめる。彼女は、日邑が駅で亡くなったことを知らないのかもしれない。もしそうなら、知らないままのほうがいい。かつての妻鳥と同様に、病気で亡くなったと思っているのなら、今更本当のことを言うべきではない。

「そうですか、日邑が僕に、あれを……」

呟いてはみたものの、現実感が湧かなかった。日邑が、受験のお守りを僕に渡そうとしていた。だからこそ駅の線路に落としたときに、必死に拾おうとした。あの夜、最悪な別れ方をした僕の背中を押すために――

まるで、かつて日邑が嫌悪した、綺麗な物語に登場するヒロインのようだ。画面のなかでは二谷満里恵と犬飼が目を赤くしている。自分だけが感情の波にさらわれずに取り残されているかのようで、僕はすぐ隣にある妻鳥の顔を見た。完璧な形に整えられた眉のあいだに、かすかに皺が寄っている。だがそれだけでは、何を感じているかを読み取ることはできない。

「麻尋ちゃんには、手紙のお返事は気にせんでって、伝えてください。お母さんに禁止されたなら仕方ないわね。私ね、急に千陽ちゃんと携帯が繋がらなくなったから、心配で病院宛てに手紙を送ったがよ。それをスタッフが、ご自宅宛てに転送してくれたんやと思います」

彼女は病院を辞め小豆島に渡ったあとも日邑と通話やメールでやりとりをしていたが、冬の終わりになって、急に連絡がつかなくなったらしい。

「あの子らのお母さんと私は、折り合いが良くなくてね……。当時は私も若かったから、親の気持ちよりも娘の気持ちのほうが、自分にとって身近でしょう。そやからお母さんと千陽ちゃんの意見が対立すると、ついつい千陽ちゃんの味方ばかりしてしもうたの。そうなると千陽ちゃんは私のほうに心を開くし、お母さんとしては、たまらんかったろうね。今なら、あの頃のお母さんの気持ちが、少しはわかるがよ」

彼女は、膝の上の赤ん坊の頬を愛おしげにくすぐる。きゃっきゃ、と声を上げて笑う赤ん坊は、目鼻立ちが彼女にそっくりだ。

「千陽ちゃんから、卯之原さんのことは聞いちょりました。すごく頭のいい同級生がいる、って。一緒に川でオタマジャクシを探したり、病院を抜け出して漫画喫茶で夜明かししたり、聞いていて冷や冷やすることもあったけんどね。あなたの話をするときの千陽ちゃん、ほんまに、嬉しそうやった。てっきり、女の子の友達だと思いよったけど――」

彼女は大きく洟をすすると、涙で潤んだ目を細めて微笑んだ。

「千陽ちゃんが一度、写真をメールで送ってくれたことがあってね。新しい服を買ってもらったから、これを着て友達に会いに行く、って書いてあったの。だけど、いつもの服の感じと全然違う雰囲気だったから、もしかして……と思って、電話をかけたのね。『友達って、男の子？』って訊いたら、千陽ちゃん、『そういうんじゃないよ』って。でも、『これを着て会いに行ったら、あいつ、どんな顔するかな』って」

「服……」

「千陽ちゃんの私服は何度か見たことがあるけど、Tシャツにデニムとか、ボーイッシュなものが多かったから、意外だったの。スカートを穿いているところも、制服以外では見たことがなかったし」

日邑が母親にねだった新しい洋服。病室のハンガーラックに吊るし、死に装束になるかもしれないと、日邑が悪趣味な冗談を言ったという――。

――浴衣に花火に自転車ふたり乗り、麦わら帽子に向日葵畑に、海と白いワンピースな。

――ふたり乗りはともかく、白いワンピースは悪くないんじゃないか。

――卯之原君は、そういうのが好みなわけだ。気持ち悪う。

「今でも、はっきり思い出せるわ。肩と胸のところにレースがついた、すっごく可愛い、天使みたいに真っ白なワンピース。千陽ちゃん、『あたしらしくないでしょ？　でもいいんだ、コスプレみたいなものだから』って、けらけら笑ってね。あんなに楽しそうな声を聞くのは、久しぶりだったなぁ」

妻鳥の手には、あの文庫本がある。朝焼けとも夕焼けともつかない、淡いラベンダー色の海を背に、白いワンピースの少女がたたずんでいる。日邑の言うところの、陰気で無気力な主人公を励ます、不治の病に冒されたヒロイン。微笑むまなざしが、僕と妻鳥を、旅の最後の答え合わせに導こうとしているかのようだった。

「俺、ビーチに下りるのって、初めてなんですよね」

「横浜育ちなのにか?」

階段を一段下りたところで、妻鳥が、脱いだソックスをスニーカーの中に押しこんでいる。あらわになった裸足は、貝殻の内側のように白い。いつのまにか、少女たちはいなくなっていた。ふたりが作った砂の城が、繰り返し押し寄せる波に少しずつさらわれてゆく。

僕は手の中のスマートフォンを見つめた。二谷満里恵は、泣き出した子供をあやすために席を外している。代わりに犬飼が、四角い画面のなかで長々と熱弁をふるっている。

「だから私は、日邑さんは卯之原先生のためだけにヒロインになろうとしたんじゃないかと思うんです。そのためには、もう一度先生に会いに行く勇気が必要だった。だから透羽君に、あの話を書かせたんです。自分自身を奮い立たせるために、透羽君の物語を読む必要があったんです!」

「物語至上主義の、あなたらしい仮説ですね」

「茶化さないでください! 日邑さんが、透羽君の名前で物語を世に出すことを許したのは、自分に何かがあって卯之原先生に会いに行けなくなったときのことを想定したからじゃないでしょうか? 透羽君の作品なら、きっと多くの人に支持されて、いつか何らかのかたちで卯之原先生に届くんじゃないかと考えた。つまり、日邑さんが透羽君の才能を信じた一番最初の……あれ? 透羽君は? さっきまでそこにいたのに」

「海に入ってみたいと言って、今、靴と靴下を脱いだところですよ」

「ええ⁉　危ないですよ、砂浜にガラス片が落ちていたら、どうするんですか？　それに、毒性の強いクラゲに刺されでもしたら……！」

「あまり過保護にして束縛すると、モンスター編集者として小説に登場させられますよ」

僕は終話ボタンをタップし、妻鳥にスマートフォンを返した。

二谷満里恵は言っていた。日邑があのワンピースを着ているところを見てみたかったと。着たところを写真で見せて、とねだる彼女に、日邑は「やだよ」とぶっきらぼうに言ったと。

——見たら絶対笑う。あいつだって、笑うと思うよ。笑ってくれなきゃ、逆に困るよ。

わざと似合わない服を着て、もっとも自分らしくない行動を取り、入試にのぞむ僕の前に現われる。悪趣味で過剰で、素直さの欠片もない、痛々しい捨て身のパフォーマンスだ。犬飼が思い描く綺麗な物語とは、きっと違う。

だが、それでこそ日邑だ。僕が知る日邑千陽は、そういう人間だった。

「卯之原先生は、日邑さんが亡くなったことを知ったとき、泣けましたか」

「いや」

泣けなかった。泣く資格がない、と思うようになったのはしばらく経ってからのことで、同級生からの電話で知った直後は、何も考えられなかった。何も考えないことでしか、自分を保てなかった。あのとき生まれるはずだった感情は、冷え切って固く縮こまり、嚙んだあとのガムのように、僕の心の底にこびりついている。

「俺も、ずっと泣けませんでした。泣いたら、彼女が死んだことを認めたことになりそうで、怖かった。日邑さんから連絡が途絶えたばかりの頃は、不安で仕方なかった。一日待っても、一週間待ってもサイトにログインした形跡すらなくて、もしかしたらそういうことなのかな、二度と彼女からメッセージは返ってこないのかな、でも、もう一日だけ待ってみよう……って。そういう気持ちで結局、半年以上待ち続けたかな。我慢してるうちに、いつのまにか、泣けなくなってた。でも、ひとりであの小説の最終話を書き始めたとき、自分でもびっくりするくらい涙が溢れてきたんです。最後に朔が見上げた青空の描写は、その瞬間に俺が見上げたものを、そのまま書いた。朔が日高を見送るシーンを書くことで、俺も、ようやく日邑さんがいなくなったことを受け入れられた。ちゃんと受け止めて、ちゃんと泣けた。犬飼さんは、あの小説を読むことが日邑さんにとって必要だったと言っていたけど、俺にとっても、どうしても書くことが必要だった」

僕は、『君と、青宙遊泳』の表紙に巻かれたカバーを思い浮かべた。水の中から空を見つめているかのように、青に浮かんだ透明な波紋を。あれは、涙をたたえた朔の瞳に映った空だ。今の僕にはまだ、それが見えない。

妻鳥はいつのまにか波打ち際まで進み、夏の海に足を浸している。オーバーサイズの白いシャツを風がはためかせ、眩しさが目に痛いほどだ。汗ばんだ頰に、潮風が運ぶ砂がこびりつく。指先で触れると、あの頃、始終感じていた胸の内側の感触と同じように、ざらざらした。

妻鳥の姿に、いつかの日邑の姿が重なる。祖父の店に忍びこんだあと、電車が出る時間まで、僕たちは夜の海で時間を潰した。

『君と、青宙遊泳』の序盤で、ふたりが初めて心を通わせるシーンは、雲ひとつない青空と、光り輝く海が舞台だった。嘘ばかりだ。実際は、空と海の境目がわからないほどの暗闇だった。僕たちの足もとは、今と同じようにゴミだらけだった。裸足の爪先に、漂流して千切《ちぎ》れた網が引っかかり、転びそうになったのを覚えている。風が強く、波が荒ぶっていた。

だが、全部嘘だったわけじゃない。僕と日邑が作った歪《いびつ》な物語のなかにも、妻鳥が描いた、混じりけのない透明な物語と重なる瞬間が、たったひとつもなかったわけじゃない。

「本当に、海以外何もない町なんだなぁ」

日高が呆れたように言う。消波堤のへりに腰掛けた日高が、ぶらぶらと足を前後に揺らすので、その下に座るぼくの肩を、日高の素足の爪先がときどきかすめた。

「何もない町だと思うなら、さっさと帰れば？　余命一年の貴重な時間を、もっと有意義に使ったほうがいいんじゃないか」

「だから、有意義に過ごすためには、相方が必要なんだってば」

「ぼくよりも他に適任がいるだろ」

「あのさあ、高二の夏だよ？　他のやつらは受験で忙しいわけ。あんたは、塾も予備校も行ってないじゃん。さすが、学年一位は余裕があるよね」

「単に予備校に行く金がないだけだよ。それに仮に余裕があったとしても、こんな時期に問題を起こして内申点を危険に晒すほど馬鹿じゃない」

「ふうん。まあ、賢明な判断か。私と違って、あんたには未来があるもんね」

日高はスカートの裾をひるがえし、砂浜に飛び降りた。病人とは思えないほど、軽やかな動きだった。

呆れるぼくにはおかまいなしに、日高は制服姿のまま波と戯《たわむ》れた。ずぶ濡れになることなんかちっとも気にしていない、小学生のようなはしゃぎ方だった。

「朔も、こっちに来なよ！」

「いやだよ」

「仕方ないなあ。じゃあ、私がいいって言うまで、目を閉じてな」

「何でだよ」

「あっ、水着に着替えようなんて思ってないから、期待するなよ」

「馬鹿じゃないのか」

ぼくは、制服のポケットから引っ張り出した英単語帳をめくった。日高がどういうつもりか知らないが、さっさと帰ってほしいと思っていた。単語帳の最後のページに辿り着いたとき、日高が再び、ぼくを呼んだ。何気なく顔を上げ、息を呑んだ。

どこから見つけてきたのか、日高は長い流木を槍のように持ち、砂浜に仁王立ちしていた。足もとには、巨大なアルファベットのメッセージが刻みこまれていた。


僕の目の前の砂浜には、薪《たきぎ》の燃えかすやペットボトル、割れた西瓜の残骸が散らばっている。実際には、日邑が使ったのは流木ではなく、不法投棄された物干し竿だ。あのとき、僕は消波堤に座り、砂浜で日邑が右往左往する様子を、見るともなく眺めていた。水平線から朝陽が覗き始めていたが、日邑の足もとはまだ暗く、何をしているのか見当がつかなかった。

日邑は息を切らして戻ってくると、僕の隣に座った。何してたんだよ、と訊ねる僕に、日邑は「まあ、見てろよ」と、得意気に言った。

やがて、金色の光が砂浜を照らした。


『FACK　MY　LIFE!!』

砂浜に浮かび上がるのは、良識のある人間なら眉をひそめるような言葉だった。

海辺のキャンバスに残すアートとしては最悪だ。それなのにぼくは、日高を非難する言葉が出てこなかった。日高が掲げる流木の槍で、胸の真ん中を突き破られたような気分だった。

綺麗でもない、優しくもない。澄み切った空に向けて唾を吐くようなメッセージは、ぼくの胸にずっとくすぶっていたものと、同じだった。

顔も覚えていない母親。親戚の好奇の目。たったひとりの家族だった祖父が日に日に衰えてゆく恐怖。叔父夫婦の疎ましそうな視線と、周囲の恵まれた同級生たちとの格差——そんなものに感情を波立たせられながら、だが決して、口に出してはいけない言葉だと思っていた。子供の頃から親戚たちに言われ続けた、育ててもらえるだけでも感謝しろ、偉くなって恩返しをしろ、という言葉が、僕の喉を圧《お》し潰していた。町を覆うように広がる青い空に、ずっと閉じこめられている気分だった。

「ご感想は？」

日高が肩で息をしながら、気取った調子で言う。ぼくは強張った唇を動かし、かろうじて、「英語も苦手なのか」と呟いた。

「どういう意味だよ」

「ファックのスペルは、『F・A・C・K』じゃなく、『F・U・C・K』だよ。地獄、を漢字で書けないのは知ってたけど、英語も苦手なんだな」

ぼくは英単語帳を閉じ、ふてくされ顔の日高に告げた。

「今度落書きをするときは、ぼくがやるよ」

「へ？」

「付き合うよ、『この世界への八つ当たり』に」

日高はぽかんとしたように口を開けた。その顔を見て、ぼくはもう、笑いをこらえられなかった。ぼくは久しぶりに、愛想笑いとは違う笑い方を思い出した。そんなぼくを見て日高も、負けずに笑い転げた。

それがぼくたちの、馬鹿馬鹿しくて騒々しい、たった一度きりの夏の始まりだった。


あの瞬間、朝陽が日邑を照らした。長い前髪が汗ばんで額に貼りつき、いつもは隠れている顔が、あらわになった。少し離れた目に、丸い鼻。まばらに生えた睫毛に、薄い眉。乾いて皮がめくれた唇と、右の小鼻にある褐色の黒子。笑った口もとからこぼれる、剝き出しの八重歯。日邑の目にも同じように、ありのままの僕の姿が映っていたはずだ。眠らずに夜を明かした興奮と疲労が、臆病で卑屈な僕たちを、無防備にさせた。

日邑の家で目にした遺影のなかの少女の笑顔と、記憶のなかの日邑千陽の笑顔が、ようやく重なる。どうして今まで思い出せなかったのだろう。夜しか泳げなかった僕たちの始まりは、たった一瞬だけでも、こんなにも眩しかった。

夏の海が、穏やかにたゆたいながら日差しを弾く。眩しさに目を閉じた。

瞼の裏の暗闇のなかで、ぐっと背中を押し上げられるような感覚があった。それは消えることなく強さを増し、僕の体はどんどん空に向かって上昇する。反対に、ずっと体を締め上げていた圧力が消えてゆく。全身が弛緩《しかん》し、ほどけた体の中で、縮こまっていた感情が急速に膨らんでゆく。

――生まれ変わったら、深海魚になるのもいいよな。どんな場所でも生きてけるなら、そのへんのやわな場所に住んでる綺麗な魚を蹴散らしてさ、海の王者になれるじゃん。

――無理だよ。深海から上昇したら、水圧が弱まる影響で、体内の浮袋が膨張するんだ。そしたら押し出された内臓が口から出てくるし、目玉も飛び出す。

瞼をこじ開けると、青い空が視界に飛びこんでくる。あの空だ。小説のなかの朔と、朔と日高の物語を書き上げた妻鳥が目にした空と同じものが、僕の頭上に広がっている。澄み切った青を覆う透明なベールが、僕の呼吸に合わせてゆらめいている。

妻鳥が描いた朔は涙をたたえながら、潤んだ空を見上げる。そして、物語の結末はこんなモノローグで閉じられる。


いつかぼくも、あの空を泳ぐ日が来るだろう。そのとき日高は、ぼくを待ってくれているだろうか――

妻鳥には悪いが、陳腐な表現だ。陳腐な表現なのに僕は、いま僕のなかで膨らんでいる感情を、それ以外の言葉で表すことができない。

眼鏡を外すと、僕のなかで固く圧し潰されていたものが、堰《せき》を切るように溢れ出した。笑えるくらいの大粒の涙だった。だから、笑った。日邑が僕に思い出させ、そして忘れさせた笑い方を、僕はもう一度取り戻した。顔をぐしゃぐしゃにして笑い転げる僕を見て、妻鳥はぎょっとしたように立ちすくんでいる。中途半端にめくり上げたデニムの裾を、波飛沫が濡らしていた。

「何でもないよ。深海魚にはなれないな、と思っただけだ」

「……どういうことですか？」

妻鳥が怯えたように眉を寄せる。その顔つきがおかしくて、僕は、いつまでも笑いが止まらなかった。

エピローグ

妻鳥透羽は特別な生徒だ。ルリツグミというペンネームで発表されたデビュー作は、先月ついに六十万部を突破し、来年の春には実写映画の公開が控えている——というだけではなく、僕にとってはアパートの隣人であり、また、今はもうこの世界にはいない人物の気まぐれで結びつけられた、同じ夏の目撃者でもある。

「こうして君に呼び出されるのは、久しぶりだな」

「呼び出したのは俺じゃなく、担任の中野《なかの》先生です」

西校舎一階の生徒指導室で、妻鳥は不満そうに椅子の背もたれに寄りかかっている。日に焼けたレースカーテンが揺れる向こうには、秋晴れの空が広がっている。

「どのみち、他の先生の手を焼かせるのは感心しないな。それに君の担任は、中野ではなく中《なか》田《た》先生だ。それくらいは覚えておくべきだよ」

僕は妻鳥の向かい側に腰を下ろし、テーブルに置かれた進路希望調査票を手に取った。氏名の欄には妻鳥の名前が記入されているが、第一希望から第三希望まで、すべてが空白だ。

「そもそもどうして卯之原先生が来るんですか?」

「君の今までの行いに加えて、僕が今年の進路指導担当だからだろうな。今日はずいぶん、機嫌が悪いようだが、寝不足か?」

今日の妻鳥は、いつものように薄茶色のカラーコンタクトを着けていない。白目も充血している。しきりにまばたきを繰り返しているのは、目が乾くのか、眠気のせいか。

「昨日の夜、書き上げた原稿をメールで犬飼さんに送って、今朝返事がきたんですけど――あの人、全然わかってない。的外れな修正指示ばかりで、本当に苛つきます。それに、この前だって」

要するに、新作の長編原稿をあちこち直すように言われ、臍《へそ》を曲げているらしい。とんだ八つ当たりだ。

妻鳥の愚痴を聞き流しながら、僕は窓の向こうに目をやった。来月の校内マラソン大会に向けての練習が始まっているらしく、体育教師の鳴らす笛の音と、生徒たちのスニーカーがグラウンドを蹴る音が聞こえてくる。土埃の匂いを運ぶ風は、ここ数日で急速に湿り気を失い、妻鳥と共に巡った故郷の夏の空気を思い出させた。

あのあと犬飼は、小豆島から何とか本土に戻ったものの、岡山発東京行きの飛行機が取れなくて散々だった、と話していた。僕と妻鳥は反対に、高知空港からの東京行きの便をキャンセルし、岡山を経由して新幹線で東京に戻った。高知駅のホームで、日邑が最後に選んだワンピースを思わせる真っ白な百合のブーケを手向《たむ》ける妻鳥の姿は、人目を集めていた。

「卯之原先生、ちゃんと聞いてますか？」

「悪いがここは、新人作家のお悩み相談室じゃないんだ」

「冷たいな。一緒に高知を旅した仲じゃないですか」

「じゃあ言わせてもらうが、君はデビュー作を、Ｗｅｂに発表した時点から犬飼さんの指示を受けてずいぶん修正したと言っていた。書籍化の際には、編集長からの指示で大幅に改稿させられた、とも。あの作品が多くの人間に受け入れられたのは、君ひとりの力によるものじゃないんじゃないか？」

妻鳥は唇を嚙み、険しい顔で僕を睨んだ。顔が整いすぎているせいか、そんな表情をすると、こちらをたじろがせるような迫力がある。だが何も言い返さないところをみると、それなりに思うところはあるのだろう。

「それで、二作目はどんな内容なのか、聞いてもいいかな」

「底意地の悪い高校教師が主人公の話ですよ」

「それは楽しみだな」

皮肉がきかなかったことが不満なのか、妻鳥は「嘘です」と口を尖らせた。

「本当は、『怪物のオルゴール』を下敷きにした長編です。主人公の少年は、ネットで人気の歌い手・カナリヤの熱心なアンチなんです。カナリヤはV《ブイ》――CGグラフィックのキャラクターに人間の声と動きをあてたバーチャルシンガーなんですけど、主人公はカナリヤをネットストーキングするうちに、彼女が自分に対して、助けを求めているように感じ始めるんです。例えば歌詞とか、ダンスの振りつけのハンドサインなんかに」

それはただの、愛情の裏返しから生まれる憎しみとひとりよがりの妄想をこじらせた、気持ちの悪いオタクの恋愛小説じゃないか、と思ったが、口には出さずにおいた。

「ストーリーの展開としては、カナリヤのヘルプサインが主人公の思いこみか、現実なのか、読者にはどっちにも解釈できる感じで進んでいくんです。中盤からはカナリヤの視点に替わって、アイドルとは程遠い引き篭りの中年男の彼の境遇が、少しずつ明らかに――」

「ちょっと待ってくれ」

遮らずにはいられなかった。

「情報を整理したいんだが……その、自意識をこじらせた主人公の少年のモデルは、まさか僕じゃないよな？」

「やだな、そんなわけないじゃないですか」

「そうか。ならよかった」

久しぶりに殺意が湧いた――とまでは言わないが、よく動く口を縫いつけてやりたくなった。

指先で眉間の皺をもみほぐす僕に、妻鳥はこともなげに言う。

「主人公の少年のモデルは、日邑さんです。カナリヤは、昔の俺、ってことになるのかな。前に卯之原先生に、うちの母が、俺のことをあれこれブログに晒してた、って話したじゃないですか。カナリヤの母親もステージママという設定なんです。息子のカナリヤは昔は子役として活動させられていて、子供っぽく可愛らしいままでいるために成長ホルモンを抑制する薬を服用させられてたんですけど、そのせいで、大人になっても見た目にはそぐわない声がコンプレックスで、だから歌い手として活動するようになって——卯之原先生？　どうかしました？」

妻鳥が不思議そうに首を傾げる。頭痛が増した。

「ああ、そっか。まだ先生には話してませんでしたね。俺と日邑さんは、『Ｍｕｓｅｓ』で偶然知り合ったわけじゃないんです。大病を患う少年少女がたまたま出会うなんて出来すぎじゃないですか。日邑さんは、俺の母のブログの熱心な読者だったんです。毎日、惚れ惚れするような切れのあるコメントを投稿してくれてました。『息子の写真でポイント稼ぎ』『ただの承認欲求まみれの毒母』『薬の副作用でむくんだ息子の顔を全世界に公開するって、どんな神経？自分の顔だけ加工してるんじゃねーよ』とか」

「つまり君は、母親のアンチに自分からコンタクトをとったのか……？」

「別に、そんなに難しくないですよ。俺は母から、個別学習と退屈しのぎのために専用のタブレットを与えられていましたから。子供用のフィルタリングを外すことだって、パスワードさえ予測できれば簡単です。日邑さんは、アンチコメントを投稿するためにブログ用に捨てアカウントを持っていたので、俺もアカウントを作ってメッセージを送ったんです」

呆れる僕に、妻鳥は照れくさそうに笑う。

「だから、その……俺も、先生と同じ、ってことです」

「どこがだ？」

「奪われていた言葉の存在に、日邑さんが気づかせてくれた。絶対口に出しちゃいけないし、考えることすらいけないんだと思っていた言葉を、あの人は俺の代わりに、やすやすと口に出してくれたから」

故郷の海の砂浜に書かれた巨大な文字が目に浮かんだ。僕と妻鳥が訪れたときは、もちろん跡形もなかった。だが僕のなかでだけは、いつまでもずっと消えることがない。

妻鳥の新作『僕たちはさえずるために生まれたわけじゃない』は、現段階ではまだ本になるかはわからない、という。編集部からは、カナリヤのなかの人物を、引き籠りの中年男性ではなく、できるだけ若い女性に変えるべきだ、と言われているらしい。そのことに妻鳥は憤慨しているようだ。

「新作を買ってくれるのは大半が『青宙遊泳』の読者だから、できるだけ前作のテイストを残したほうがいい、とか、地味な主人公と中年男性のふたりだとメディアミックス化したときに絵面が……とか言ってくるんですけど、俺は、映画とか漫画の原作のために小説を書いてるわけじゃないんですよ！」

「カナリヤの人物造形はともかく、お母さんのことは、大丈夫なのか」

「今回はエンタメに寄せてキャラをデフォルメしてるから大丈夫だとは思うんですけど――正直に言えば、母がどう思うか、不安ではあります。読んでほしくない気もするし、読んでどう反応するのか、知りたい気持ちもある。怖いけど、やっぱり俺は、自分のなかにあるものを書かずにはいられないし、逆に、ないものは書けないから」

「なるほどな。じゃあ君は、卒業後はなるべく進学したほうがいいかもしれないな」

「そうですか？　犬飼さんは、進学するならできるだけ偏差値が高い学校にして箔をつけたほうがいい、とか言うんですけど、自分では、あまりイメージできないっていうか」

「自分のなかにあるものを作品の種にするのなら、ひとつひとつの経験が、作家としての君の財産になる。君はもっと多くの人間にかかわって、傷ついたり、恥をかいたりするべきだよ。もちろん、その逆もあるだろうが」

「それって、これから出会う相手とのことをどんどんネタにしろ、ってことですか？」

「ああ、ぜひ読みたいね。僕以外の人間のことを書いたものなら」

「学校の先生が、そんなことを言っていいんですか」

「あいにく僕は、君の言うところの、底意地の悪い高校教師だからね」

開け放った窓の外からは、秋の始まりを告げるような香りがする。母校の図書室に足を踏み入れた瞬間の匂いに、よく似ていた。透き通る空には、波飛沫のような白い雲が、切れ切れに散っている。

（了）

本書は書き下ろしです。
原稿枚数四四一枚（四〇〇字詰め）。

〈著者紹介〉
古矢永塔子　1982年青森県生まれ。高知県在住。2018年『あの日から君と、クラゲの骨を探している。』（宝島社文庫）でデビュー。2020年『七度笑えば、恋の味』で第一回日本おいしい小説大賞（小学館主催）を受賞。著書に『ずっとそこにいるつもり?』（集英社）、『今夜、ぬか漬けスナックで』（小学館）ほか。

夜しか泳げなかった
2024年7月20日　第1刷発行

著　者　古矢永塔子
発行人　見城 徹
編集人　志儀保博
編集者　茅原秀行

発行所　株式会社 幻冬舎
〒151-0051 東京都渋谷区千駄ヶ谷4-9-7
電話：03(5411)6211(編集)
03(5411)6222(営業)
公式HP：https://www.gentosha.co.jp/

印刷・製本所　中央精版印刷株式会社

検印廃止

Printed in Japan
ISBN978-4-344-04313-8 C0093

この本に関するご意見・ご感想は、
下記アンケートフォームからお寄せください。
https://www.gentosha.co.jp/e/